HYUNAM-DONG KİTABEVİ

Hwang Bo-Reum

©ATHİCA: 81
ROMAN: 7

HYUNAM DONG KİTABEVİ
Hwang Bo-Reum

Welcome to the Hyunam-dong Bookshop

This book is published with the support of the Literature Translation
Institute of Korea (LTI Korea).

İmtiyaz Sahibi: Destek Yapım Prodüksiyon Dış Tic. A.Ş.

Genel Yayın Yönetmeni: Kaan Cumalıoğlu
Yayın Koordinatörü: Egemen Kırım
Çevirmen: Nilay Özeser
Editör: Selin Çolak
Son Okuma: Aslı Yalkut
Sayfa Düzeni: Tuğçe Ekmekçi
Kapak Uygulama: Ebru Aydın

Cover Illustrator: banzisu

ATHİCA: 1-165.Baskı: 2025
172.Baskı: Ocak 2026
182.Baskı: Şubat 2026

Yayıncı Sertifika No. 43196

ISBN: 978-625-98714-6-2

Adres: Abdi İpekçi Cad. No. 31/5 Nişantaşı-İstanbul
Tel. (0 212) 252 22 42
Faks: (0 212) 252 22 43

www.destekmediagroup.com www.destekdukkan.com
athicabooks athicabooks athicabooks
athicabooks info@destekyayinlari.com

Deniz Ofset – Çetin Koçak
Maltepe Mahallesi Hastane Yolu Sokak No. 1/6 Zeytinburnu / İstanbul
Sertifika No: 77699 **Tel:** (0212) 613 30 06

HYUNAM-DONG KİTABEVİ

Hwang Bo-Reum

BİR KİTAPÇI NASIL OLMALI?

Açılış saatini karıştırıp vaktinden önce gelen bir müşteri dükkânın önünde öylece dolanıp duruyordu. Kısa bir sürenin ardından cama doğru eğildi ve elini gözlerine siper ederek kitapçının içine baktı. Youngju haftada iki, üç defa iş çıkış saatlerinde uğrayan takım elbiseli müşteriyi hemen tanıdı.

"Merhaba."

Bu ani sesle şaşıran adam, istifini bozmadan yalnızca başını çevirerek kadını süzdü. Dükkân sahibini tanıyınca hemen elini indirip doğruldu ve mahcup bir ifadeyle gülümsedi.

"Normalde hep akşam uğrardım; ilk kez bu saatte geliyorum."

Youngju karşılık vermeden gülümseyince, "İşe öğlen vakti başlamanıza çok imreniyorum." dedi adam.

Hafif bir tebessüm edip, "Bunu çok sık duyuyorum." diye yanıtladı Youngju.

Youngju şifreyi girerken bakışlarını başka bir yöne çeviren adam, kapının aralandığını duyunca tekrar ona döndü. Dükkânın içini dikkatle incelerken yüzünde keyifli bir ifade belirdi. Youngju kapıyı ardına kadar açtıktan sonra adama dönerek, "Gece boyunca koku dükkâna sinmiştir. Gece ve kitap kokusu... Yine de sizi rahatsız etmeyecekse, buyurun." dedi.

Ellerini hafifçe sallayıp geriye doğru bir adım attı adam.

"Aa, yok! Zaten çalışma saatiniz değil. Sizi meşgul etmek istemem. Sonra tekrar geleceğim. Yalnız, bugün hava sahiden çok sıcak."

Kolunda hissettiği güneşin kavurucu sıcaklığının son derece bilincinde, adamın nezaketine minnet duyduğunu gösterircesine hafifçe tebessüm ederek onayladı Youngju:

"Henüz haziranda olmamıza rağmen oldukça sıcak."

Kısa bir süre, uzaklaşan müşterinin arkasından baktıktan sonra dükkâna girdi. Kendini iyi hissediyordu. İşyerindeyken yuvasında olduğu duygusuna kapılıyor, tüm duyuları ona burada huzurlu hissettiğini söylüyordu. İrade veya tutku gibi kelimelerin ne anlama geldiğini irdelememeye karar vermişti çünkü güvenmesi gerekenin, benliğini yönlendirmek adına sürekli tekrar ettiği bu kelimeler değil, kendi sağduyusu olduğunu düşünüyordu. Artık bir alanı sevmesi, kendini huzurlu hissedip büsbütün olduğu gibi var olabilmesi, kendini dışlamadan kabullenebilmesi, o alanda kendine değer verip sevmesi gibi niteliklere bağlıydı. Burası, işte bu kitabevi, Youngju için bu niteliklerin karşılandığı alandı.

Hava epey sıcaktı ancak klimayı çalıştırmadan önce yapması gereken bir iş vardı. Geçmişin havasından kurtulup, yeni havayı kucaklamak... Kendini ne zaman geçmişinden koparabilecekti? Geçmişten kurtulma çabası da özünde bir tür hırs değil miydi? Bir alışkanlık misali zihninden yükselen düşünceler yüreğini hüzne boğsa da yine alışık olduğu üzere, başına üşüşen tüm düşünceleri bir kenara ittikten sonra pencereleri teker teker açtı.

Bunaltıcı hava bir anda dükkânı doldurdu. Bir yelpazeyle kendini serinletmeye çalışarak dükkânına göz gezdirdi. Eğer ilk kez gelmiş olsaydı, burayı sever miydi? Böyle bir yerde kendisine övgüyle bahsedilen bir kitaba ilgi duyup okumak ister miydi? Bir müşterinin güvenebileceği kitapçı, nasıl olmalıydı?

Eğer bu kitabevine ilk defa adım atsaydı... Muhtemelen en çok karşısında duran kitaplığı beğenirdi. Geniş duvarın bir köşesini tamamen kaplayan, romanlarla dolu o kitaplık... Hayır, orayı sadece romanlardan hoşlanan, kendisi gibi biri beğenirdi. Kitabevini açıktan sonra, kitapseverler arasında da roman okumaktan hazzetmeyen insanlar olduğunu öğrenmişti. Romanlardan hoşlanmayan kişiler o kitaplığın yakınından dahi geçmezdi.

Duvarın bir yüzünü dolduran bu kitaplık, çocukluk hayalinin gerçeğe dönüştüğünün simgesiydi. Kitapların büyülü dünyasına adım attığı ilkokul zamanlarında dört bir yanı kitaplıkla çevrili bir odaya sahip olmak istemiş ve ısrarlarıyla babasını usandırmıştı. Babası, işin ucunda her ne kadar konu kitap dahi olsa, böylesine hırs yapmanın yanlış olduğunu söyleyerek onu azarlamıştı. Çocuk yaştaki Youngju bile babasının onu inat etme huyundan vazgeçirmek için bilerek sert bir ifade takındığının farkındaydı. Yine de o ifadeden korktuğu için hıçkırıklara boğularak ağlayıp babasının kucağında uykuya dalardı.

Rafa yaslanarak kitaplığa göz attıktan sonra pencereye doğru ilerledi. Dükkân yeterince havalanmıştı. Her zamanki gibi en sağdan başlayarak tüm pencereleri kapatıp klimayı çalıştırdıktan sonra hep dinlediği albümü açtı. Keane adlı bir İngiliz grubunun *Hopes and Fears* albümü... 2004 yılında çıkan bu albümü ilk kez geçen yıl keşfetmiş, şarkılarına hayran kalıp neredeyse her gün dinler olmuştu. Vokalin kayıtsız ancak rüyayı andıran sesi içeriyi köşe bucak dolduruyordu. Gün başlamıştı...

ARTIK AĞLAMAYA GEREK YOK

Youngju tezgâhın yanındaki masaya oturmuş e-postalarını kontrol ediyordu. İnternet üzerinden verilmiş siparişlerin sayısını doğruladıktan sonra dün gece çıkmadan önce yazdığı notu tekrar okudu. O gün yapması gereken işleri önceliklerine göre sıralayıp not alma alışkanlığını lise zamanlarında edinmişti. Eskiden günlerini kusursuz bir düzene oturtmak için not alırdı, şimdi ise zihnini sakinleştirmek için not alıyordu. Yapması gerekenleri öncelik sırasına göre okuduğunda gününü sorunsuz geçireceğine dair bir güven hissediyordu.

Kitabevini açtığı ilk birkaç ay boyunca not alması gerektiği gerçeğini bile unutmuştu. Durgun zamanlardı. Her günü, kitapçıyı ayakta tutmak için çabalayarak geçmişti. Dükkânı açmadan öncesine kadar yaşamın içinde oradan oraya sürüklenmiş, zihnini toparlayamamıştı. Hayır, kendinde olmadığını söylemek daha doğru olurdu. Ardından bir kitabevi açması gerektiği fikriyle diğer tüm düşünceleri aklından kovmuştu. Neyse ki odaklanabileceği bir amacı olduğu müddetçe tüm çabasını ortaya koyan bir karaktere sahipti. Bir hedefinin olması onun harekete geçmesini sağlıyordu. Kitapçıyı nereye açacağına karar verdikten kısa süre sonra dükkânı dekore etmiş ve gerekli kitapları stoklamıştı. Hatta bütün bunların yanında barista sertifikası bile almaya vakti kalmıştı.

Böylece Hyunam-Dong Mahallesi'nin evleri arasında, Hyunam-Dong Kitabevi açılmıştı.

Kitapçıyı açmasına açmıştı ancak neredeyse hiçbir şey yapmıyordu. Dükkân yaralı bir hayvan gibi güçlükle nefes alıyor, ayağa kalkamıyordu. Kitabevinden yayılan huzurlu atmosfer mahalle sakinlerini kendine çekse de gelip gidenler zamanla azalmıştı. Bunun sebebi damarlarında tek bir damla kan kalmamışçasına soluk teniyle öylece oturan kendisiydi. İnsanlar kapıyı açıp içeri adım attıklarında onun özel alanını işgal ediyormuş hissiyatına kapılıyorlardı. Herkese gülümsüyor ancak hiç kimse ona karşılık vermiyordu.

Yine de dudaklarındaki gülümsemenin zoraki olmadığını anlayan az sayıda müşteri de vardı. Birkaç gün önce gelen bir anne, bunlardan biriydi.

"Dükkân sahibi orada suspus oturursa kimse gelir mi sanıyorsun? Sonuçta kitap satmak da bir ticaret. Böyle misafir gibi oturmaya devam edersen nasıl iş yapacaksın? Para kazanmak o kadar kolay mı?"

Gösterişli giyinmeyi seven güzel görünümlü Minchul'un annesi, haftada iki kez kültür merkezine gider, Çince ve çizim dersleri alırdı. Ders sonrası eve dönerken her zaman kitabevine uğrar ve Youngju'yu kontrol ederdi.

"Bugün daha iyi misin?"

Minchul'un annesinin endişeli ses tonuna karşılık gülümseyerek, "Ben hep iyiyim." derdi Youngju.

Kadın iç çekip, "Mahallede bir kitapçı açıldı diye herkes ne kadar sevinmişti, haberin var mı?" demişti. "Ama hastalıktan bitap düşmüş gibi görünen bir kadın, yerinden sökülmüş vida misali yayılarak oturursa kolay kolay biri içeri girer mi sence?"

Parıltılı çantasından ışıldayan cüzdanını çıkarmıştı.

Youngju dalga geçtiğini belli etmek istercesine abartılı bir ses tonuyla, "Yerinden sökülmüş vida mı? Hakikaten beni tarif ettin" diye karşılık verince, Minchul'un annesi başını iki yana sallayıp gülmüştü.

"Bir *buzlu Americano* ver bari."

Hesabı aldıktan sonra, bu defa ciddi bir ifade takınmaya çalışarak, "Ben aslında mükemmel bir insanım ama bilerek aptal gibi görünmeye uğraşıyorum." dedi Youngju. "Demek bu da işe yaramıyor."

"Biri sana espri yapmasını bilen insanlardan hoşlandığımı söylemiş olmasın?" diye keyifle sordu Minchul'un annesi.

Youngju, "istediğini düşün" dercesine gözlerini kocaman açıp dudaklarını birbirine sıkıca bastırınca, kadın kahkaha atıp gözlerini devirdi.

Youngju'nun kahve hazırlamasını izlerken masaya yaslanıp kendi kendine konuşur gibi mırıldandı:

"Aslında ben de böyleydim. Bünyem adeta iflas etmişti. Hiç enerjim yoktu. Minchul'u doğurduktan sonra bir süre boyunca hastalıklı biri gibi yaşamıştım. Eh, hastaydım da... Vücudumun her noktası acıyordu çünkü... Yani, bedenimin ağrılar içinde olmasını anlıyordum da niye ağrıdığını bilmiyordum. Şimdi düşününce, sanırım depresyondaydım."

"Kahven hazır."

Youngju kapağı yerleştirmeye çalışırken kadın, gerek olmadığını söyleyip karşısına yerleşti.

"Hastaydım ama bunu kimseye belli etmemem gerektiği için daha da berbat hissediyordum." diye devam etti. "Ne kadar acı çektiğimi söyleyememenin adaletsizliğiyle her gece ağlamıştım. O zamanlar ben de senin gibi tükenmiş bir halde kendimi sandalyeye bırakıp saatlerin akıp gitmesine izin verseydim ne olurdu diye düşünüyorum. Belki de gözyaşlarım daha çabuk dinerdi. Ben çok ağladım. Ağlamak istediğinde ağlaman lazım. Yüreğin ağlıyorsa, sen de ağlamalısın. Böyle böyle yavaşça iyileşiyor insan."

Youngju sessizce dinliyordu. Kadın kahvesini bir dikişte içip, "Aslında sana imreniyorum..." dedi. "Kendine bu zamanı tanımana..."

Tıpkı Minchul'un annesi gibi o da ilk birkaç ay boyunca devamlı ağlamış, gözlerinin dolduğunu hissettiği anda gözyaşlarının yanaklarından süzülmesine izin vermişti. Bir müşteri geldiğinde ise hiçbir şey yokmuş gibi gözlerini silmiş ve karşılamıştı. Müşteriler Youngju'nun ağladığını fark etmemiş gibi davranırlar, neden ağladığını sormazlardı. "İlla ki bir sebebi vardır..." diyen bir ifadeyle bakmakla yetinirlerdi. Elbette bir sebebi vardı. O sebep uzun bir süre boyunca hatta belki de ebediyen Youngju'nun peşini bırakmayacak, onu ağlatmaya devam edecekti.

Gözyaşlarının nedeni geçmişin anılarında canlılığını koruyordu ancak Youngju bir gün aniden, daha fazla ağlamadığı gerçeğini fark etti. "Artık ağlamama gerek yok..." diye düşününce yüreği hafifledi. Bitap halde öylece oturarak geçirdiği günler yavaş yavaş geride kalmıştı.

Ertesi gün uyandığında düne nazaran kendini daha iyi hissediyordu. Yine de içinden dükkânı için bir şeyler yapmak gelmiyordu. Onun yerine hevesle kitap okudu.

Gece gündüz demeden sayfalarca okuduğu çocukluk dönemlerindeki gibi, okumak istediği kitapları yanına yığıp kimi zaman kıkır kıkır gülerek kimi zamansa kendini kaptırmış bir ifadeyle romanların dünyasına dalıyordu. Annesinin, "Gel de yemek ye!" diyen sesinin bir kulağından girip öbür kulağından çıkışını, açlığını unutarak gözleri ağrıyana kadar okumanın verdiği o neşeyi anımsadı. Uzun zaman boyunca mahrum kaldığı bu mutluluğu tekrar yakalarsa, her şeye yeniden başlayabileceğini düşündü.

Ortaokulda ne zaman fırsatını bulsa kendini okumaya verirdi. İşleri başından aşkın anne babası, evin bir köşesine kıvrılmış kitap okuyan kızlarını kendi haline bırakırlardı. Evdeki tüm romanları yalayıp yuttuktan sonra kütüphaneye gitmeye başlamıştı. Kitaplar ona büyük bir haz veriyordu. Özellikle roman okurken aniden kendini başka bir evrende buluyor, içi kıpır kıpır oluyordu. O evrenden çıkıp gerçek hayata döndüğü anda tatlı bir rüyadan uyanmışçasına içi sızlıyor ancak bu üzüntü uzun sürmüyordu çünkü kitabın kapağını açtığı anda tekrar o büyülü dünyanın içine adım atabiliyordu.

Hiç kimsenin uğramadığı dükkânında kitap okurken zihninde canlanan çocukluk anılarıyla yüzünde bir tebessüm belirdi. Artık kitap okumanın güçleştiği bir yaşta olduğunu düşünerek gözlerini ovuşturup birkaç defa kırpıştırdıktan sonra tekrar kitaba döndü. Arasının açıldığı eski dostuyla bir zamanlar sahip olduğu bağı yeniden kurmaya çalışırcasına, tüm kalbiyle okumaya devam etti. Bu iki arkadaş sabahtan akşama dek bir türlü birbirlerinden ayrılamadı. Bunca zaman uzak kalmış olmalarına rağmen araları çabucak düzelmişti. Kitap Youngju'ya kucak açmış, o da yetmeyince sıcacık sarılmış, nasıl bir insan olduğunu gözetmeksizin onu olduğu haliyle kabul etmişti. Youngju yüreğinin güçlendiğini hissetti. Başını kaldırınca, sonunda dükkânının ne vaziyette olduğuna tarafsızca bakabildi. "Bunca zaman nasıl da ihmal etmişim!" diye geçirdi içinden.

Yarısı boş olan raflara özenle yeni kitaplar yerleştirdi ve biraz araştırma yaparak hangi kitapların ilgi gördüğünü öğrendi. Okuduğu kitapların arasına kendi izlenimlerinin yazılı olduğu not kâğıtları koydu. Henüz okumadıkları içinse, kitap eleştiri ve inceleme sitelerinde dolanıp diğer okuyucuların yorumlarına bakarak bilgi edinmeye çalıştı. Bir müşteri Youngju'nun hiçbir fikri olmadığı bir kitabı sorduğunda, geç de olsa o kitabı buldu ve hakkında yazılanlara baktı. Daha fazla müşteri kazanmaktan çok, öncelikle Hyunam-Dong Kitabevi'ni, sahiden bir kitabevi haline getirmeye odaklandı. Böylece mahalle sakinlerinin kuşkulu bakışları giderek azaldı. Dikkatli olanlar dükkânın değiştiğini hissedip, her geldiklerinde ortamın öncekinden daha da rahat bir atmosfere büründüğünü fark ettiler. Yoldan geçen insanların içeri çekildiklerini hissettikleri bir alana dönüştü. Her şeyden önce, Youngju'nun çehresi değişmişti. Ağlayarak müşterilerini şaşkınlığa uğratan o kadın geçmişte kalmıştı.

Artık bilhassa bu kitapçıyı arayıp gelenler de vardı. İki, üç müşterinin içeride kitap okuduğunu görünce, "Burayı nereden bulmuşlar?" diye sordu Minchul'un annesi, sevinçle.

"*Instagram*'da görüp gelmişler."

"Sen *Instagram* kullanıyor muydun?"

"Kitapların arasına sıkıştırdığım notların fotoğraflarını atıyorum."

"Onu görüp buraya kadar gelmişler mi?"

"Başka şeyler de paylaşıyorum. Sabah işe giderken fotoğraf atıyorum. Okuduğum bir kitap varsa tanıtımını yapıyorum. Bazen de ne kadar yorulduğumdan yakınıyorum. Dükkânı kapatırken de bir, iki şey paylaşıyorum."

"Ben şu yeni nesli hiç anlamıyorum. Bunları paylaştın diye buraya kadar nasıl gelmişler? Neyse, sevindim. Sırf oturuyorsun sanmıştım ama görünüşe bakılırsa bir şeylerle uğraşıyormuşsun."

Hiçbir şeyi önemsemediği zamanlar yapacak işi yoktu, umursamaya başladığındaysa işlerin sonu gelmek bilmemişti. Öğle saatlerinden akşama kadar sürekli hareket halinde olmak zorunda kalmıştı. Özellikle kitaplarla uğraştığı esnada kahve siparişi gelince aklı başından gidiyordu. Elinin ayağına dolandığı, panikle geçen sayısız gün...

Dükkânının yakınlarına birkaç barista ilanı yapıştırdı. Ertesi gün Minjun gelmiş, Youngju onun hazırladığı kahvenin tadına baktığı günün akşamı hemen ilanları toplamış ve o da işe başlamıştı. O zamanlar kitapçı açılalı bir yıl olmuştu. Şimdi ise üstünden bir yıl daha geçmişti.

Minjun beş dakika sonra içeri girecek ve Youngju onun yaptığı kahveyi içerek kitap okuyacaktı. Kitabevinin açılış saati olan, öğlen bire dek.

BUGÜN HANGİ KAHVEYİ İÇİYORUZ?

Yanından geçip giden erkeklere imrenerek bakan Minjun, elindeki mini fanla serinlemeye çalışarak yürüyordu. Kavurucu güneşin altında neredeyse eriyecekti. Geçen sene bu kadar sıcak değildi sanki. Yoksa sıcak mıydı? Geçen sene bu civarlarda havanın nasıl olduğunu hatırlamaya çalışırken, tesadüfen "Barista aranıyor." yazılı bir ilan gördü.

Günde sekiz saat, haftada beş gün.
Ücret mülakatta tarafınıza bildirilecektir.
Kahve yapmaktan anlayan herkesi bekleriz.

Bir işe ihtiyacı vardı. Hemen ertesi gün kitapçıya gitti. İş kahve yapmak, eşya taşımak, tuvalet temizlemek, *fastfood* zincirinde çalışmak ya da kurye olmak hatta barkod okutmak dahi olsa bir önemi yoktu. Para kazansa yeterdi.

Nedense o saatlerde kitapçının pek dolu olmayacağını düşünüp öğlen üçte kitabevine girdi. Tahmin ettiği üzere içeride tek bir müşteri bile yoktu. Sahibi olduğunu düşündüğü kadının, kitabevinin kafe tarafındaki masasına oturmuş not defterine bir şeyler karaladığını gördü. Minjun'un içeri girdiğini duyunca kafasını kaldırıp başıyla selam verdi. Kadının yüzündeki tebessüm sanki ona rahatça gezinebileceğini, kendisine engel olmayacağını söylüyordu.

Kadın tekrar yazıya dönünce, Minjun aceleci davranmamaya karar verdi. İlkönce etrafa bakınacaktı. Burası bir mahalle kitabevi için oldukça büyüktü. Yer yer sandalyeler dizilmişti ve içeride rahatça kitap okunabilecek bir hava hâkimdi. Sağ tarafı tamamen dolduran kitaplık, yandaki duvarın üçte birine kadar uzanıyordu. Kapının iki tarafında pencere yüksekliğinde dolaplar vardı. Üstünkörü bir bakışla bile kitapların herhangi bir standarda göre dizilmediği anlaşılıyordu. Önünde duran raftan bir kitap aldı. Küçük bir not kâğıdı, kitabın arasına ayraç gibi iliştirilmişti. Notu okumaya başladı.

"İnsan en nihayetinde bir ada değil midir? Bir ada kadar tek başına, bir ada kadar kimsesiz... Öte yandan tek başına ve kimsesiz olmanın aslında tamamıyla kötü olmadığı fikri kuşatıyor beni. Zira tek başına olmak beraberinde özgürlüğü getirdiği gibi, kimsesiz olmak derinlere inmemize olanak sağlar. Karakterlerin bir ada gibi işlendiği ve bir ada misali yaşamış farklı bireylerin birbirini bulduğu romanlardan keyif alıyorum. 'A, sen burada mıydın?', 'Evet, ben hep buradaydım' diyen romanlardan bahsediyorum. 'Doğrusu bunca zaman tek başımaydım ama artık o kadar ıssız kalmama gerek kalmadı sayende...' diyebilmek kalbimizde bir umudun doğmasını mümkün kılar. Bu kitap bana tam da bu umudu tattırdı."

Not kâğıdını tekrar sayfanın arasına yerleştirdikten sonra kitabı çevirdi ve adının *Kirpinin Zarafeti* olduğunu gördü. Dikenlerle kaplı bir kirpinin zarafetle yürüyüşünü hayal etmeye çalıştı. Kirpi... Kimsesizlik... Derine inmek... Tek başına olmanın özgürlüğü getirdiği, kimsesiz olmanınsa derinlere inmeye olanak sağladığını söyleyen o cümle... Minjun için tek başına olmak da kimsesiz olmak da doğal kabul ettiği şeylerdi. Dolayısıyla yalnızlıktan ve kimsesiz kalmaktan kaçınmak adına hiçbir çaba sarf etmemişti. Dolayısıyla kesinlikle özgürdü ancak bu derinlerine inebildiği anlamına geliyor muydu? Emin değildi.

Kitabevinin sahibi gibi görünen kadının şu anda uğraşmakta olduğu işin, az önce okuduğu kâğıtla bağlantılı olabileceği konusunda tahmin yürüttü. Tüm bunları kendi mi yazıyordu? Bir kitapçının işinin yalnızca kitap satmak olduğunu düşünmüştü ancak görünüşe bakılırsa bundan fazlası vardı.

Son olarak kahve makinesine göz atıp, "Affedersiniz..." dedi.

"Buyurun; ne aramıştınız?" diye yanıtladı Youngju, yerinden kalkarak.

"İş ilanı için gelmiştim."

"A! İlan! Buyurun, oturun."

Youngju uzun süredir beklediği kişi sonunda çıkagelmişçesine, parlayan gözlerle onu karşıladıktan sonra tezgâhın yanından iki kâğıt aldı ve masanın üzerine koydu.

Minjun'un karşısına geçtikten sonra, "Yakınlarda mı oturuyorsunuz?" diye sordu.

"Evet."

"Kahve yapmayı biliyor musunuz?"

"Evet, birkaç kez kafelerde yarı zamanlı çalışmıştım."

"Şuradaki kahve makinesini de kullanabilir misiniz?"

Minjun göz ucuyla makineye baktı.

"Muhtemelen."

"O halde bir kahve yapabilir misiniz?"

"Şimdi mi?"

"Evet. İki fincan olsun lütfen. Kahve içerek konuşalım."

Kahveyi aralarına koyup karşılıklı oturdular. Youngju, Minjun'un hazırladığı kahveyi içiyor, o ise izliyordu. Minjun kahve hazırlarken bile son derece sakindi. Bu konuda kendine güveni tamdı. Ancak hiçbir şey söylemeden kahvesini yudumlayan Youngju'yu izlerken nedensizce gerginliğe kapıldı.

İkinci yudumu aldıktan sonra nihayet Minjun'a bakarak Youngju, "Niye içmiyorsunuz?" dedi. "Çok güzel olmuş. İçin."

Yirmi dakika kadar konuştular. Çoğunlukla Youngju bir şeyler anlattı Minjun dinledi. Youngju kahveyi çok beğendiğini belirtip mümkünse hemen başlamasını söyleyince Minjun uzatmadan kabul etti. Nasıl olsa bir iş arayışındaydı.

Youngju, kafeyle ilgilenmesinin kâfi olacağını söyledi. "Yeter ki beni kahve hazırlamaktan kurtar!" demenin bir başka yoluydu bu. Kahve çekirdeklerini seçip satın alma görevini de üstlenip üstelenemeyeceğini sorduğundaysa, Minjun bunun hiç de külfetli bir iş olmadığını düşünerek kabul etti.

"Çalıştığım bir firma var. Oranın patronu yardımcı olacaktır."

"Anladım."

"Kendi işinizi yapsanız yeter. Ben sıkışırsam da asistan olarak ufak bir yardımda bulunabilirsiniz."

"Tabii."

"Sadece kendim için yardım istemiyorum. Siz yoğunlaştığınızda ben de size yardım edeceğim."

"Peki."

Youngju sözleşmeyi Minjun'a uzattıktan sonra, maddeleri uygun buluyorsa imzalaması için bir kalem verdi. Ardından sözleşmenin ayrıntılarının tek tek üzerinden geçti.

"Haftada beş gün çalışacak, pazar ve pazartesi izinli olacaksınız. Öğlen saat on iki buçuktan, akşam sekiz buçuğa kadar. Sizin için uygun mu?"

"Uygun."

"Haftada altı gün açık, pazar günü kapalıyız."

"Anladım."

"Pek olası değil ama şayet fazla mesai yaparsanız ücreti karşılanacak."

"Peki."

"Saatlik ücret on iki bin *won*."

"On iki bin *won* mu?"

"Haftada beş günlük çalışma için uygun gördüğüm ücret bu."

Minjun gayriihtiyari başını döndürüp dükkâna baktı. O anda, geldiğinden bu yana içeri tek bir müşterinin bile girmediğinin farkına vardı. Karşısındaki kadının da bu gerçeğin bilincinde olup olmadığını merak etti. İlk defa yarı zamanlı çalışan alıyormuş gibi görünen bu kadının hiçbir şey bilmiyor olabileceğinden kuşkulandı. Üzerinde düşünme gereği duymuyormuş gibi rahatça oturan Youngju, gözüne epey şüpheli göründüğünden istemsizce müdahale etti.

"Normalde bu kadar fazla vermezler."

Youngju başını kaldırıp Minjun'a baktıktan sonra, içinden geçenleri anlayıp sözleşmeye dönerek, "Doğru." diyerek bakışlarını Minjun'a sabitledi. "Belki bana da ağır gelecek. Başkaları yüksek kira ücretleri yüzünden az veriyor olmalı. Benim için sorun değil, endişe etmenize gerek yok."

Kayıtsız görünse de derinlerinde içtenlik barındıran gözlerdi. Bu yönü Minjun'un hoşuna gitmişti. Kolayca okunamayan davranışlar, içinde uzun süre boyunca onu tanıma, sohbet etme isteğini uyandıran bakışlar...

Youngju da Minjun'un tutumundan hoşlanmıştı. Kendini beğendirmeye çalışmayan, zoraki bir samimiyetle süslenmemiş bir tutuma rağmen saygıdan ödün vermeyen bir tavır.

"Yeterince dinlenemezsek çalışamayız ve dinlensek dahi belli bir miktarın üzerinde kazanmalıyız ki kendimizi geçindirebilelim."

Bu sözler üzerine Minjun sözleşmeyi tekrar okudu. Yani dükkân sahibi, çalışanı yeterince dinlenebilsin diye mesaiyi haftada beş gün, günde sekiz saat olarak kararlaştırmış, çalışanı rahatça günlük ihtiyaçlarını karşılasın diye de ücreti saatte on iki bin *won* olarak belirlemişti. Bu kadın acemi bir patronun tanımı mıydı, yoksa bu dükkân göründüğünden fazla bir gelir mi elde ediyordu? İmzalar atıldıktan sonra Minjun sözleşmeyi alarak yerinden kalktı. Youngju onu uğurlamak için dükkânın kapısına kadar çıktı ve sordu:

"Yalnız, burası iki yıldan fazla iş yapmayabilir de. Yine de çalışmak istiyor musunuz?"

Artık kim yarızamanlı işlerde iki yıldan fazla çalışıyordu ki? Minjun'un en uzun yarızamanlı iş tecrübesi altı aydı. Youngju bir ay sonra aniden işten çıkmasını istese bile bu Minjun için hiçbir sorun teşkil etmezdi. Bu yüzden "Evet." diyerek geçiştirdi.

Youngju'ya kuşkuyla yaklaşıp "Evet." demesinin üzerinden çoktan bir sene geçmişti. Başlarda, anlaştıkları üzere ikisi de kendi görevlerine sadık kalmıştı. Minjun çekirdekleri seçiyor, kahve alımını yapıyor ve içecekleri hazırlıyordu. Youngju ise yapılacaklar listesini yazarken müşterileri gözlemlemenin keyfini çıkarıyor, sahiden de kahvelerin tadının güzel olması dışında bir beklentisi yokmuş gibi görünüyordu. Müşteri olmadığı zamanlar boş boş oturan Minjun'a bakıp, ifadesinin ne kadar gülünç olduğunu söyleyerek gülmeye başlıyordu. Minjun o anlarda, "Normalde böyle durumlarda patronun başka bir işe koşması gerekir..." diye düşünüyor ve o da gülmeye başlıyordu.

Minjun alnından akan teri silip kitabevinin kapısını açarak içeri girdi. Klimadan gelen serin hava bedenini sarmalayarak onu rahatlattı.

"Ben geldim" diyerek kitap okumakta olan Youngju'ya selam verdi.

"Hoş geldiniz. Bugün çok sıcak, değil mi?"

"Sormayın."

Minjun yerine geçti. Tezgâh aralarında kalıyordu. Bir taraf Youngju'nun, diğer taraf ise Minjun'un alanıydı.

Ellerini yıkayan Minjun'a, "Bugün hangi kahveyi içiyoruz?" diye sordu Youngju.

Minjun, gülümseyerek yanıtladı:

"Birazdan içtiğinizde tahmin edin bakalım."

Okuduğu kitabın yanına fincanı bırakıp tekrar yerine geçtikten sonra, Youngju'nun yüzünü inceledi.

Youngju kahvesinden bir yudum alıp bir süre duraksadıktan sonra, "Dün içtiğime benziyor." dedi. "Meyve aroması biraz daha sert gibi. Çok güzel olmuş."

Minjun hafifçe tebessüm edip başıyla onayladı. Her zaman olduğu gibi, kısa bir sohbetin ardından kendi işlerine döndüler. Dükkân açılana dek Youngju kitap okuyacak, Minjun ise bugün kullanacağı çekirdekleri hazırlayacak ve boşluk bulunca etrafı temizleyecekti. Aslında dün gece kapanıştan önce Youngju etrafı toparlamıştı. Ancak Minjun yine de yapacak bir iş bulacaktı.

TERK EDENLERİN HİKÂYESİ

Youngju açılış saatine kadar roman okurdu. Romanların kendi benliğinden sıyrılıp bir başkasının ruhuna yaklaşmasına olanak sağlayışını seviyordu. Karakter hüzün içindeyse Youngju da hüznü kalbinde hissediyor, acı çekiyorsa acının derinliğini sezebiliyor, kederliyse onun da içini keder kaplıyordu. Başkalarının duygularını böylesine benimsedikten sonra kitabı kenara koyduğunda, yeryüzünde yaşayan herkesi anlayabileceğini düşünürdü.

Çoğu zaman aradığı bir şeyler olduğundan okusa da bu, aradığı şeyin ne olduğunu kesin olarak bildiği anlamına gelmiyordu. Fakat onlarca sayfa okuduktan sonra kendini "Evet, aradığım hikâye buydu!" derken bulurdu. Gerçi, geçen yıldan bu yana okuduğu kitapları, ne aradığını bilerek eline almıştı. Bu okumaları şöyle adlandırmak mümkündü: Terk edenlerin hikâyesi... Birkaç gün süren veya sonsuzluğa uzanan terk edişler... Her biri farklı şekillerde gerçekleşmiş olsa da nihayetinde her terk ediş, kişinin yaşamını değiştirirdi.

O zamanlar, insanlar "Seni anlayamıyorum." demiş, "Niye sadece kendini düşünüyorsun?" diye sormuşlardı.

Onu suçlayanların sözlerini unutacak gibi olduğu anda sesleri kulaklarında tekrar yankılanmaya başlıyor, silikleştiğini düşündüğündeyse bir anda hatıralarının ötesinden ona doğru koşuyorlardı. Ne zaman böyle olsa Youngju'nun içinde bir şeyler yıkılırdı ve artık yıkılmak istemediği için terk eden karakterlerin yer aldığı romanlara sığınmıştı. Öyle ki adeta bu konuda yazılmış tüm romanları toplamaya çalıştığı söylenebilirdi.

Kalbinde, terk eden insanların toplanıp yaşadığı bir yer vardı ve bu yerde onlara ait çeşitli bilgiler saklıydı. Neden ayrıldıkları, ayrılırken ne hissettikleri, ayrılmak için gereken cesaret; ayrıldıktan sonra ne yaşadıkları, duygularının zaman içindeki değişimi, mutluluk ve mutsuzlukları, sevinçleri ve üzüntüleri... Youngju dilediği vakit o yere gider, yanlarına uzanır ve onların anlattıklarını dinlerdi. Onlar, kendi yaşamları aracılığıyla Youngju'yu teselli ederlerdi.

Youngju, "Seni anlamıyorum." ve "Neden sadece kendini düşünüyorsun?" diyenlerin seslerini, terk edenlerin sesleriyle bastırmıştı. Kalbinin bir parçası olmuş o insanların sesleriyle güç bularak cesaretini toplamış, kendisiyle konuşabilir hale gelmişti.

"O zamanlar başka çarem yoktu..."

Youngju son zamanlarda Monika Maron'dan, *Animal Triste* adlı kitabı okuyordu. Romanın başkarakteri olan kadın, bir başka adama âşık olup eşini ve kızını terk ediyordu çünkü bu hayatta tek önemli olanın aşk olduğunu düşünüyordu. Terk etmekten başka çaresi olmadığını düşündüğü için hiçbir suçluluk hissetmemişti. Gelgelelim sevdiği adam gün gelip onu bırakınca, onunla beraber olduğu anları sonsuza dek unutmamak için, yaşamına bir daha hiçbir anının eklenmesine izin vermemişti. Onu hatırlamak uğruna bir yaşamı oluşturan tüm parçalar ve duygulardan vazgeçmiş, yüz yaşına dek kimsesiz yaşamıştı.

Youngju için iyi bir roman, onu beklentilerinin ötesine taşıyan bir roman demekti. Bu roman için "aşk uğruna terk eden kadının hikâyesi" denebilirdi, Youngju'nun ilgisi başlarda terk etmek seçimine odaklı olsa da şimdi bir insanın aşk uğruna neler yapabileceğini düşünüyordu. Kadın sevgilisinin ardında bıraktığı gözlüğü takarak yaşayıp kendi gözlerini mahvetmişti çünkü o gözlüğü takmak, adamın yanında kalabilmesini sağlayacak son çareydi.

Youngju, bir insanın başkasını nasıl o denli sevebileceğini kırk, belki de elli sene önce yaşanmış bir aşkı yâd ederek o kadar uzun zamanı nasıl olup da tek başına geçirebileceğini düşündü. Nasıl hiç pişman olmadığını, o adamın tek gerçek aşkı olduğundan nasıl emin olabildiğini sorguladı. Bir cevap bulamıyordu; sadece ona hayran kaldı. Kadının seçtiği yaşam biçimi çetin, bunu göğüsleyişiyse çarpıcıydı.

Başını kitaptan kaldırıp, "hayattaki en büyük talihsizliğin, aşkın ellerimizden kayıp gitmesi olduğunu" söyleyen cümle üzerinde kafa yordu. En büyük kayıp sahiden aşkı yitirmek miydi? Sevgi hakikaten o denli yüce miydi? Sevginin kendi içinde değeri olsa da geri kalan her şeyden üstün olmadığı kanısına vardı. Nasıl ki kimileri yalnızca sevgiyle var olabiliyorsa, bittabi birini sevmeden de yaşanabilirdi. Hayatında aşk olmasa dahi halinden son derece hoşnut bir biçimde yaşayabileceğinde karar kıldı.

Bu sırada Minjun fincanları kuruluyordu. Alarm çalınca saatin bir olduğunu anlayan Minjun bezi yerine koydu ve kapıya yönelip tabelanın 'AÇIK' yazan kısmını dışa çevirdi. Onun harekete geçişiyle düşüncelerinden kopan Youngju, Minjun'a aşk hakkında ne düşündüğünü sormak istedi fakat vazgeçti. Ne cevap vereceğini öngörebiliyordu. Bir süre sessiz kaldıktan sonra, "Bilmem…" diyecekti. Duraksadığı anlarda yalnızca aklından geçenleri söylemesini umsa da Minjun içindekileri kolay kolay dile getirmezdi.

Minjun tabelayı çevirdikten sonra geri dönerek bezi alıp, az önce kuruladığı fincanı tekrar kurulamaya koyuldu. Youngju onu izlerken sormamakta iyi ettiğini düşündü. Ne de olsa tek bir doğru cevap vardı. Kendi kendine düşünerek bulduğu cevap, o anın doğru cevabıydı. Youngju hayatın doğru cevaplara sarılarak yaşamak, kimi zaman o cevapla çarpışıp, o cevabı deneyimlemekten ibaret olduğunu biliyordu. Derken bunca zaman boyunca kucakladığımız doğru cevabın aslında yanlış olduğunu fark ettiğimiz an gelirdi. O zaman, tekrar bir başka doğru cevaba tutunup yaşamaya devam ederdik. İşte bu bizim küçük, sıradan yaşamımızdı. Böyle böyle doğru cevaplarımız sürekli değişime uğrardı.

Hâlâ fincanları kurulamakta olan Minjun'a bakarak, "Bay Minjun, iyi çalışmalar." dedi.

İYİ BİR KİTAP ÖNERMEK

Youngju burayı açmadan önce, kitabevi sahibi olmaya uygun biri olup olmadığını tartmamıştı. Basit bir çıkarımda bulunmuştu: Kitapları seven biri kitabevi açıp iyi bir iş çıkarabilirdi herhalde. Fakat dükkânı açtıktan kısa bir süre sonra, bir kitapçı olmak için ölümcül derecede yetersiz kaldığını anlamıştı. Müşteri, "Hangi kitabı almalıyım?", "Hangisini önerirsiniz?" gibi sorular sorduğunda doğru düzgün cevap veremeyen, kafası karışık bir satıcıydı. Bir gün, kırklı yaşlarının sonlarında görünen bir adama alakasız bir kitap önermişti.

"J. D. Salinger'den *Çavdar Tarlasında Çocuklar* adlı eser benim için epey keyifli bir okuma olmuştu. Siz okumuş muydunuz?"

"Hayır." demişti adam, kafasını sağa sola sallayarak.

"Ben beş defa okumuşumdur. Aslında o kadar da eğlenceli bir roman değil. Yani... Genel anlamda bir eğlenceyi kastediyorum. Hani vardır ya... Okurken kendinizi gülerken bulduğunuz ya da sonraki bölümü merak ettiğiniz. Bu kitap o türde bir eğlence sunmuyor ama nasıl desem... Alışıldık bir eğlencenin ötesine geçen bir eğlence. Bu kitapta net bir olay ya da fikir yok. Sadece genç bir çocuğun düşüncelerini takip ediyorsunuz. Yine de ben bu kitabı... Eğlenceli buldum."

Müşteri ciddi bir ifadeyle, "Bu genç neler düşünüyor peki?" diye sordu.

Youngju sebepsiz yere gerildiğini hissetmişti.

"Dünyayı bir gencin gözünden anlatıyor. Okul, öğretmenler, arkadaşlıklar ve aileye dair düşünceler..."

"Peki, ben de bu kitaptan keyif alabilir miyim sizce?"

Müşterinin yüzündeki ciddi ifadeyi koruyarak sorduğu soruyla Youngju'nun dili tutulmuştu. Öyle ya, bu kitap bu müşteri için de keyifli bir okuma olabilir miydi? Niçin körü körüne bu kitabı önermişti ki? Müşteri şaşkın şaşkın kendisine bakan Youngju'ya, "öneriniz için teşekkür ederim" dercesine başını eğip birkaç kitabı inceledikten sonra, *Avrasya Deneyimleri* adlı bir tarih kitabı alıp gitmişti.

İçinden, "Demek tarih kitaplarından hoşlanıyor..." diye geçirip müşterinin çıkmadan önce söylediklerini zihninde tekrar canlandırmıştı.

"Kusura bakmayın. Size boş bir soru sordum. Herkesin ilgi ve zevkleri farklıdır sonuçta."

Müşteri, kitapçıdan kendisine bir kitap önermesini istediği için özür mü diliyordu? Asıl özür dilemesi gereken, müşteriye uygun kitabı öneremeyen kitapçıydı halbuki. Youngju, bir kitapçının değerlendirmede bulunmaksızın kendi sevdiği kitapları müşterilere dayatmasının doğru olmadığını düşündü. Bundan sonra bir kitapçı olmaya yaraşır şekilde hareket etme isteği uyandı içinde. Bunun için ne yapmalıydı? Düşüncelerini toparlayarak yazmaya başladı:

- Objektif Bakış Açısı

Kitaplara objektif bir bakışla yaklaşmalıyım. Kendi sevdiğim kitabı değil, müşteri için doğru kitabı önerebilmek adına objektif bir yaklaşım sergilemeliyim.

- Soru

Kitap önermeden önce müşteriye sormalıyım:

"En son hangi kitabı keyifle okudunuz?"

"Hangi kitap sizde derin bir iz bıraktı?"

"Genellikle hangi türde okursunuz?"

"Son zamanlarda sık sık düşündüğünüz şey nedir?"

"En sevdiğiniz yazar kim?"

Bu soruları kararlaştırmış olmasına rağmen, yine de aklının durmasına sebep olan bir durumla karşılaştı.

"Beni paramparça edecek bir kitap öner."

Böyle bir taleple gelen müşteriye nasıl bir yaklaşımda bulunmalıydı?

Minchul'un annesi bugün kültür merkezine gidecek enerjisi olmadığını söylemiş ve *buzlu bir filtre kahve* sipariş etmişti. Onu paramparça edecek bir kitap mı? Bu son derece yetersiz bir ipucuydu. Üstelik hazırladığı soruları rasgele yöneltemezdi. Yine de bir şeyler sormalıydı.

"Canını sıkan bir durum mu var?"

"Son günlerde öyle. Nefes alamıyor gibiyim."

"Ne oldu?"

Youngju'nun sorusu üzerine aniden bakışları sertleşti. Tek seferde kahvesinin yarısını içip, "Minchul yüzünden." dedi.

Aile meselesiydi. Youngju kitabevi işletmeye başladıktan sonra insanların özel yaşamlarını sık sık dinler olmuştu. Bir zamanlar aynı durumun yazarların da başına geldiğini okumuştu. İnsanlar, en yakın arkadaşlarının bile anlam veremeyeceği duygularını bir yazarın anlayabileceğini düşünerek hikâyelerini paylaşıyorlardı. Ancak ilginç olan şey, insanların kitapçılara da içlerini kolayca dökebilmesiydi. Bir kitabevi sahibinin duygular konusunda bilgili olacağını düşündükleri için miydi?

"Minchul'a ne oldu ki?"

Youngju, Minchul ile tanıştığı günü hatırladı. Uzun boylu ve zayıf, yakışıklı bir lise öğrencisiydi. Bembeyaz yüzü tıpkı annesine benziyordu ve parlak bir gülümsemeye sahipti.

"Minchul... Yaşamaktan zevk almadığını söyledi."

"Zevk almıyor muymuş?"

"Evet."

"Neden?"

"Ben de bilmiyorum. Öylesine söylemiş gibiydi ama o günden sonra yüreğim sızlamaya başladı. İçimden hiçbir şey yapmak gelmiyor."

Annesinin söylediğine göre Minchul'un hiçbir şeye ilgisi yoktu. Ders çalışmak da bilgisayar oyunları da arkadaşlarıyla zaman geçirmek de ona hiçbir şey hissettirmiyordu. Yine de bu üç şeyden tamamen kopuk yaşadığı anlamına da gelmiyordu. Sınav vaktinde ders çalışıyor, sıkıldığında oyun oynuyor, kimi zaman arkadaşlarıyla da buluşuyordu. Buna rağmen Minchul'un yaşama dair esas tutumu "Umurumda değil!" ile sınırlıydı. Okul biter bitmez eve gelip yatağına uzanarak telefonuyla uğraşıyor, ardından uyuyordu. Tükenmişlik sendromuna yakalanmış gibi görünüyordu. Daha on yedi yaşında…

"Böyle durumlarda okunabilecek bir kitap var mı?" diye sordu kadın, kahvesini içerken.

Aklına Minchul'a önerebileceği birkaç kitap geldi. Tükenmişlik sendromuna düşmüş ya da kendi dünyalarında kaybolmuş karakterleri barındıran kitaplardı bunlar ancak bu durumla savaşan bir çocuğun annesine hangi kitabı önerebilirdi? Ne kadar düşünürse düşünsün bulamıyordu. Şimdiye dek anne ve oğul ilişkisini içeren bir kitap da çocuk yetiştirmenin yolunu anlatan bir kitap da okumamıştı. Soğuk terler dökmeye başladı. Sebebi kadına önerecek bir kitap bulamaması değil, bu kitabevinin kendi sınırları yüzünden sığ bir alana dönüşüyor olmasıydı. Kendi zevki, ilgi alanları ve yetkin olduğu konulara göre düzenlenmiş bu yerin, bu küçük alanın insanlara yardımı dokunabilir miydi?

"Aklıma yüreği paramparça edecek bir kitap gelmiyor" diye dürüstçe söyledi Youngju.

"Öyle mi? Peki."

"Aslında bir tane var ama o roman, anne kız ilişkisiyle alakalı. *Kadınlar Daha Yalnız* diye bir roman. Anne ve kızı beraber yaşıyorlar, birbirlerini ölesiye severken aynı zamanda ölesiye birbirlerinden nefret ediyorlar. Ebeveyn ve çocuk oldukları gerçeği mutlaka karşılıklı anlayış ve uyumu getirmiyor sonuçta. Ben o kitabı okurken, aile ve çocuklarının da eninde sonunda bir şekilde ayrı kalmaları gerektiğini düşünmüştüm."

Bunun üzerine Minchul'un annesi konunun hoşuna gittiğini, kitabı alacağını söyledi. Ödünç vermek istese de kadın reddetti.

Youngju, elinde kitapla dükkândan çıkan kadını izlerken, kitapların etkisi hakkında düşünmeye koyuldu. İnsanın sızlayan yüreğini delip geçebilecek bir kitap var mıydı bu dünyada? Bir kitap böylesine büyük bir işi başarabilir miydi?

Aradan on gün geçtikten sonra Minchul'un annesi, "Sana bir şey söyleyeceğim, o yüzden uğradım." dedi. "Çok vaktim yok. Kitabı sevdiğimi söylemek için geldim. Okurken ne kadar ağladım, bilemezsin. Kendi annemle ilişkimi hatırlattı. Biz de çok kavga ederdik. Amy ve Elizabeth kadar yıkıcı değildi tabii ama yine de..."

Bir anlığına düşüncelere daldıktan sonra hafiften yaşarmış gözlerle devam etti:

"Özellikle sonunu sevdim, annesi devamlı çocuğunun ismini sayıklıyordu. O sayfada hıçkırıklara boğuldum. Benim de ileride Minchul'u o kadar özleyeceğimi düşündürttü bana. Ne zamana kadar Minchul'a kol kanat gerebilirim ki? Ben de artık onu biraz özgür bırakmalıyım galiba. Youngju, gerçekten çok teşekkürler. Sonra yine kitap önerirsin, şimdi gitmem lazım."

Minchul'un annesi, istediği türle benzer olmasa da Youngju'nun tereddüt ederek önerdiği kitabı keyifle okuduğunu söylemişti. Onu parçalara ayırmamıştı ancak annesini yâd edebilmiş, oğluyla arasındaki ilişkiyi de gözden geçirmesini sağlamıştı. Sonuca bakıldığında Youngju'nun doğru kitabı tavsiye ettiği söylenebilir miydi? Kitap okuyucunun beklentilerini karşılamasa bile, okumaya değer olduğu müddetçe, bir okuyucu, okuma deneyiminin tadını çıkarabilir miydi?

Beklentinin farklılığına rağmen bir kitabı güzel olarak adlandırabilmek mümkün müydü?

Belki de tavsiye ettiği kitap müşterinin zevkine uymasa bile "yine de güzel" hissiyatını vermesi yeterliydi. Ancak elbette tarihi kitaplardan hoşlanan yetişkin bir erkeğe, edebiyat dünyasının en ünlü antisosyal lise öğrencisinin ana karakter olduğu bir romanı önerirse, müşteri o kitaba gözünün ucuyla bile bakmazdı. Yine de bir gün o müşteri roman okumak ya da kızı veya oğlunu anlamak istediğinde, rafların arasında bekleyen o kitabı çıkarabilirdi. Bu sebeplere dayanarak yerinden çıkarılmış o kitap, vakti geldiğinde müşterinin hoşuna gidebilirdi. Dünyadaki her şeyde olduğu gibi kitap okumak için de doğru bir zaman vardı.

O halde iyi bir kitabın kriterleri nelerdi? Bireysel açıdan bakıldığında okumaktan keyif alınan bir kitap demek mümkündü ancak Youngju bireyin ötesinde düşünmeliydi.

Tekrar üzerine yoğunlaştı. İyi bir kitabın kriteri neydi?

- *Yaşama dair öğeler barındırması. Öylesine söylenmiş sözler değil, derin bir bakış açısıyla dürüstçe yazılması.*

Minchul'un annesinin yaşlı gözlerini düşünüp bir madde daha ekledi:

- *Yaşamı anlayan bir yazar tarafından yazılmış bir kitap olması. Anne ve kızıyla, anne ve oğluyla, kişinin kendisiyle ilgili kitaplar... Dünyaya dair, insana dair kitaplar. Yazarın engin anlayışının okuyucunun kalbine dokunması; o dokunuşun, okuyucunun hayatı anlamasına yardımcı olması...*

Bir kitabı güzel kılan, işte tam olarak bu nitelikler değil miydi?

SESSİZLİĞİN SAATİ, SOHBETİN SAATİ

Müşterilerle ilgilenmek, kahve yapmak, alınacak kitapların listesini hazırlamak derken ne olduğunu anlamadan saatler geçiyor, sonra bir an başlarını kaldırdıklarında yapacak işin de müşterilerin de kahve yapmanın da gerekli olmadığı vakit onları karşılıyordu. Dükkânda yalnızca Youngju ve Minjun kalıyordu.

Youngju bu saatleri kovalıyor ve bir şekilde kendisine dinlenecek zaman yaratıyordu. Etrafa dağılmış kitaplar gözüne ilişse de tezgâha gidiyor, kitapları düzenlemek yerine meyve doğruyor, tabağa koyup Minjun'a ikram ediyor, Minjun da bu anı beklemişçesine az önce hazırladığı kahveyi Youngju'ya uzatıyordu.

Ardından aralarına bir sessizlik hâkim oluyordu. Youngju artık bu sessizliğin içinde huzurlu hissediyordu. Bir başkasıyla aynı mekânı paylaşmasına rağmen konuşma zorunluluğu hissetmediği gerçeği onu sevindiriyordu. Elbette söylemek istediğimiz bir şey olmasa bile konuşmak, karşımızdaki kişiye nezaket gösterdiğimiz anlamına da gelebilirdi. Ancak çoğu zaman başkalarını düşünmekten, kendimizi düşünemez hale geliyorduk. Ondan bundan bahsederek kendimizi konuşmaya zorlarken birdenbire bomboş hissediyor, bir an önce bulunduğumuz yerden çıkıp gitme isteğiyle sarmalanıyorduk.

Youngju, Minjun ile bir alanı paylaşarak, sessiz kalmanın hem kendisini hem de karşısındakini gözetmenin bir başka yolu olabileceğini fark etti. İkisinin de diken üstünde hissetmeyip, gereksiz şeyler anlatma ihtiyacı duymadığı bu halin dinginliğine alışmayı öğrendi.

On, yirmi ya da otuz dakikayı aşabilen bu sessizlikte Minjun hep aynı şeylerle uğraşıyor, molada olsa bile telefonuna bakmıyordu. Özgeçmişinde numarası yazılı olsa da hiç telefonda konuşmamışlardı. Minjun kimi zaman eline kitap alsa da okumaktan pek hoşlanıyor gibi görünmezdi. Boş vakitlerinde bir laboratuvar uzmanı edasıyla kahve çekirdekleri üzerinde çalışmalar yapardı. Youngju, "Acaba yapacak başka bir işi olmadığından mı bununla uğraşıyor?" diye merak etse de hazırladığı kahveler gitgide güzelleşiyor, kendini ciddiyetle deneylerine verdiği anlaşılabiliyordu.

Minjun sessizliğini koruyor olsa da Youngju ile gün boyu sohbet etmeye arzu duyan biri vardı: Kahve çekirdeklerini Hyunam-Dong Kitabevi'ne temin eden firmanın sahibi Jimi... Youngju kahve çekirdeklerine dair bildiği her şeyi ondan öğrenmişti. Espri yapmaktan hoşlanan Youngju ve espri yapılmasını seven Jimi, tanıştıkları andan itibaren çok iyi anlaşmışlardı. Aralarında on yaş olması samimiyetlerinin önünde bir engel oluşturmamıştı.

Jimi başlarda beraber vakit geçirebilmek için kitabevine uğramış olsa da bir süre sonra Youngju'nun evi ikisinin de sığınağına dönüşmüştü. Youngju dükkânı kapatıp evine vardığında, kapısının önünde oturan Jimi onu görüp yavaşça ayağa kalkardı. Jimi'nin iki eli de daima içinde yiyecek olan poşetlerle dolu olurdu. Herhangi bir konuda kolayca konuşabildikleri bir ilişkiye sahiptiler. İçlerinden biri havadan sudan konuşmaya başlar, diğeri ilgiyle dinlerdi. Sohbet aniden tıkansa bile çok geçmeden tekrar devam ederdi. Bir tarafın uzun uzun anlatmasından ziyade, masa tenisi oynar gibi kısa cümlelerle birbirlerine yanıt verirlerdi.

Beraber bira içerek "Minjun ne kadar sessiz..." başlığı altında konuştukları da olmuştu.

"Hakikaten konuşmuyor. Başlarda robot olduğunu sanmıştım, sadece selam veriyordu çünkü." Jimi kalamarı iyice çiğnedikten sonra devam etmişti:

"Ama işin ilginç yanı, gayet güzel cevap veriyor."

"A, sahiden öyle!" Yeni fark etmişçesine coşkuyla kafasını sallamıştı Youngju. "Demek o yüzden onunla konuşurken bunalmıyorum. Tepki verebiliyor."

"Düşününce, bu kadar sessiz olan tek kişi Minjun değil." demişti Jimi. "Aslında bu, tüm erkeklerde var. Evlendikten sonra çok konuşmamaya başlıyorlar. Evlilik hayatlarından sıkıldıklarını gösteren bir sessizlik bu."

Youngju, can sıkıntılarını sessizlikle yenmeye çabalayan erkekleri hayal edip, ağzından iki lafı cımbızla alabildiği Minjun hakkında ne düşündüğünü itiraf etmişti:

"Başlarda benden hoşlanmadığı için konuşmadığını sandım. 'O kadar rahatsız edici biri miyim?' diye düşündüm hatta."

"Niye kurban zihniyetine bürünüyorsun? Bu zamana kadar çok mu dışlandın?"

"O değil de... İnsanlarla takılacak zamanım yoktu. Sanki topuklu ayakkabılarımın çıkardığı tak tak sesleri arasında delicesine ilerlerken bir gün çevreme baktığımda, etrafımdakilerin bana yokmuşum gibi davranıp yanımdan geçip gittiklerini görmüşüm gibi hissettirirdi. 'Bugün bir yerlere gidelim mi, şunu yiyelim mi?' diyen tek bir kişi bile yoktu. Buna dışlanmak denilebilir mi?"

"Gayet dışlanmışsın."

"Demek öyle..." diyerek iç çekmişti Youngju.

Jimi bir şeyin farkına varmış gibi dudaklarının arasındaki kalamarı hızla çıkarmıştı.

"Yoksa..."

"Yoksa ne?"

"Bizi yaşlı bulduğu için mi konuşmuyor?"

"Yok canım... Hem Minjun'la aramızda o kadar yaş farkı yok."

Youngju sevimli görünmeye çalışarak iki elini de Jimi'nin yüzüne yaklaştırıp başparmaklarını kapatmıştı.

"Sekiz yaş mı var?" diye sormuştu Jimi, gülerek. "O zaman otuzunu geçmiştir."

"Kitabevine ilk geldiğinde otuz yaşındaydı."

"Doğru, aranızda sadece sekiz yaş varsa sana yaşlı gözüyle bakmıyordur. Yalnız, Minjun son zamanlarda biraz değişti sanki. Fark etmedin mi?"

"Nasıl değişti?"

"Artık daha fazla konuşuyor."

"Öyle mi?"

"Hatta kendiliğinden bazı şeyler sormaya da başladı."

"Hadi ya?"

"Benim çalışanlarla da şakalaşıp gülüyor."

"Gerçekten mi?"

"Çok şeker."

"Şeker mi?"

"E, şeker tabii. Ses bile çıkarmadan kendince bir şeylerle uğraşması. Önündeki işe odaklanmış gençler bana çok sevimli geliyor."

Minjun başlarda Youngju'nun neden her gün kendisine meyve verdiğini anlayamamış olsa da artık sessizce kabul ediyordu. Atıştırmalık kurabiyeler ya da acıkınca yenmesi için alıp kenara koyduğu poğaçalar gibi meyvelerin de Youngju'nun önem verdiği çalışan refahının bir parçası olduğuna kanaat getirmişti. Esasen çok da sevmediği meyveleri bir günlüğüne yemeyince eksikliğini hisseder olmuş, izinliyken bile meyve almak için dışarı çıkmaya başlamıştı. Alışkanlık dediğimiz, böyle oluşurdu.

Youngju'nun Minjun'a meyve ikram etmesi artık dinlenme vaktinde oldukları anlamına geliyordu. Bazen mola için tüm hazırlıkları yapmasına rağmen bir dilim yiyemeden müşterileri karşıladığı da olurdu ancak bugün yirmi dakikadır gelen giden kimse olmamıştı. Böyle günlerde yavaş yavaş meyve yiyerek yanındaki kitap yığını arasından bir tanesini seçip okurdu. Omuzlarına dökülen düz saçlarını kulağının arkasına iter, kitabın içinde kaybolurdu. Sonra aniden başını kaldırıp gözlerini belirli bir noktaya odaklamadan düşüncelere kapılırdı. Youngju her ne kadar dalıp gitmiş gibi görünse de pat diye Minjun'a sorular yöneltirdi.

"Sıkıcı bir yaşam, kendimizi kurtarmamız gereken bir yaşam mıdır?"

Youngju elini çenesine dayamış, göz teması bile kurmadan Minjun'a yine bir soru yöneltmişti. Minjun başlarda kendi kendine konuştuğunu düşünerek cevap vermemiş olsa da artık kendisine sorduğunu biliyordu.

"Öyle insanlar da vardır ya, sahip oldukları hayatı bir anda geride bırakıp yeni bir yaşama adım atan insanlar... Vardıkları yerde mutluluğu yakalayabiliyorlar mıdır acaba?" diye devam etti, bu kez doğrudan Minjun'a bakarak.

Minjun, tam da beklediği üzere bugün de cevap vermenin güç olduğu bir soruyla karşı karşıya kalmıştı. Neden her defasında böyle sorular soruyordu? Uzun süre sessiz kalmanın kabalık olacağını düşünerek cevapladı:

"Bilmem."

Youngju'nun sorularına verdiği karşılık, "evet" ve "bilmem" arasında gidip gelirdi ancak elinden bir şey gelmiyordu. O kişilerin vardıkları yerde mutlu mu yoksa mutsuz mu olduklarını nereden bilebilirdi?

"Şu an okuduğum romanın karakteri köprü üzerinde tesadüfen bir kadınla tanışıyor. Bu karşılaşma sayesinde İsviçre'de yaşayan adam trenle Portekiz'e gidiyor. Gezi amaçlı değil, temelli… Ben de merak ettim. Adamın hayatı sıkıcı olmasına sıkıcıydı ama yine de iyiydi. Hani, gizli bir üstünlüğe sahip insanlar vardır ya, dünyanın çoğu bilmese de onların takdir edilesi özelliklerini fark eden birkaç kişinin de olduğu. Öyle bir üstünlük taşıyarak gayet güzel geçinip gidiyordu. Ama sanki hep o anı beklemişçesine bir günde İsviçre'den ayrıldı. Acaba Portekiz'de ne bulacak? Mutlu olacak mı?"

Normalde son derece gerçekçi bir yaklaşıma sahip olan Youngju'nun, kitap okurken hayal âleminde gezinen bir insana dönüşmesi Minjun'u eğlendiriyordu. Adeta tek gözü açık uyuyan bir insan gibi, bir gözüyle gerçek dünyayı görüyor, diğer gözüyle ise rüyalarda dolaşıyordu. Kısa bir süre önce Minjun'a hayatın anlamını sormuştu.

"Sizce hayatın bir anlamı var mı?"

"Efendim…"

"Bence yok."

"..."

"Bu yüzden herkes kendi anlamını bulmalı. Ayrıca bir kişinin hayatı, bulduğu anlama göre değişir."

"Evet."

"Ama bulamıyorum."

"Neyi?"

"Anlamı… Nerede aramalıyım ki? Hayatımın anlamı sevgide mi? Gerçek bir dostlukta veya bir kitapta mı? Bu kitabevinde mi? Bilmiyorum; çok zor."

"..."

Minjun hiçbir şey söylemeden baksa da Youngju bunu dikkate almayıp konuşmaya devam etmişti:

"Sürekli hayatımın anlamını arıyorum ama bu kolayca bulunabilecek bir şey mi? Bulamazsam... Hayatımın bir anlamı yok demektir, değil mi?"

Ne demek istiyordu?

"Bilemiyorum."

Ne de olsa Youngju, bir cevap beklemekten ziyade aklında dönüp duran düşünceleri sorular aracılığıyla toparlamaya çalışıyordu. Bu yüzden Minjun'un avutucu bir yanıttan fazlası da azı da olmayan bir karşılık vermesine içerlemezdi. Minjun, Youngju'nun arada bir belirsiz düşünce bulutları arasında kaybolmasının, ardından tekrar cesur adımlarla gerçeklik içinde yaşamaya devam etmesinin onun hayatını daha da zenginleştirdiğini yavaş yavaş anlamaya başladı.

Derken zamanla Minjun da Youngju gibi düşüncelere kapılır hale geldi. Düşüncelerinin ucunda, puslu bir hayali anıdan bir mekâna ulaşıyordu. Geleceğin umutları veya hedeflerini barındıran bir hayal değil, sahici bir hayaldi bu; adamın Portekiz'e giden trene binmesini sağlamış olan hayaldi. Minjun, adamın vardığı yerde mutlu olup olmayacağını bilemiyordu. Ancak kesin olan bir şey varsa, o da tamamen farklı bir yaşama kavuşacağı gerçeğiydi. Kimisi için bu bile yeterli değil miydi? Dün sahip olduğu hayattan bütünüyle farklı bir yarın... Gün içinde defalarca bunun hayalini kuranlar için adamın yarınının hayalini gerçekleştirmiş bir kişinin simgesi olabileceğini düşündü.

KİTAP SÖYLEŞİSİ

Ara sokaklara mahalle kitabevleri açılmasının bir trend oluşu gibi dükkânı sadece kitaplarla çevrelemek değil, kültürel yaşamı canlandıran bir alan olarak genişletmek de bir trend olmuştu. Ancak kitapçılar bu trendleri hoşlandıkları için takip ediyor veya öncülük ediyor değildi. Bunun bir çeşit yem olduğu söylenebilirdi. Öncelikle müşterileri kitabevine çekmek gerekiyordu. Ne de olsa yalnızca kitap satarak geçim sağlamak kolay değildi.

Youngju başlarda sadece kitap satmayı planlamış olsa da, son derece ağır ilerleyen satışlarla kâr elde edemeyeceğini fark etmişti. Sadece tek bir çalışana sahip olmasına rağmen elemanının sorumluluğunu üstlenmesi gereken bir işveren olarak kârı hesaba katmak zorundaydı. Bu sebeple her cuma akşamı başvuruda bulunan herkesin katılım sağlayabileceği şekilde kitabevini kullanıma açtı. Kitap söyleşileri, performanslar ve hatta sergileri mümkün hale getirdi. Yaptıkları tek şey alanı sağlamak olduğundan kendisi ve Minjun her zamanki gibi çalışmaya devam edebilecekti.

Fikrini tanıtımlarla destekledi. Kitabevinin önündeki kaldırım tabelasına afiş asıp başvuru formunu sosyal medyada paylaştı. İlk başta bu etkinliklerin kitap okumak için gelen müşterileri rahatsız etmesinden endişelense de tam tersi olmuştu. Birçok müşteri okumak için kitabevine uğradıklarında bir yazarın kitabından bir bölüm okuduğunu veya bir müzisyenin şarkı söylediğini görüp etkinliğe katılmışlardı. Beş bin *won* karşılığında bir adet kitap alan veya bir içecek sipariş eden herkese katılım hakkı tanınıyordu.

Her ayın ikinci çarşambası kitap söyleşisi yapılıyor, dördüncü çarşambası ise kitap kulübü toplanıyordu. Youngju ilk altı ay boyunca kitap kulübüne öncülük etmişti. Fakat bu görev ona giderek ağır geldiğinden üyelere kulüp liderliği teklif etmiş, kabul eden iki, üç kişi kendi sıralarına göre diledikleri kitabı seçip toplantıyı sürdürmeye devam etmişti.

Kitap söyleşisini Youngju üstlenmişti. Hem yazara istediği her şeyi sorup kitap hakkında konuşma fırsatını bir daha yakalayamayacağını düşündüğünden hem de "kitabevi sahibinin bizzat yönettiği kitap söyleşisi" anlayışıyla yalnızca Hyunam-Dong Kitabevi'ne has bir özellik yaratmak istediğinden... Söyleşiden ses kaydı alıp içeriğini özetliyor, ardından bunları blog ve sosyal medya üzerinden paylaşıyordu. Bilhassa konuşulanları detaylıca düzenlediği yazılar, yazarlar tarafından beğeniyle karşılanıyordu.

Şimdilik yalnızca çarşamba ve cuma günleri gerçekleştirilse de etkinlikleri ileride ne şekilde yürüteceği üzerinde kafa yormaya başlamıştı. İşgücünün sınırlarını aşması halinde sevilen işin 'zorunda kaldığı için yapılan bir işe' dönüşeceğini çok iyi biliyordu. Sevdiği görev bile onu zorluyorken, hiç sevmediği bir görevi üstlenmesi gerekirse iş tamamen angaryaya dönüşürdü. Çalışmayı keyifli kılan şey, işin ölçüsünün ne derecede makul olduğuydu. Bu sebeple kendisinin ve Minjun'un yapması gerekenler konusunda sınırın aşılmamasına dikkat ediyordu. Kitap kulübü ve söyleşilerinin olduğu günlerde Minjun'un yarım saat fazla çalışması kâfiydi.

Kitap söyleşisine her hazırlandığında gergin oluyor, etkinlikten birkaç gün önce kendini bu sıkıntıya neden soktuğunu sorgulamaya başlıyordu. Göz önünde olmayı dahi sevmiyorken, konuşmayı bile beceremiyorken niçin böyle bir işe giriştiğini düşünüyor, pişmanlığa kapılıyordu. Fakat söyleşi başlar başlamaz pişmanlığını unutuyor, her anın tadını çıkarıyordu.

Kitabı okurken merak ettiği konular ve hoşuna giden noktaları yazara aktarabiliyor olduğu gerçeği bu işten vazgeçmemesinin en büyük sebebiydi.

Youngju çocukken yazarların tuvalete gitmediğini, yemek yemeye dahi ilgisiz olduklarını zannederdi. Özellikle gece vakti buhranlarının estiğini, yalnızlıklarının boyunlarından bellerine, ardından parmak uçlarına dek bir sarmaşık misali onları sardığını düşünürdü. Yalnızlıktan usanmış bir insanın kibar olmasına pek ihtimal vermese de yazar oldukları müddetçe asabiyetlerine tahammül edebileceğini hissederdi.

Ona göre yazarlar, dünyanın mantığına hâkim olup, kader tarafından yönlendirilerek yazmaya başlamış bireylerdi. Bir yazarın bilmediği bir konu olabilir miydi? Olamazmış gibi geliyordu. Yazarlara dair sahip olduğu bu izlenim uzun yıllar geçerliliğini sürdürmüştü.

Gelgelelim kitap söyleşisi esnasında tanıştığı yazarlar hayal ettiğinden çok daha alelade ve cana yakın kimselerdi. Yazma yeteneklerinden her gün şüphe duyan sıradan insanlardı yalnızca. Kimileri bir yudum bile alkol alamıyor, kimileri ofis çalışanlarından bile daha düzenli bir yaşam sürdürüyor, kimileri ise formda olmaya önem veriyor ve her gün koşuya çıkıyordu. Geçim kaygısı barındırmayan tam zamanlı bir yazar olmak uğruna her gün yedi saat boyunca yazdığını söyleyen bir yazar, kitap söyleşisi bittikten sonra ona, şöyle demişti:

"Sadece denedim. Yeteneğim olup olmadığı konusunda endişelenmek yerine kendimi yazmaya adadım. Bir kereliğine de olsa böyle yaşamak istemiştim çünkü."

Youngju'dan bile daha çekingen ve utangaç yazarlar da vardı. Bazıları gözlerine dahi bakamamıştı. Anlatmak istedikleri olsa da "konuşmayı beceremediğinden yazmaya başladığını" söyleyen bir yazar, akıllı olmadığı için ağır konuştuğunu, anlayışlarına sığındığını söyleyerek kendine özgü yöntemiyle katılımcıları güldürmüştü. Aceleyle iddialarda bulunmak yerine her cümleyi yavaş bir tempoda incelikle dokuyan yazarlar, tuhaf bir şekilde Youngju'yu rahatlatıyordu çünkü konuşma tarzları saf görünmelerine yol açsa da bu, hayatı dikkatlice yaşamanın bir sorun olmadığı düşüncesini uyandırıyordu.

'Kitaplarla Yakınlaşmanın 52 Yolu' adlı söyleşide *Her Gün Okumak* kitabının yazarı Lee Areum ile konuşacaktı. Kitabın yarısına geldiğinde mutlaka yazarla tanışmak istediğini düşünmüş, bitirdikten sonraysa sorular hazırlamaya başlamıştı. Soru listesinin kolayca hazırlanmış olması, yazarla konuşmak istediği konuların bir o kadar fazla olduğu anlamına geliyordu.

Yazarla Soru-Cevap. (Blog paylaşım saati 10.30. Özetin Instagram üzerinden paylaşım saati 10.41)

"Kitapta sevdiğim nokta, kitap okumanın bir başarı olmadığını düşündürmesiydi..." dedi Youngju gülerek.

"Doğru düşünmüşsünüz." diye gülerek yanıtladı Areum. "Kitap okumanın dünyaya bakışımızı genişlettiği söylenir ki bu da dünyayı daha iyi anlayabilmemizi sağlar. Anlayışa sahip oldukça da güçleniriz. Güçlendiğimiz yönünü başarıyla bağdaştıran insanlar olsa da durum yalnızca güçlenmekle sınırlı değil. Anlayış beraberinde acıyı da getirir. Kitaplar, kısıtlı deneyimlerimizle hiç görmediğimiz bir dünyanın barındırdığı acılarla çevrelenmiştir. Bir başka deyişle, eskiden farkında olmadığımız ıstıraplarla karşı karşıya kalırız. Bir başkasının kederini derinden hissederken sadece kendi başarımız ve mutluluğumuzun peşinden koşmak zorlaşır. Bu yüzden kitap okumanın, aksine bizleri bahsedilen o başarıdan uzaklaştırdığı kanaatindeyim. Kitaplar bizi başkalarının önüne ya da üstüne koymaz, başkalarının yanında durmamızda yardımcı olur. Bu sebeple bir başka açıdan başarıya ulaşıyoruz aslında."

"Hangi açıdan?" diye sordu Youngju.

"Biraz daha insaniyet kazanıyoruz diyebiliriz. Kitap okurken başkalarının duygularını paylaşabiliyoruz. Bizleri bitmek tükenmek bilmeyen bir telaşla başarıya koşturacak şekilde tasarlanmış bu dünyada, koşmayı bırakıp etrafımızdaki insanlara bakma olanağını elde ediyoruz. Bu yüzden daha fazla insan kitap okursa bu dünyanın biraz daha güzelleşeceğini düşünüyorum."

"Vakti olmadığından kitap okuyamadığını söyleyen epey kişi var. Siz çok okuyorsunuzdur, değil mi?" "Çok diyemem. İki, üç günde bir kitap okuyorum." dedi Areum.

Youngju gülerek karşılık verdi:

"Çok okuyormuşsunuz işte..."

Aerum da güldü.

"Öyle mi? Herkes çok meşgul, elimizden gelen tek şey vakit buldukça okumak. Sabah, öğlen, akşam ve uyumadan önce biraz biraz okuyalım derken bu kısa anlar birleştiğinde epey büyük bir zamanı oluşturuyor aslında."

"Aynı anda birkaç kitap okuduğunuzdan bahsetmiştiniz..."

"Dikkatim kolay dağıldığından olsa gerek..." diye açıkladı Areum. "İlginç bir kitap olsa da sürekli onu okuduğumda sıkılıyorum ve sıkıcı olan hiçbir şeyden hoşlanmadığım için hemen başka bir kitaba geçiyorum. Kimileri kitapların birbirine gireceğini düşünse de benim için öyle olmuyor."

Youngju:

"Daha önceden okunan bir kitabı tekrar okurken konusunu iyi hatırlayamadığımız da oluyor..."

"Hımm... Şahsen kitap okurken hatırlamaya büyük bir özen göstermiyorum. Elbette detaylar birbiriyle bağlantılı olacağından önceki sayfalarda geçenleri aklımızda tutmalıyız. Gerçekten hiç hatırlayamazsam da... Doğrusu bunu yaşamadım. Genellikle büyük kısmını hatırlıyorum ancak zorlanırsam kalemle işaretlediğim bölümlere dönüp göz atmam yetiyor."

"Hatırlamaya özen göstermediğinizi kitabınızda da söylemişsiniz. Gerçekten sorun olmuyor mu?"

"Bence bir sorun teşkil etmiyor. Nasıl desem; kitapların zihinde değil, bedende yer edindiği fikrine sık sık kapılırım. Ya da belki zihnimizin ucundaki bir hatırada saklıdırlar. Tam olarak hatırlayamasam da kimi cümleler ve hikâyeler bir seçimle karşı karşıya kaldığımda bana yardımcı oluyor. Yaptığım hemen hemen tüm seçimlerin temeli, okuduğum kitaplara dayanıyor. Önceden okumuş olduğum kitapları hatırlayamıyorum ancak üzerimdeki etkileri baki. O halde bu, hatırlamaya özen göstermem gerekmediği anlamına gelmez mi?"

"Bunu duyduğuma rahatladığımı söyleyebilirim. Geçen ay okuduğum kitabın içeriği aklımda kalmamıştı." diye itiraf etti Youngju.

"Benim de öyle... Birçok kişi için öyle olacaktır."

"Okuma oranının düşük olduğu bir dönemde yaşıyoruz. Siz ne düşünüyorsunuz?"

"*Instagram*'ı ilk kez bu kitabı yazmaya başladığımda kullandım. Günümüz insanlarının kitap okunmadığı iddiası nereden çıkmış diye düşünecek kadar şaşırmıştım. Birçok kişinin muazzam bir hızla kitap okuduğunu fark edince, okumaya düşkün insanların her daim varlıklarını sürdüreceğini düşünmüştüm. Elbette o kişilerin azınlıkta olduğunun bilincindeyim. Kısa bir süre önce yayımlanan makale, Koreli yetişkinlerin yarısının yılda tek bir kitap bile okumadığından bahsediyordu. Ama doğrusu ben okuyucu oranının düşük olmasının bir problem teşkil ettiğini söylemek konusunda temkinliyim çünkü bu durumun altında meşguliyet, vakit eksikliği ve mental rahatlığı yakalayamamak yatıyor. Ne de olsa zamanla yarışan sisteme sahip bir toplumuz."

"O halde toplum düzelene dek kitap okumanın güç olduğunu söyleyebilir miyiz?"

"Toplum düzelene kadar bekleme fikrinden hoşlanmıyorum. Kitap okuyanlar, yani başkalarının acılarını paylaşabilenler çoğalmalı ki dünya daha hızlı güzelleşebilsin."

"O halde ne yapılmalı?"

"Çözüm bende değil!" diyerek güldü Areum. "Yine de insanların içinde okuma arzusu var. Birçok kişi okumaları gerektiğinin bilincinde. Özünde durum şu: Başlarda zorlansak bile devam ettikçe kendimizi sürekli okurken buluruz. Peki, başlangıcı nasıl yapmalıyız? Kitabımı bu soruyu soran kişiler için yazdığımı söyleyebilirim."

"Evet, kitabınızda zamanlayıcılardan bahsediyorsunuz. Okumakta zorlandığınızda zamanlayıcı kullandığınızı yazmışsınız."

"Kitap okumanın güçleştiği anlarda, şu an asıl neyle ilgilenmek istediğimizi kendimize sormamız gerekiyor. İçgüdülerimiz dikkatimizi neye vermek istediğini bize gösterir. Son zamanlarda pek çok insan işini bırakmak istiyor ve istifa etmiş kişilerin yazdığı birçok kitap var. O halde o kitapları okumanız yeterli olacaktır. Başka bir ülkeye mi yerleşmek istiyorsunuz? O halde yurtdışında yaşamaya dair kitaplar okuyun. Kendinize saygınızı mı yitirdiniz? En yakın dostunuzla ilişkiniz mi koptu? Depresyonda mısınız? Bunlarla ilgili kitapları okuyun." diye önerdi Areum. "Tabii uzun zaman elimize bir kitap almamışken tekrar okumaya çalışınca odaklanamamak gibi bir gerçek de var. Devamlı başka şeylere yöneliyoruz. Ben öyle anlarda telefonumdan zamanlayıcıyı ayarlayıp okumaya başlıyorum. Genellikle yirmi dakika kuruyorum. Zamanlayıcı çalana dek, ne olursa olsun kitaba odaklanmayı düşünsek yeter. Sınırlandırmalar bizleri gergin tutar ve gerginlik odaklanmamızı sağlar. Peki ya yirmi dakika sonlanınca… Seçim yaparsınız. Bugün yirmi dakika okumuş olmanızın yeterli olduğunu düşünüyorsanız, kitabı bir kenara koyup başka bir işle uğraşabilirsiniz. Biraz daha okumak isterseniz zamanlayıcıyı tekrar kurarsınız. Üç defa yeniden kursanız bir saat eder. Günde üç defa zamanlayıcı kurmaya özen gösterirsek günde bir saat kitap okuma fırsatı yaratabiliriz."

KAHVE VE KEÇİ

Minjun'un barista olarak çalışmaya başladığı ilk zamanlarda, kahve çekirdekleri haftada iki defa olmak üzere kargoyla teslim edilirdi. Çekirdekler, kokularının uçup gitmesini mümkün olduğunca önlemek amaçlı ufak saklama poşetlerinde gelirdi fakat Minjun son zamanlarda, vermiş olduğu siparişi elden teslim almak ve bir sonrakinde hangi çekirdeği kullanacağını Jimi ile konuşmak için işe gitmeden önce iki günde bir Goatbean'e bizzat uğramaya başlamıştı.

Goatbean, Youngju'nun kitabevini açtığı ilk zamanlar etrafa danışarak bulduğu bir kahve fabrikasıydı. Hem düzgün bir yönetime hem de kaliteli kahve çekirdeklerine sahip bir fabrika bulmak için sorup soruşturmuş, şans yüzüne gülmüş ve Hyunam-Dong Mahallesi'ndeki bu fabrikaya ulaşmıştı.

Goatbean'in sahibi Jimi, Youngju'nun kitabevini tek başına işlettiği günlerde haftada bir defa uğrayarak işin üstesinden gelip gelemediğini gözlemleyecek kadar ilgili davranmıştı. "Çekirdekler ne kadar kaliteli olursa olsun, baristanın becerisine göre tadının büyük fark göstereceğini" söyleyerek müşterilere bizzat kahve hazırladığı bile olmuştu.

Bir barista bulduğu haberini duyunca dükkâna koşan ilk kişi Jimi'ydi. Müşteri kılığına girip Minjun'un hazırladığı kahvelerin tadına defalarca bakmış, kitabevinden çıkar çıkmaz Youngju'ya rapor etmişti.

"Minjun kahveleri senden çok daha iyi yapıyor. İçim epey rahatladı."

"O kadar da değil sanki..."

"Hayır, tam olarak o kadar!"

Minjun'un kahvesini dördüncü kez içmeye gittiğinde, "Bay Minjun, kim olduğumu bilmiyorsunuz, değil mi?" dedi Jimi.

Aralarında tek kelime geçmemiş bir müşteri, ona kim olduğunu bilip bilmediğini sorunca Minjun boş bir ifadeyle baktı.

"Şu an elinizde taşıdığınız çekirdeklerin kavurma işlemini yapan kişiyim."

"Goatbean'in sahibi misiniz?"

"Evet. Yarın sabah on birde ne yapıyorsunuz?"

Minjun kadının sözlerini ölçerken, o ekledi:

"Dükkânımıza bir uğrayın. Madem barista olarak çalışıyorsunuz, kullandığınız çekirdeklerin nerede ve nasıl yapıldığını bilmelisiniz."

Ertesi gün Minjun Goatbean'e gitti. O gün, daha önce hiç gecikmediği yoga dersini ilk kez asmıştı. Kapıdan içeri adım attığında ufak bir kafeyi andıran mekân onu karşılamış, ilerleyerek arka kapıdan girdiğinde ise kahvelerin kavrulduğu alan gözlerinin önüne serilmişti.

Kavurma makinesini görür görmez aklına kalemtıraş geldi. Tutacağı kavranıp döndürüldüğünde kalemin ucunu açan minicik alet, neredeyse insan boyutuna ulaşmış, kahve çekirdeklerini kavuruyordu. Üç çalışanın her biri makinelerin önünde vızır vızır dolaşıyor, Jimi ise sandalyeye oturmuş, masanın üzerinde bir şeyler yapıyordu. Minjun'u görünce ona oturmasını söyleyen bir el hareketi yaptı.

Minjun daha sandalyeye yerleşmeden, açıklamaya girişti:

"Çiğ kahve çekirdekleri arasından kötü olanları ayıklıyorum."

Hem konuşuyor hem de ayıklamaya devam ediyordu.

"Şuna bakın. Diğerlerine kıyasla rengi epey koyu, değil mi? Çürük meyveden çıktığı için böyle. Şu kahverengi olan da bayat. Bir koklayın. Mayhoş değil mi? Bunları makineye atmadan önce ayıklamamız gerekiyor."

Jimi duruşunu bozmadan işine devam etti. Minjun da onu takip ederek siyah, kahverengi ve şekli bozuk olanları ayıklamaya başladı. Jimi'nin elleri aralıksız hareket ediyor olsa da gözü Minjun'un üzerindeydi.

"Goat ne demek biliyor musunuz?"

"Keçi, değil mi?"

"Neden Goatbean adını koyduğumu anladınız mı?"

"Bilmem... Keçilerin kahvenin kökeni ile bir bağlantısı mı var?"

"Oo! Hemen yakalıyorsunuz!"

Jimi "Bitti!" deyip sandalyeden kalkarak Minjun'u solda duran makineye götürdü. Bir çalışan, kavurma işlemi tamamlanmış makineden çekirdekleri ayıklıyordu. Jimi, kahvenin tadının güzel olması için bir kez daha elle ayıklanması gerektiğini açıkladıktan sonra, öğütücüye doğru ilerledi.

"Bunlar sizin çekirdekleriniz. Geriye kalan tek şey öğütmek... Öğütme aşamasına göre çekirdekler ya daha iri ya da daha ince hale gelir. İkisinin de özütleme yöntemi farklıdır."

Minjun bir yanıt vermedi. Jimi, onun sessizce dinlediğini görünce ekledi:

"Kahveleriniz çok güzel... Ama biraz acı. Fazla özütleme yüzünden olduğunu düşünüp çekirdekleri biraz daha iri öğütmüştüm. Tadındaki farkı hissettiniz mi?"

Bir süre düşündükten sonra yanıtladı Minjun:

"Demleme süresini değiştirdiğim için farklı olduğunu sanmıştım ama anlaşılan yanılmışım."

"Demek siz de üzerinde uğraşmışsınız!"

Jimi çekirdeklerin öğütüldüğü esnada, Minjun'un kafasını kahveyle ilgili bilgilerle doldurdu. Efsaneye göre kahve, keçiler aracılığıyla keşfedilmişti. Keçilerin ufak, yuvarlak ve kırmızı meyveleri yediklerinde yorulmadan oraya buraya zıpladıklarını gören bir çoban, kahve ağacının varlığını ve etkilerini keşfetmişti.

"Bu nedenle Goatbean isminde karar kıldım. Zaten 'Ne koysam?' diye düşünüp durmak da yorucuydu."

Jimi, kafeini kendisi kadar kaldıramayan bir insan olmadığından ama yine de kahveyi çok sevdiği için günde üç, dört fincan içtiğinden bahsetti. Minjun içinden uyumakta epey güçlük çekeceğini geçirdiğinde, Jimi düşüncelerini okumuşçasına ekledi:

"O yüzden mutlaka öğlen beşten önce içiyorum. Yine de uyuyamazsam birkaç bira yuvarlıyorum."

Kahve ağacı yaprak dökmezdi ve kahve çekirdekleri ağaç meyvelerinin tohumlarıydı. Çekirdekler Arabica ve Robusta olarak ikiye ayrılırdı ve Jimi tadını daha güzel bulduğu için yalnızca Arabica satışı yaptıklarını söylemişti. Ardından bir kahvenin aromasını neyin belirlediğini sormuş, Minjun bilmediğini söyleyince yanıtın rakım olduğunu açıklamıştı. Ovalarda yetişen çekirdekler daha dayanıklı ve aroması daha hafifti. Yükseklerde yetişen çekirdeklerin asitliği iyiydi ve meyve ile çiçek karşımı bir kokuya sahipti. Jimi ilk defa kahve seçtikleri zaman Youngju'nun özellikle meyve aromasını sevdiğini, bu nedenle benzer tatlılıkta çekirdekler göndermeye devam ettiğini söyledi.

O günden sonra Minjun haftada bir kez Goatbean'e uğramaya başlamıştı. Derken zamanla daha sık gider olmuş, yoga dersinin saatini değiştirmişti. Minjun yavaşça Goatbean'in atmosferine hâkim olmaya başlamıştı. Kapıyı açıp içeri girdiğinde soğuk bir havayla karşılaşması, o gün Jimi'nin epey kızgın olduğu anlamına geliyordu. Öfkeli olmasının sebebi elbette kocasıydı. Goatbean çalışanları Jimi'nin kocasını bir kez olsun görmediklerini söyleyince, adamın eşinin tek boynuzlu at gibi bir varlık olduğu fikrine kapılmıştı. Yalnızca Jimi'nin hayal gücünde yaşayıp nefes alan, Jimi'den bin bir küfür yiyen bir varlık...

Minjun'un şüphelerini gideren şey bir fotoğraftı. Tesadüfen gördüğü fotoğrafta otuzlu yaşlarının başında görünen Jimi ve kocası mutlulukla gülüyorlardı. Jimi, fotoğrafı evlenmeleri üzerinden daha bir yıl bile geçmemişken çekildiklerini, defalarca yırtıp atmayı denese de aptallığından bunu beceremediğini söyleyip yeniden kocasına hakaretler etmeye başlamıştı. Eşinin evi bir çöplüğe çevirmesi veya buzdolabındaki yiyecekleri bozulmaya bırakması gibi konularda on, cenazeye gideceğini söyleyip de arkadaşlarıyla bütün gece içmesi ya da kendisi çalışırken genç bir kadınla bir kafede oturup flört edişini yakalanması gibi konularda yirmi, kocasının onu yalnızca bir para makinesi olarak gördüğünü hissettiği günlerde ise otuz dakika boyunca hakaretler yağdırırdı. Kocasına otuz dakika boyunca saydırarak rehin aldığı gün Minjun, neredeyse ilk kez işe geç kalacaktı.

Bugün on dakikalık hakaret günüydü.

"Kendi kuyumu kendim kazdım! İlk ben âşık oldum o kişiye!"

Eşinden "o kişi" diye bahsetmişti.

"O vurdumduymaz halleri gözüme çekici gelmişti. Dünyayı dolaşan bir otostopçu gibiydi. Benim akrabalarım en ufak olayda yaygarayı koparır, öyle ki Busan'ı sallayan az buz olaya karışmadılar ama bu adam benim şimdiye dek tanıdığım en rahat insan. Patronu azarlasa da müşterisi hadsizlik etse de ağzını açıp tek kelime etmeye tenezzül etmez."

Kocasıyla 'pub'da çalışırken tanışmışlardı.

"O havalı hallerine kapılıp kendimi kollarına atmıştım. Birkaç yıl çıktıktan sonra 'evlenelim' diye üsteledim. Ben aslında evliliğe karşıydım, biliyor musun? Küçükken kadınların ne kadar zorluk çektiğini gördüğüm için evlenmek istemiyordum. Annem, teyzelerim, etrafımdaki diğer kadınlar, hepsi bin bir sıkıntı çekiyordu. Evlendikleri için nasıl pişman olmuşlardı anlatamam ama gözüm öyle kör olmuştu ki ev eşyalarını bile kendim alacağımı söyleyerek benimle evlenmesi için yalvardım. Sonuç bu işte... Dün eve bir girdim, her yer pislik içinde. Bulaşıklar hâlâ yıkanmamış, hazırlanıp nereye gittiyse artık çıkardığı kıyafetler etrafa saçılmış, banyonun lavabosunda saçlar duruyor... Açlıktan ölecek halde eve gelmiştim ama buzdolabında yiyecek hiçbir şey yoktu. Kalan iki 'noodle'ın birini sabah, diğerini de öğlen yemiş. Hafta sonu aldığım mezelerle birlikte... Ben onun iş yapmamasına bir şey demiyorum ama insan yine de beraber yaşadığı kişiyi hiç düşünmez mi? Ben acıkmıyor muyum? Yediysen git, yenisini al. Onu da yapmak istemiyorsan en azından arayıp benim almamı iste, değil mi? Bunları söylediğimde de hiçbir şey demeyip odaya giriyor. Kızdığından bu sabaha kadar tek bir kelime dahi etmedi."

Tüm bunları nefes bile almadan anlatan Jimi, bir bardak suyu kafasına dikip ekledi:

"Çok özür dilerim. Böyle konuşarak seni de sıkıyorum. Rahatsız oluyorsundur."

İşin garibi, Minjun dinlemekten rahatsız olmuyordu. Aksine, işten çıktığında pub gibi bir yerde buluşup bir iki saat boyunca Jimi'nin kocası için ettiği hakaretleri dinlemek istiyordu. Neden böyle hissettiğini düşününce, belki de bir başkasını dinlerse kendisinin de yüreğini açabileceğini umduğunu fark etti. O anda Minjun ilk defa, çok uzun bir zaman boyunca kimsesiz kaldığı gerçeğini kabul etti.

"Rahatsız olmuyorum. Anlatmaya devam edebilirsiniz."

"Yok, şimdi sen böyle söyleyince daha kötü hissettim. Bundan sonra daha az yakınacağım."

Minjun bir yanıt vermeyince devam etti:

"Neyse, bugünün kahve çekirdekleri Kolombiya harmanı. Kolombiya kırk, Brezilya otuz, Etiyopya yirmi ve Guatemala on. Kolombiya kahvesinin bir tür denge hissi verdiğini düşün. Ya Brezilya..."

"..."

"Yanlış cevap versen de olur, endişelenme."

"Hımm... Yumuşak bir tat."

"Evet. Ya Etiyopya?"

"Bilmem... Asitliği mi?"

"Guatemala'yı da söyle."

"Guatemala... Acı..."

"Bildin!"

Goatbean'den çıkan Minjun, havanın aniden değiştiğini hissetti. Bunaltıcı yaz havası geride kalmıştı. Hâlâ sıcak olsa da en azından ferahtı. Sonbahar yaklaşıyordu. Yaz boyu Goatbean'den kitabevine kadar otobüsle gitmişti. Havalar biraz daha serinlediğinde artık yürüyerek gidebilecekti.

Spor yapıyor, çalışıyor, film izliyor, dinleniyordu. Minjun artık bu basit döngünün bir uyum içinde güzelce işlediğini hissetti. Sadece bunlara sahip olarak yaşayabileceğini geçirdi içinden.

DÜĞME VAR, İLİK YOK

Minjun istediği üniversiteye girdiğinde üzerinden büyük bir yük kalktığını hissetmişti. Ailesinin daha sıkı çalışması ve ilk dikişi iyi atması gerektiğiyle ilgili söylemlerinden ne kadar nefret etse de okula kabul belgesini önüne koyduğunda "İlk dikişi iyi attım!" diye düşünmüştü. Yetişkinler "eğer iyi bir üniversiteye girerse her şeyin yolunda gideceğini, prestijli bir üniversiteden mezun olduğu takdirde aşamayacağı engelle karşılaşmayacağını" söylesler de o ve arkadaşları sırf üniversite adının güvenli bir geleceği garanti edemeyeceğini zamanla öğrenmişlerdi. Hep olduğu gibi, üniversitede de dur durak bilmeden koşturmak zorunda kalmıştı.

Büyüdüğü kasabadan tek başına Seul'a taşınan Minjun, daha kabul töreni gerçekleşmeden dört yıllık üniversite hayatının planını hazırlamıştı. Notlar, stajlar, sertifika, gönüllü faaliyetler ve İngilizce... Arkadaşlarının da ondan farkı yoktu. Sadece ailelerinin durumuna bağlı olarak nerede ve ne rahatlıkta faaliyet göstererek özgeçmişlerini doldurdukları değişkenlik gösteriyordu. Ancak ailelerinin ekonomik gücü, çocuklarının kendi başlarına başarıya ulaşmalarını sağlayamamıştı. Minjun tıpkı ilkokulda yaptığı gibi, her ders dönemi için bir zaman çizelgesi hazırlamıştı. Çizelgeye göre hareket edecek hırs ve iradeye sahipti. Ailesi dört sene boyunca oğullarının üniversite harcı, kirası ve geçim masraflarını karşılamak için varını yoğunu ortaya koymuştu.

Üniversite hayatının tamamı yarı zamanlı işler ve ders çalışmakla geçmişti. İşi ve dersleri aynı anda yürütmek kolay olmasa da bunun da bir tür geçiş dönemi olduğunu varsaymıştı. Sadece biraz daha dayanması gerekiyordu. Bunu da atlatsa yeterdi. Minjun emek sarf ederek yaşamanın değerli olduğu görüşüne sahipti. Yeterince uyuyamadığından her daim yorgun hissetse de dilediğince uyuduğunda mutlu olacağı günleri düşünerek kendini teselli ederdi. Bu kadar iyimser olmasının sebebi şimdiye dek gösterdiği tüm çabaların sonuçlarını görmesi ve gelecekte de emeğinin karşılığını almaya devam edeceğine dair inançtı. Dört yıllık not ortalaması 4.0'a yakın, özgeçmişi eksiksizdi. Gelecekte önüne her ne çıkarsa çıksın üstesinden gelebileceğine dair güveni tamdı. Ne var ki bir işe giremedi.

Bölüm arkadaşı Sungchul, okulun önündeki barda *soju*[1] içerlerken, "İş bulamamamız aklına yatıyor mu? Bizim neyimiz eksik?" diye yakınmıştı. Sungchul ile okulun beşinci günü tanışmış, dört yıl boyunca birbirlerinin yanından ayrılmamışlardı.

"Bir yanımız eksik olduğundan iş bulamıyor değiliz..." demişti Minjun, içkiden kıpkırmızı olmuş suratına rağmen bardağı tekrar kafasına dikerek.

"O zaman niye bulamıyoruz?"

Minjun'a onlarca, yüzlerce kez sorduğu soruyu bir kez daha yöneltmişti Sungchul. Gün içinde kendisine de defalarca sorduğu soruydu bu.

"İlik ufak kalıyor çünkü. Hayır hatta ilik bile yok!" demişti Minjun, Sungchul'un bardağına *soju* doldurarak.

"İlik mi? Ne iliği?" diye sormuştu Sungchul.

"Düğme iliği."

İkisi de birer yudum daha içtikten sonra Minjun devam etmişti:

---

1 Soju: Güney Kore'ye ait damıtılmış bir içki türü.

"Ben lisedeyken annem hep öyle söylerdi. 'İlk düğmeyi iyi iliklersen geri kalan düğmeler kendiliğinden kolayca iliklenir.' diye. 'İyi bir üniversiteye girmek, ilk düğmeyi iyi iliklemektir.' derdi. O yüzden okulu kazandığımda içim rahatlamıştı, bu şekilde yaşamaya devam edersem ikinci, üçüncü, dördüncü düğme de kolayca iliklenecekmiş gibi gelmişti. Öyle düşünmem sanrıdan ibaret miydi sence? Bana kalırsa bir yanılgı falan değildi. Ne kadar zeki olduğumu sen de bilmiyor musun? Senden daha zeki olduğumu kabul edersin herhalde, değil mi? Böylesine akıllıyken üstüne delicesine çabaladım ama yine de bu toplum beni kabul etmedi. Şimdi ben buna nasıl dayanacağım?"

İyice sarhoş olmuş Minjun, önüne düşen başını tekrar kaldırıp devam etmişti:

"Ben üniversiteye girdiğimde hakikaten elimden gelen her şeyi yaptım. Sen de yapmışsındır. Sürekli sabit bir tempoda koştum durdum. Senden daha hızlı koşmuşumdur. Düşünüyorum da düğmeleri iliklememde yardımın büyüktü. Sağ ol."

Sungchul'un omzuna vurunca, o da memnun bir ifadeyle gülümsemişti.

"Ben de sayende daha parlak düğmeler ilikledim; teşekkürler."

Sungchul'un sözleri üzerine hafifçe gülümseyip kan çanağına dönmüş gözlerini arkadaşına dikerek, "Yalnız, Sungchul..." demişti Minjun.

"Ne?"

"Dikecek düğme yaratmak için ölümüne uğraştığım sırada gözden kaçırdığım bir şey olduğunu fark ettim."

"Neymiş?" gözlerini açmaya çalışarak sormuştu Sungchul.

"Bir düşünsene. Gömleğimin bir tarafında kaliteli düğmeler alt alta dizilmiş ama diğer tarafında hiç ilik yok. Neden mi? Kimse ilik açmamış çünkü. Kıyafetime bir bak. Acınacak halde, sadece baştaki düğme ilikli."

Minjun'u dinlerken istemsizce kendi giydiği gömleğe bakmıştı Sungchul. Düğmeler düzgün bir şekilde dizilmiş ve hiçbiri iliklenmemişti. Sungchul irkilmiş ve aceleyle ilk iki düğmeyi iliklemişti. Alkolün etkisiyle parmakları hızlı hareket edemese de odaklanıp, içinden "Acaba her gün böyle önüm açık dolaştığım için mi iş bulamıyorum?" diye geçirerek son düğmeye kadar, özenle iliklemişti. Minjun, elindeki *soju* bardağına ilk defa gördüğü bir nesneymiş gibi dikkatle bakarak konuşmaya devam etmişti:

"Ne kadar komik! Hiç düğmesi olmasaydı tarzı böyleymiş der, giyip dolaşabilirdim ama şu hale bak! Sadece ilk düğme ilikli ve altında kullanmadığım düğmeler dizili. Bir saçmalık sadece. Bu gömlek de, bu gömleği giyen ben de saçmalıktan ibaretiz. Trajikomik değil mi? Geçen bunca zaman sadece bu saçma sapan hale düşeyim diye yaşanmış. Hayatımın böylesine gülünç hale geleceğini asla tahmin edemezdim."

"Bunun neresi trajikomik?"

İlk düğmeyi iliklediği için boynunu sıkan yakayı çekiştirerek cevap vermişti Sungchul.

"Neresi olacak?"

"O kadar da acınası durumda değiliz diyorum."

Minjun boş boş bakıp Sungchul'un alnını parmağıyla ittirerek, "Öyle mi dersin? Bu belki de iyi bir şeydir, kötü bir şey değildir!" demişti.

"Neyin var oğlum senin?"

"Olumlu düşünmenin gücü dedikleri bu mu? Böyle bir yaşama bile iyi tarafından bakılabilir mi? Bu gerçekten mümkün mü?"

Anlamsız laflar bağırmaya başlayınca, Sungchul susmasını söyleyerek Minjun'un ağzını eliyle kapatmıştı. Minjun kendini Sungchul'un elinden kurtarıp tekrar bağırmıştı:

"Trajikomik işte!"

Ardından ikisi de hayatlarının ne kadar trajik olduklarını söyleyerek gülmeye başlamıştı. Minjun boş *soju* bardağını, Sungchul da *soju* şişesini kavrayıp tamamen mutsuz olmadıkları için, hâlâ gülebildikleri için ne kadar şanslı olduklarını söyleyerek tekrar kahkahaya boğulmuşlardı. Minjun gülümseyerek bir şişe *soju* daha istemiş, Sungchul rulo omlet ve *budae jjigae*[2] sipariş etmişti. Yeni *soju* şişesi masalarına konulunca bir sessizlik çökmüş, ikisi de aynı düşüncelere kapılmıştı:

"Biri ortaya çıkıp gömleğime ilik açsa… Vasıfsız biri olmadığımı kanıtlarcasına ikinci, üçüncü iliği bir şekilde açsa… Mümkünse şu an karşımda duran dostumun gömleğine de el atsa… Hatta mümkünse diğer arkadaşlarımızın gömleklerine de... Yok, hayır, mümkünse dünya ilikten geçilmese. Dünya, her ne kadar büyük bir düğme olsa da, içinden kolayca geçebilecek devasa bir boyutlarda iliklerde dolup taşsa..."

Minjun iletişimlerinin tam olarak ne zaman kesildiğini hatırlamıyordu. Kesin olan tek şey aradan iki senenin geçmiş olmasıydı. Belki de Sungchul bir iş bulmuştu. Tek iş bulan kendisi olduğu için kötü hissettiğinden iletişime geçmemişse, onu anlayabilirdi. Henüz iş bulamadığı için uzak duruyorsa, kendisi için de durum aynıydı. Çoğu üniversite arkadaşıyla iletişimi kesmişti. Arasalar bile açmamış, gelen mesajlara cevap vermemişti. İş bulma kurslarında tesadüfen karşılaştığı arkadaşlarına üstünkörü bir selam vermekle yetinmişti. O sıralar iki ayrı mülakata hazırlanıyordu. Ön eleme, yeterlik testi ve karakter değerlendirmelerinde başarılı olmasına rağmen mülakatları bir türlü geçemiyordu. Gün içinde defalarca aynaya bakıyordu. Görünüşü yüzünden miydi? Yakışıklı olmasa da çirkin değildi. Sokakta sürekli karşılaşılan bir yüz… Kendisini değerlendiren görüşme-

2 Budae Jjigae: Güney Kore'ye özgü, çeşitli malzemelerle yapılan bir tür yemek. Jambon, sosis, fırında fasulye, kimçi, erişte gibi malzemelerle yapılır.

cilerin yüzlerinden pek de farkı olmayan bir surat. Yoksa fazla sıradan olduğu için mi kabul görmüyordu?

Gerçek bir mülakata giriyormuş gibi mülakat kursuna katılmış, kendinden emin bir intiba bırakarak, alçakgönüllü ve soğukkanlı bir tavırla soruları yanıtlamıştı. Fazla girişken olmasa da kararlı olduğu müddetçe herkesten daha yaratıcı fikirler ortaya koyabileceği izlenimi vermek için jest ve mimiklerini çalışmıştı. Ne kışkırtıcı ne de çekingen davranmıştı. İki senedir iş bulamamasının kendi kusurlarından değil, şirketlerin potansiyelini fark edemeyişinden ileri geldiğini gösteren, özgüvenli bir tavır takınmıştı.

Ve bir ret bildirimi daha...

Mülakatın son aşamasına kadar ilerlediği şirketten bile ret mesajı almıştı. Mesajı tekrar okuduktan sonra direkt silmiş, hareketsizce durarak ne hissettiğini algılamaya çalışmıştı. Hayal kırıklığı, öfke ya da utanç mı? Ölme arzusu mu? Hiçbiri değildi. Rahatlamıştı... O şirketin başvuracağı son şirket olacağını sezmişti. Böyle hissetmesinin bir dayanağı yoktu ancak bir süredir işe girmek adına herhangi bir çaba göstermemişti. Daha önceleri başvurduğu bir şirket yetenek değerlendirmesi için mülakata gelmesini istediğinde gitmişti ama hepsi buydu. Sadece alıştığı bir durum haline geldiği için devam etmiş, yine alıştığı bir durum olduğu için gerilmişti. Fakat artık tüm bunların sonuna geldiğini düşünüyordu. Artık yetmişti. Sahiden de rahatlamış hissediyordu.

Tek odalı evinde yere çökmüş, annesini aramıştı.

"Anne, ben iyiyim. Endişelenme. Özel ders versem kendimi rahatça geçindirebilirim. Biraz kafamı dinleyip öyle başlamak istiyorum."

"İyi olduğuna eminsin, değil mi?"

Annesinin abartılı derecede neşeli sesinin üstüne Minjun'un neşeli sesi yerleşmişti. Annesine yalan söylemişti.

Bir süre boyunca özel ders vermek veya iş başvurusu yapmak gibi bir niyeti yoktu. İş arayan sıfatından kurtulmak, mülakatlara hazırlanmayı bırakmak istiyordu. Artık sonu olmayan bir yolda yürüyor veya beton bir duvarı boş yere itiyor hissine kapılmak istemiyordu.

Sadece dinlenmek istiyordu. Geri dönüp bakınca, ortaokuldan bu yana bir an olsun içi rahat bir şekilde dinlenemediğini fark etmişti. Ortaokulda onur öğrencisi olarak seçilmişti ve durmaksızın gayret göstermek zorundaydı. Çabalamaktan hoşlanmıyor değildi ancak eğer yaptıklarının sonucu buysa, hiç çabalamamayı tercih ederdi. Yine de geçmişine dair pişmanlığa kapılmak istemedi. Fakat ileride de şimdi olduğu gibi yaşamaya devam ederse pişman olacağını sezebiliyordu. Banka hesabını kontrol etti. Birkaç ayı geçirebilecek bir miktar parası vardı. O anda karar vermişti. Sıfıra düşene kadar keyfine bakacaktı. Hiçbir şey yapmadan öylece yaşayacaktı. Evet, öyle yapacaktı. Sonrasında da... Ya sonrasında...

"Ne sonrası? Sonra diye bir şey yok!"

Minjun kışın sonlarına doğru adım attığı işsizlik yaşamının bölünmemesi için, telefonunu sadece uyumadan önce ki o da aklına gelirse, açmaya karar vermiş, telekomünikasyon şirketini arayarak paketini standart pakete çevirmişti. Ne de olsa Minjun'un arayacağı kimse yoktu.

Yapması gereken işlerden uzaklaştığında neyle meşgul olarak yaşayacağını merak ediyordu. Ne derece mümkün olacağını bilemese de günlük rutininin doğal bir şekilde akıp gitmesini umuyordu. Sabah alarmı, toplumun bakışı, ailesinin iç çekişleri, sonu gelmeyen rekabet, karşılaştırılmalar ve geleceğe dair korkulardan bütünüyle kurtulabilmeyi diliyordu.

Sabah geç saatlerde uyandığında keyif çatmış, nihayet acıktığındaysa yemek yiyip tekrar yatağa geçerek bir sağa bir sola dönmeye devam etmişti. Penceresinin önünden geçen insanların ayak sesleri, konuşma sesleri ve araba sesleri dışında bütün gün tek bir ses duymamıştı. Dışarıdaki gürültü azalınca zihninde türlü türlü düşünceler belirmiş, bir süre sonra kaybolmuşlardı. Kendini berbat hissetmiş, ardından tekrar iyimser bir ruh haline bürünmüştü. Giderek kendi kendine konuşmaya başlamıştı.

"Şimdiye dek yaptığım her şey..." diye başlamış, cümleyi içinden devam ettirmişti Minjun. "Hepsi bir iş bulabilmek için çırpınmak uğrunaymış."

Anaokulunda dikteden yüz puan aldığı anı hatırlamıştı. Öğretmeni kırmızı boya kalemiyle defterine kocaman bir yüz yazmış, "Aferin sana Minjun!" diyerek poposuna pat pat vurmuştu. Nedense iltifat edilmesi onu utandırmış ama bir yandan da göğsü kabarmıştı. Eve koşup defterini gösterince, ailesi oğullarını havaya kaldırarak, "ne yemek istediğini" sormuşlardı.

"O zamanlarda mı başladı acaba?" demişti Minjun, buzdolabından iki yumurta çıkarırken.

İlkokul, ortaokul ve lisede öğrendiği her şey... Üniversitede öğrendiği her şey... İlkokul, ortaokul ve lisede yaptığı her şey... Üniversitede yaptığı her şey... Onların neticesi... İş bulmaktan vazgeçtiği sürece tüm o neticelerin faydasız hale geldiğini düşünmüştü.

"Yok, yine de böyle bir yargıya varamam. Sonuçta İngilizce öğrendim. Yurtdışına çıktığımda işime yarar elbet. Sahiden aptalım galiba, yurtdışına da çok sık gidiyorum ya! Yine de... Yoldan geçen bir yabancı yer yön sorarsa tarif edebilirim sonuçta. Her neyse... İngilizce öğrenmiş olmam yeter. Ya geri kalanlar... Sınav becerim... Sunu ve slayt hazırlama kabiliyetim... Bir işe başladığımda sonunu getirebilmem... Halihazırda yorgunken sınırları zorlayabilmem... Tüm bunlar faydasız şeyler mi?"

Tecrübe ettiği tüm işlerin en belirgin sonucunu, kendini düşündü. Her yerden geri çevrilen, yetersiz benliğinden yine de nefret etmiyordu. Aslına bakılırsa yetersiz olduğunu da düşünmüyordu. Bir keresinde çaba sarf etmenin yeterli olmadığını, asıl mühim olanın düzgün bir iş çıkarabilmek olduğunu duymuştu. İyi de, kimin standardına göre düzgün? Uykusundan feragat edip özenle oluşturduğu şekli de rengi de kalitesi de iyi düğmeleri düşündü. Minjun o düğmeleri "düzgün" yaptığına dair hiçbir şüphe duymuyordu.

Fakat o düğmeler yalnızca iş uğruna yapılmış düğmelerdi. İçi bu yüzden acıyordu. Yine de düğmeler uğruna harcadığı onca zamanı bir kayıp olarak görmek istemiyordu. Vücudunun, kalbinin bir yerlerinde o günlere dair keyifli hatıralardan anlar kazılıydı. Değil miydi? Tamamen yanlış seçimler mi yapmıştı?

Çok geçmeden işsiz yaşamı oldukça düzenli bir boyuta ulaşmıştı. Uykuya düşkün biri olmadığını, fazla uyuyunca halsizleştiğini keşfetmişti. Alarm çalmasa bile sabah sekizde gözleri açılıyor ve etrafı köşe bucak temizleyip, iyi bir kahvaltı ediyordu. Hesabı dibe vurana dek para derdine düşmemeye karar vermiş olduğu için, üç öğünü de atlamadan yiyordu. Sabahları ekmek, sahanda yumurta veya çırpılmış yumurta, öğlenleri ise içine sebzeler eklediği pilav, akşamları da o gün ne yemek isterse fazla fazla yiyordu.

Sabah dokuz buçuk oldu mu evden çıkıyor ve yoga dersine gitmek için yaklaşık yirmi dakika yürüyordu. Ağırlık çöken vücudunu rahatlatmak için başladığı yoga dersleri, beklenmedik şekilde hoşuna gitmişti. Başlarda bedeni öyle ağrıyıp sızlamıştı ki vücudunun tahmin etmediği noktalarında bile kaslar olduğunu keşfetmişti. En çok da ders bitiminde vücudunu esnettikten sonra uzanarak dinlendiği anları seviyordu. Kısa bir süreliğine uzanmasının bedenini ve ruhunu dinginleştirdiği gerçeği onu şaşırtıyordu. Kimi zaman dalıveriyor ve hayatının en rahat uykusunu çekiyordu. Yoga eğitmeni alçak bir sesle "Herkes doğrulup otursun lütfen." dediğinde uyanıyor, vücudunu adeta bir kuştüyü kadar hafiflemiş buluyordu. Tüm gerginliğinden kurtulmuş halde, tekrar yirmi dakika yürüyerek eve döndüğünde, kendisi için güzel bir şey yaptığını düşünerek bir anlığına mutlu hissediyordu.

Ne var ki mutluluk onu karşıladığında mutsuzluk da peşinden geliyordu. Odasına oturup ağzına kocaman bir marul sarması sıkıştırdığı anda, birdenbire aklında şu düşünce beliriyordu:

"Böyle yaşamaya devam edebilir miyim?"

Marul sarması her ne kadar lezzetli olsa da bu düşünceler oldukça tatsızdı. Tatsız şeylerin lezzetli şeyleri yenemeyeceği düşüncesiyle tekrar marul sarmış, iyice çiğnediğinde onu yakalayan kasvet yok olmuş, normal haline dönmüştü.

Öğle yemeğini yedikten sonra genellikle film izliyor, ara ara da sevilen dizi önerilerine bakıyordu. *Beyaz Kule*'yi sonunda izlemiş, Jang Junhyuk'un öldüğü sahnede ağlamaya başlamıştı. *Stranger*'ı izlediğinde Kore dizi sektörünün ne kadar geliştiğine şaşırmıştı. Filmleri ise uzman internet siteleri aracılığıyla özenle seçiyor, ayda iki defa sanat filmlerine gidiyordu. Sungchul onun bu halini görse epey gurur duyardı.

Sungchul film izlemeye bayılırdı. Müthiş bir film tutkunu olarak sınav dönemlerinde bile gece geç saatlerde film izler, sırf uyuyamadığı için bitkin gözlerle dövüş filmleri izleyen Minjun'u eleştirirdi.

"Başkalarının değil, kendi sevdiğin filmleri izle!" diyen Sungchul'un ağzını zorla kapatmaya çalışsa da o susmak bilmezdi.

Minjun bir filmin on milyon izleyiciye ulaştığını söyleyerek sinemaya gittiğinde Sungchul, "Hep böylesin işte!" der, onu küçümserdi.

"İyi bir filmi on milyon kişi izleyebilir tabii ama on milyonluk filmlerin hepsi iyi değil diyorum. Sen bunu anlamıyorsun. O filmlerin on milyonluk olabilmesinin sebebi esasen üç milyonluk olmaları."

Minjun bir yanıt vermese bile bunu umursamaz, konuşmaya devam ederdi Sungchul:

"Milyonlarca izleyici tanıtımın kölesi olmuş demek istiyorum. Seyirci üç milyonu geçince yapım şirketi 'Bu film üç milyon izleyiciye ulaştı' diye reklam yapıyor. O zaman da insanlar 'Ooo, üç milyonu geçmiş, ben de gidip izlesem mi?' diye düşünüyor. Böylece dört milyonu geçiyor. Sonra yapım şirketi yine reklam yapıyor. 'Bu film dört milyon izleyiciyi geçti.' İnsanlar yine aynı düşüncelere kapılıyor. Böyle böyle beş, altı, yedi milyon..."

"Sus!" demişti Minjun, Sungchul'un sözünu keserek. "Bu lafların bir safsata olduğunu anlamıyor musun?"

"Niye çokbilmişlik yapıyorsun?"

"Senin dediğin şu anlama çıkmıyor mu? Bir filmin üç milyon izleyici tarafından izlenmesi aslında on milyon demek. O zaman tüm yapımcıların hedefi üç milyon herhalde... Üç milyona ulaşan filmlerin hepsi on milyona dönüyor, öyle mi?"

"Ne laftan anlamaz adamsın! Niye biri bir şey anlattığında kabul etmesini bilmiyorsun? Söylediklerimin özü şu: Bir filmin on milyon izleyiciye sahip olması on milyon seyircinin de beğenisini kazanacak kadar iyi bir film olduğu anlamına gelmiyor. O yüzden on milyona ulaştı diye değil; biz, hepimiz, kendi sevdiğimiz filmleri izlemeliyiz. Anlıyor musun?"

Sungchul'a bakmadan defterine bir şeyler yazarken, sormuştu:

"Filmi izlemeden sevip sevmeyeceğini nereden biliyorsun?"

"Yönetmenine, afişine, konusuna baksan anlarsın! Bir düşün. On milyon nüfusu geçen ülkemiz insanı gangster ve savcıların birbiriyle savaştığı filmden o kadar da hoşlanıyorlar mı sence? Hepsinin dokunaklı filmleri o kadar sevdiğini mi düşünüyorsun? Hepsi *Marvel* hayranı mı? Herkes izlediği için onlar da izliyorlar işte."

Ne zaman film konusu açılsa Sungchul'un neden bu kadar tutuştuğuna anlam veremese de onu sakinleştirebilecek tek kişinin kendisi olduğunun farkındaydı. Yazmayı bırakıp Sungchul'a bakmıştı.

"Ne demek istediğini şimdi anladım."

"Değil mi ama?"

"Söylediklerinin hepsini anlıyorum. Ben yanlış düşünmüşüm. Anlattığın için teşekkürler. Gerçekten sağ ol." deyip yerinden kalkarak abartılı bir şekilde Sungchul'a sarılmıştı.

Sungchul'un ruh halini değiştirme planı her zaman mükemmel bir şekilde işlerdi.

Minjun'a daha da sıkı sarılarak, "Ben de teşekkür ederim dostum, beni anladığın için." demişti Sungchul.

Tıpkı Sungchul'un söylediği gibi, Minjun aksiyon filmlerini sevdiği için izliyor değildi. Sungchul'un iddia ettiği üzere, ne tür filmlerden hoşlandığını bilmediği için başkalarının sevdiği filmleri izliyordu. Yine de bunu bir kayıp saymıyordu. İzlerken eğlendiğini hissetmesi yetiyordu.

Artık epey boş zamanı olduğundan hangi türlerden hoşlandığını keşfedebilmişti. Neyi sevdiğini öğrenmek için ilkönce kendi yüreğini keşfedecek zamana ihtiyacı olduğunu Sungchul'a söylemek istiyordu. Üst düzey, derin ve ince işlenmiş filmleri anlamak için gerekli konsantrasyon ve zihinsel rahatlığın elzem olduğunu anlatmak istiyordu. Onu tekrar gördüğü zaman, onca işle meşgulken nasıl şarkı söyleyebildiğini, nasıl o kadar fazla film izleyebildiğini, ne kadar meşgul olursa olsun sevdiği şeyden kopmadan yaşayabilmesinin sırrının ne olduğunu sormak istiyordu.

İzlediği filmler hakkında derinlemesine düşünmeye başlamıştı. Gününü filmin yarattığı etkinin tadını çıkararak geçirdiği de oluyordu. Daha önce, bir amaç gütmeksizin belirli bir şeye bu kadar fazla zaman ayırmadığını düşündü ve büyük bir lükse sahip olduğunu hissetti: Vaktini istediği gibi kullanabilme lüksü… Zamanını ağır ağır geçirerek kendi karakterini ve zevklerini öğrendi. Minjun yavaş yavaş anlamıştı: Bir şeye ilgi göstermeye başlayınca nihayetinde kendi içimize bakmaya başlıyorduk.

DEVAMLI MÜŞTERİLER

Minjun masayı silerken bir yandan hemen hemen otuzlu yaşlarında görünen müşteriyi süzüyordu. Bu adam son birkaç haftadır saat bir buçuk oldu mu damlıyor ve kitabevini adeta bir kütüphane gibi kullanıyordu. Youngju'nun söylediğine göre ilk birkaç gün boyunca kıyıyı köşeyi incelemiş, en sonunda okumaya değer bulduğu bir kitap seçmiş, ertesi günden itibaren hiç aksatmadan gelerek "yemek sonrası okumanın" keyfini sürmeye başlamıştı. Adam, kitabevinden beş dakika uzaklıkta yeni açılan emlak ofisinin patronuydu.

Müşterinin kitabevini kütüphaneyle karıştırıp okumaya başladığı kitap, *Doğrular ve Yanlışlar* adında büyük ve kalın bir kitaptı. Adam yarısından fazlasını çoktan okumuştu ve her gün gelerek geriye kalan sayfaları da sindirmekten pek hoşnut görünüyordu. Kitabı tekrar rafa koyup kitabevinden ayrıldığı esnada düşünceli gözlerinde huzur notaları seçilebiliyordu. Edindiği entelektüel kazanımlardan memnun göründüğü bile söylenebilirdi. Youngju ve Minjun, adamın bu davranışını nasıl durdurabilecekleri, yani buranın bir kütüphane değil, kitabevi olduğu gerçeğini nasıl anlatabilecekleri üzerinde konuştular.

Minjun'un karşısına oturmuş not alırken, Youngju:

"Öncelikle, okuduğu kitabı bitirene kadar bekleyelim."

"Yalnız..." diye başladı Minjun. "*Doğrular ve Yanlışlar* adında bir kitap okuyan insanın, kendi yaptığı hareketin doğruluğu ve yanlışlığını ayırt edememesi çok gülünç."

"Kişinin kendisine objektif bir yaklaşım sergilemesi zordur. Kitap okusa bile..." diye yanıtladı Youngju, başını kaldırmadan.

"O zaman kitap okumanın ne anlamı kalıyor?"

Pencereden dışarı bakarak biraz düşündükten sonra cevap verdi Joungju:

"Her ne kadar zor olsa da olanaksız değil çünkü kendi içine bakmakta başarılı olan bir kişi, okuduğu tek bir kitapla bile az da olsa değişebilir. Ancak böyle olmayan insanlar da sürekli teşvik edildikleri takdirde eninde sonunda kendilerine karşı dürüst bir yaklaşım sergilerler bence."

"Öyle mi dersiniz?"

"Ben ikinci gruba girdiğimi bildiğim için kitapları hep özenle okurum. Sürekli okursam ben de iyi bir insana dönüşebilirim diye düşünürüm hatta."

Minjun usulca başını salladı.

Youngju, haberdar olup olmadığını merak ederek, "O müşterinin neden burada emlak ofisi açtığını biliyor musunuz?" diye sordu.

"Mahalledeki emlak piyasası düzeldiği için mi?"

"Hayır, henüz değil ama birkaç yıl içinde düzeleceğini düşünüyormuş. Buradan yirmi, otuz dakika uzaklıktaki mahalleler son zamanlarda yapılan mutenalaştırma yüzünden sıkıntı çekiyor. Eh, oradan kovulan insanlar nereye gidecek? Emlakçı da Hyunam-Dong Mahallesi'ni önermiş sanırım. Birkaç yıl içinde bu sokaklar mülk alıp satan ve kiralayan insanlarla dolacak."

Minjun, satın almadığı kitapların keyfini süren müşteriye bakarak, adamın başarıya ulaştığı için Tanrı'ya şükrettiği günün gelmesi halinde, kendisinin bu mahalleyi terk etmesi gerekeceğini düşündü. Şimdi bile güç bela ödediği kirası o günler geldiğinde ikiye katlanacak demekti. Bir kişinin hayalleri gerçekleşirken bir diğer kişinin yaşamının altüst olmasının saçmalığı... O müşteri ve kendisinin benzer bir kaderi paylaşamayacağını düşündü.

Minjun kitabevinde çalıştığı bir sene boyunca devamlı müşterilerinden birçoğuyla sohbet eder olmuştu. Çoğu zaman lafa giren taraf müşteriler olsa da kendisi de bazen onları selamlardı. Neredeyse her gün uğrayanlar arasında en aşina olduğu kişiler başta Minchul'un annesi olmak üzere mahalle sakinleriydi. Haftada bir defa uğrayan müşterileri de tek bakışta tanıyabiliyordu. Aralarında en cana yakın olanlar ise kitap kulübü üyeleriydi. Gönüllü olarak Minjun'un hazırladığı kahvenin tadım testini yapan müşteriler de vardı ve onları bir kez gördü mü hiç unutmuyordu.

Defalarca konuştuğu müşteriler arasında bir ofis çalışanı da bulunuyordu. Bu müşteri haftada iki, üç defa uğrar ve dükkân kapanana dek kitap okurdu. Minjun'un temizlik yaptığı sıralarda koşarak geldiği günler de olmuştu. Nefes nefese içeri girmiş, masaya yerleşmiş ve iki, üç sayfa da olsa okumuştu. Öğle saatlerini kitabevinde heba ettiği için Youngju ile şakalaşacak kadar samimi olmuşlardı. Minjun ikilinin ilk tanışmalarına kulak misafiri olmuştu. Müşteri isminin Choi Wooshik olduğunu söylemiş, Youngju bunu duyar duymaz ellerini çırpıp isminin çok güzel olduğu konusunda iltifat etmişti. Minjun, nadiren heyecanlanan Youngju'da bir haller olduğunu düşünmüş olsa da sevdiği aktörle aynı isme sahip olduğunu duyunca farkında olmadan fazla tepki gösterdiğini sonradan öğrenmişti.

Wooshik'in kitabevine gelişi şöyle işliyordu: Önce bir kitap alır ve o gün beraberinde kahve ısmarlamaz, sandalyeye yerleşerek kitabını okurdu. Kitap satın almadığı günlerde ise kahve sipariş eder ve birkaç yudum almakla kalırdı. Wooshik bazen bir haftadan uzun süre etrafta görünmezdi. Youngju ve Minjun bunu kimi zaman fark eder, kimi zamansa fark etmezdi. Wooshik uzun bir aradan sonra kitabevine geldiği gün, parlayan gözlerle neden epeydir uğrayamadığını Youngju'ya anlatmıştı.

"Seyahat acentesi yeni bir ürün çıkarttı, dolanıp durarak ürünleri tanıtmakla ölümüne meşguldüm. Bir şekilde gelip biraz kitap okumak istesem de hiç vakit bulamadım. Siz çoktan kapatmışken dükkânın önünden geçmek, nasıl desem, küçükken annem kızar diye atari salonuna hiç bakmamaya çalışarak yürüyüp gittiğim günlerdeki gibi üzgün hissettirdi."

Minjun, Wooshik'in hassas bir kişi olduğunu düşünmüş, genellikle roman okuduğu için hassasiyetinin romanlardan kaynaklanıp kaynaklanmadığını merak etmişti. Ya da aksine, hassas bir kişi olduğu için romanlardan hoşlanıyordu. Hayır, belki de varsayımı yanlıştı. Romanlar sadece hassasiyetle ilişkilendirilemezdi.

Bir gün masayı silmekte olan Minjun'a, "Kendimi tanıtmakta geciktim. Ben Choi Wooshik."

"A, evet, ben de Kim Minjun."

Wooshik, "Özür dilerim." diyerek ansızın üzgün bir ifadeyle Minjun'a bakmıştı.

"Ne için?"

"Kahve için. Her defasında yarım bıraktığım için kötü hissediyorum. Çarpıntı yaptığından çok içemiyorum ama yine de tadına bakmak istiyorum."

"Bunun için özür dilemenize hiç gerek yok."

"Öyle mi? Yine boş yere endişeye kapılmışım desenize..." demişti Wooshik, insanın gönlünü hoş eden bir gülümsemeyle. "Kahveden pek anlamasam da sahiden çok güzel yapıyorsunuz."

Minjun, kaybettiğini bile fark etmediği değerli bir eşyayı tesadüfen bulmuşçasına Wooshik'e bakmıştı.

"Çok teşekkür ederim."

Devamlı müşterilerin hepsiyle alakadar olsalar da Youngju ve Minjun'un son bir, iki aydır özellikle ilgisini çeken biri vardı: Köşede oturan müşteri... Havaların yeni ısındığı zamanlarda nadiren uğramış, yaz sıcağının tavan yaptığı günlerden itibaren sürekli gelmeye başlamıştı. Hafta içi neredeyse her gün geliyor ve kitabevinde uzun saatler geçiyordu. Kitap okuyan ve dizüstü bilgisayarında gezinen insanlar arasında o kadın oldukça göze çarpıyordu. Bunun en önemli sebebi kitap okumadan, bilgisayarı ile uğraşmadan, hiçbir şey yapmadan öylece yerinde oturuyor olmasıydı.

Başlarda hemen hemen haftada bir kez gelip bir, iki saat kalan bu kadına pek aldırış etmemişlerdi. Kadın Youngju'ya şöyle bir soru sorduğunda bile onun kendine özgü bir kişi olduğunu düşünmekle yetinmişti:

"Bir fincan kahve sipariş edersem burada ne kadar oturabilirim?"

"Herhangi bir süre sınırlandırmamız yok."

"Ya! Ben yine de biraz rahatsız hissediyorum. Müşterinin bir kahve sipariş edip bütün günü burada harcaması sizin de zararınıza olmaz mı?"

"Öyle ama... Henüz bunu yapan bir kişiyle karşılaşmadım."

"O halde fırsatını yakalamışken bir düşünün çünkü ben o kişi olabilirim."

Kadın sahiden de kitabevinde harcadığı vakti giderek artırmış ve kimi günler altı saate kadar oturmuştu. Zaman sınırlamasına dair bir şey söylenmeyince kendi kuralını koyarak üç saatte bir sipariş vermişti ki onu bile kadın belirtince fark etmişlerdi. Bir gün kitabevine gelmiş, üç saat geçtikten sonra tekrar kahve sipariş ettiğinde Minjun'a şöyle demişti:

"Üç saat geçtiği için tekrar kahve istedim. Böyle yaparsam dükkânın zararına olmaz, değil mi?"

Bazen önündeki masaya telefonu ve not defterini koyardı. Ara sıra defterine bir şeyler yazsa da çoğunlukla gözlerini kapatır, kımıldamadan otururdu. Ardından başını hafifçe sallar, uykuya dalmış gibi görünürdü. Youngju ve Minjun, kadının hareket etmeden oturmasının meditasyon olduğunu çok daha sonra öğrendiler. Uyuyor gibi görünmesinin sebebi ise meditasyon esnasında gerçekten uyuyakalmış olmasıydı.

Her defasında tişört ve bol bir şortla gelen kadın, rüzgârlar esmeye başlayınca büyük bir oduncu gömleği ve pantolonla çıkagelmişti. Gündelik giyinmiş olsa da havalı görünmesini beceren bu kadının moda anlayışının rahatlığı ön planda tuttuğu söylenebilirdi. Pantolon giymeye başladığı günlerde her zaman oturduğu yerini köşedeki koltukla değiştirerek *susemi*[3] örmeye başlamıştı. Başkalarına zarar vermekten ölümüne nefret ediyor olmalıydı ki *susemi* örerken yine Youngju'ya sormuştu:

"Bununla uğraşıyorum ama bir sorun yaratmıyordur umarım? Kendi halimde öreceğim sadece, zararı dokunmaz, değil mi?"

Müşterilere dik dik bakıp rahatsız hissetmelerine sebebiyet vermemek kitabevinin birinci kuralı olsa da Youngju söz konusu bu kadın olunca kurala sadık kalamamıştı. O kahrolası *susemi*ler yüzündendi. Kadının saatlerce oturarak *susemi* örüşünü hipnotize olmuş gibi izliyordu. Avuç içi büyüklüğündeki *susemi*ler iki üç saat içinde, bazense günde bir tane olmak üzere hızlıca tamamlanıyordu.

Günler geçip gitti ve Youngju kadının isminin Jungseo olduğunu öğrendi.

Jungseo örgüsüne ara verip gözlerini kapatarak bir süre boyunca hareketsiz otururdu. Elbette bunun da meditasyon olduğunu sonraları Jungseo'dan öğrendi. *Susemi*ler birbirinden farklı şekillere sahipti. Youngju özellikle ekmek şeklinde olanı sevmiş, kabuğunun kahverengi, içinin de krem rengi olmasının harika bir seçim olduğunu düşünmüştü. Uzaktan bakılınca, masanın üzerinde fırından az önce çıkmış bir ekmek

---

3 Susemi: Elle örülen küçük temizlik bezi.

duruyormuş gibi görünüyordu. Jungseo tek kelime etmeden art arda yeni *susemi*ler yapmakla meşgul olmasına rağmen, üç saatin ardından içecek sipariş etmeyi unutmuyordu.

Bir ay geçtikten sonra Youngju, Jungseo'nun şimdiye dek kaç *susemi* ördüğünü merak etmeye başladı. Jungseo'nun evinde üst üste yığılmış bir *susemi* tepesi hayal etti. O yığının arasında ekmek şeklindeki *susemi*nin kabuk kısmı seçiliyordu. Youngju yine de ona hiçbir şey sormadı.

Derken bir gün, Jungseo elinde büyük bir poşetle içeri girip Youngju'ya şöyle dedi:

"Kitabevinize *susemi* bağışlamak istiyorum."

SUSEMİ ETKİNLİĞİ

Youngju, Minjun ve Jungseo *susem*ileri masaya koyup kısa bir toplantı yaptı. Herhangi bir karşılık beklemeden ördüklerini bağışlayan güzel kalpli Jungseo kazanç elde etmeyi amaçlamıyordu. Bu yüzden uzun süre üzerinde konuşmayı gerektirecek bir şey de yoktu. Üçü de etkinlik düzenlemeyi kabul etti.

Salı 18.30, Instagram Duyurusu

Cuma günü Hyunam-Dong Kitabevi'nde etkinlik düzenliyoruz. Kitabevine gelen herkes birer susemi alabilir! Hepsi el yapımı, kalp, çiçek, balık, ekmek gibi çeşitli şekillerde sevimli susemiler. Sınırlı sayıda olduğu için bu hediyeler öncelik sırasına göre verilecektir. Boşuna gelmiş olmamanız için kalan miktarın güncellemesini sık sık yapacağız. Cuma günü Hyunam-Dong Kitabevi'nde görüşmek üzere!

#Hyunam-Dongkitabevi #Mahallekitabevi #kitabevi #Kitabevietkinliği #susemietkinliği #Örgü

Cuma 13.04, Instagram Duyurusu

Bugün gelen herkese ücretsiz susemi veriyoruz. Miktar yetmiş adet ile sınırlı:)

Cıma 17.02, Instagram Duyurusu

Susemilerin bu kadar ilgi göreceğini tahmin etmemiştik. Kalan son otuz üç:)

Etkinlik beklediklerinden daha büyük bir ilgiyle karşılanmıştı. Youngju, Jungseo'nun örgü örüşünü nasıl büyülenmiş bir şekilde izlediyse, gelen müşteriler de sevimli *susem*ilere aynı hayranlıkla bakmışlardı. Youngju bugün kitaplardan çok *susemi*lerle ilgili sorular almıştı. Şimdiye dek birçok kez satın aldıklarını ancak yapmayı hiç denemediklerini söyleyip nasıl örüldüğünü sorduklarında Youngju, Jungseo'nun ona önceden anlattığı şekilde müşterileri bilgilendirmişti.

Youngju, eğlenceli ve özgün fikirlerin müşteriler tarafından ilgiyle karşılandığını bugün öğrenmişti. Müşteriler ufacık, sevimli bir şeye sahip olmanın verdiği mutlulukla seve seve para harcamışlardı. Kitap almaya gelip yanında *susemi* alanlardan çok, *susemi* için gelip yanında kitap alan kişi sayısı daha fazlaydı. Ancak buna dayanarak etkinlikleri artırırsa ilgileri yavaş yavaş kaybolurdu. Kitabevinin esas özelliğine odaklanıp ara sıra ilgi çekici etkinlikler eklemek gerekiyordu.

Etkinliğin sürdüğü akşam saatine doğru, dört, beş müşteri sessizce kitap okuyordu. En sonunda bir aralık yakalayan Youngju pencerenin kenarındaki masaya doğru gidip Minchul'a baktı. Çenesini sağ eline dayamış dışarıyı izleyen haliyle tıpkı kafese kapatılmış yavru bir kuşu andırıyordu. O çocuğu kafese kim kapatmıştı? Çocuk kafes kapağının içeriden de açılabileceğinden haberdar mıydı? Youngju yapmak üzere olduğu işin dünya üzerindeki en büyük hassasiyeti gerektirdiğini hissetti: Çocuğun kafesten kendi başına çıkabilmesi için ona yardım etmek, onun harekete geçmesini sağlamak...

Masanın üzerinde Youngju'nun geçen hafta verdiği *Çavdar Tarlasında Çocuklar* duruyordu. Youngju'nun yaklaşmasıyla oturuşuna çekidüzen veren Minchul'un ruh haline bakılırsa, önerdiği kitap yine başarısız olmuştu. Youngju, artık sahiden de topluma ayak uyduramayan bir lise öğrencisinin diyaloglarıyla dolup taşan bu kitabı tavsiye etmemeye karar verdi.

Minchul'un karşısına yerleşerek sordu.

"Kitabı okumadın değil mi? Konusunu mu sevmedin?"

"Hayır, ondan değil. Kitabın güzel olduğunu ben de biliyorum." diye uysal bir tavırla cevap verdi Minchul.

Kitabı elinde çevirerek sordu Youngju:

"Zor mu geldi?"

"Abla, bu kitapta sesli söylenen ilk söz kaçıncı sayfada çıkıyor, biliyor musun?"

Minchul geçen haftadan beri Youngju'ya "abla" diye seslenmeye başlamıştı.

"Bilmiyorum. Ne zaman çıkıyor?"

"Kitap başladıktan yedi sayfa sonra."

Minchul'un ses tonu yağmurlu bir günde yağmurun yağdığını belirtirmişçesine monoton olsa da Youngju sesindeki içerlemeyi yakaladı. Minchul, Youngju'nun aklından geçenleri fark etmişçesine bir an duraksayıp konuştu:

"Üzgünüm, daha önce hiç böyle bir kitap okumadığım için... Ders kitaplarını bile zar zor okuyorum."

Minchul geçen hafta Youngju'yla görüşmek için kitabevine gelmişti. Annesiyle aralarında bir anlaşma olduğunu Youngju zaten biliyordu: Minchul haftada bir kez kitabevine gelip Youngju'nun okumasını söylediği kitabı okursa, dershaneye gitmese de evde saatler boyu yatsa da annesi ona dırdır etmeyecekti. Youngju bunu ilk duyduğunda şiddetle karşı çıkmıştı. Altına giremeyeceği bir yüktü. Çocuğu da yeğeni de olmayan Youngju bir başkasının oğlunun eğitimine nasıl dâhil olabilirdi? Özür dileyip "yapamayacağını" belirtince Minchul'un annesi ellerini tutmuş, "Sana yük olabileceğini anlıyorum..." demişti.

Ardından ellerini bırakıp sormuştu:

"Sadece bir müşteriye kitap önerdiğini düşünsen olmaz mı? Beklentim yalnızca bu. İşin içine ben girdiğim için böyle hissediyorsun, Minchul'u haftada bir kez kitabevine uğrayan bir lise öğrencisi olarak düşün. Bir aylığına yapalım. Sadece dört kez. Güzel bir kitap öner yeter. Bizi hiç dinlemiyor. Şimdiki anne babalar böyle beceriksiz işte! Daha kendi çocuklarıyla ne yapacaklarını bilemiyorlar."

Bunun üzerine Youngju bir günde fikrini değiştirmiş ve Minchul ile görüşmeye karar vermişti. Gerçekten bir lise öğrencisi dükkânına girip çıksa, yük hissetmek şöyle dursun, onu son derece sevimli bulurdu.

Çavdar Tarlasında Çocuklar'ın sayfalarını sırf iş olsun diye çevirerek bu yaşlardaki bir gence hangi kitabı önerebileceğini düşünüyordu.

Minchul kitabı işaret ederek, "O kitabı mutlaka okumam gerektiğini mi düşünüyorsun?" diye sordu.

"Hı..."

"Öyle düşünüyorsan bir hafta daha deneyeceğim. Alışık olmadığım için zor geldi ne de olsa."

Kendini açık açık ifade eden Minchul'a bakarak düşündü. Belki de bu çocuk kafese kapatılan bir kuş yavrusundan ibaret değildi.

"Belki de öyledir. Gerçekten yapabilecek misin ama?"

"Neyi?"

"Okumak için çaba sarf etmeyi."

"İstediğim sürece yaparım."

"Hımm... Aslında okumak için bu kadar çaba sarf etmenden yana değilim."

"Çabalamadıkça istediğimiz sonuca ulaşamayız ama."

Youngju durumdan haberdar olduğunu gösterircesine, "Bunu bilen çocuk mu her şeyden ilgisini kesmiş yaşıyor?" diyerek Minchul'un nabzını yokladı.

"Bir şeyi bilmek ve buna göre davranmak birbirinden farklı" diye yanıtladı Minchul, umursamazca.

İlk tanıştıkları anda Minchul'a kanı kaynamıştı. Kendisinin gençken sahip olduğu bir yöne sahipti. O da bir zamanlar usandığını hissetmiş ve bunun sebebini çözememişti. Hissettiği usancı yok edebilmek için kendini deliler gibi ders çalışmaya vermiş, Minchul ise yakasını bu usançtan kurtarabilmek için hareket etmeyi bırakmıştı. Kim bilir, belki de kendisinden daha zekiydi. Youngju'nun ancak şimdilerde yaptığı işe o çoktan başlamış, zihninin hangi yöne gideceğini kontrolü altına almıştı.

Youngju çalışırken ara ara Minchul ile konuşmaya devam etti. Minchul, ifadesiz gözlerle pencereden dışarıyı izliyor, Youngju yaklaştığında bakışlarını ona doğrultuyor, hiç kaçınmadan sorularına ciddiyetle yanıt veriyordu. Minchul oldukça akıllı hatta eğlenceliydi. Tedbirli tavrının arkasında muzip bir yan saklıydı. Onunla sohbet ettikten sonra Youngju planını değiştirmeye karar verdi. Gövdesini masaya yaslayıp Minchul ile arasındaki mesafeyi azaltarak, "Bir strateji belirleyelim." dedi.

Youngju'nun yaklaşmasıyla afallayıp biraz geri çekilerek, "Ne stratejisi?" diye sordu Minchul.

"Kitap işini unut. Onun yerine haftada bir gel ve sadece benimle sohbet et. Annen kitaplar için bana para vermişti. Bir ay sonra onu geri vereceğim ama bir ay boyunca bu aramızda sır kalacak. Anlaştık mı?"

Minchul, "Gerçekten okumasam da olur mu?" diye sorarken, bugüne dek takındığı en parlak ifade yüzüne yayılmıştı.

Cuma 20.30, Instagram Duyurusu
Etkinliğe katılan müşterilerimiz! Umarım güzel bir öğle geçirmişsinizdir. Geriye yalnızca dört susemi kaldı. Bunları kafemizin mutfağında kullanacağız. Gelen herkese teşekkür ederiz!

Minjun, diğer günlerden farklı olarak epey ağır hareket ediyordu. Kapanış saatine yaklaşmalarına rağmen bez hâlâ elindeydi ve Youngju'nun oturduğu tarafa bakarak kuruladığı fincanları tekrar kuruluyor, zaten silmiş olduğu kahve makinesini yeniden siliyordu. Görünüşe bakılırsa Youngju bugün fazla mesaiye kalmıştı. Minjun, işin çok olduğu günlerde birlikte çalışıp bir an önce eve gitmenin daha iyi bir fikir olduğunu düşündü. Nasılsa artık o da kitabevindeki hemen her işi yapabiliyordu. Yine de kendiliğinden mesaiye kalacağını söyleyerek öne atılamazdı. Patronu ücret konusunda son derece katı olduğundan, daha fazla iş yapacağını söylemek, daha fazla para istemek olarak anlaşılırdı. Nihayetinde tereddüt ederek çantasını aldı. Biraz dikilip düşündükten sonra çantayı masaya koyarak, "Bayan Youngju, bugün mesaiye mi kalıyorsunuz?" dedi.

Bakışlarını dizüstü bilgisayarından Minjun'a çevirerek sordu Youngju:

"Biraz daha durduktan sonra gideceğim. Neden ki?"

"Daha yapılacak iş varsa yardım edebilirim. Mesai olarak düşünmeyin. Bugün eve gidesim yok da ondan."

"Ya! Ben de bugün eve gitmek istemediğim için hâlâ buradayım..."

"Sahiden mi?"

"Yalandı..." diyerek gülümsedi Youngju. "Öyle pek iş yok. Bugün Jimi bana uğrayacak, o geçmeden ben de çıkarım diye düşünmüştüm. Derken bir saat fazladan durmuş oldum."

"Anladım. O halde ben kaçıyorum."

"Yarın görüşmek üzere."

Cuma 21.47, Instagram

Hormonların etkisi sebebiyle sonbaharın erkeklerin, ilkbaharın ise kadınların mevsimi olduğu söylenir. Sevgili beyefendiler, sonbaharın yaklaştığı bu aralıkta umarım güzel günler geçiriyorsunuzdur. Sonbahar aynı zamanda iştahın da bir hayli açıldığı mevsimdir. Belki de bu yüzden işten çıktığımda bu kadar aç hissediyorum. Yine de kendimi yemek yemeye veremeye-

ceğimden, yemek programı izler gibi içinde türlü türlü yemeklerin geçtiği romanlar okuyorum. Son zamanlarda elime Laura Esquievel'ın kaleme aldığı Acı Çikolata adlı eseri aldım. Kitabı okumadan önce filmini izlemenizi öneririm:)

Minjun'un son zamanlarda biraz değiştiğini düşünerek evine vardığında, Jimi'nin kapının önünde oturduğunu gördü. Sağ elinde altılı kutu bira, sol elinde ise çeşitli peynirlerle dolu bir poşet tutuyordu. Youngju "Abla!" diye bağırınca Jimi iki elinde dambıl tutan bir sporcu gibi pat diye ayağa kalktı. Youngju Jimi'nin elinden poşeti aldı.

"Bu kadar fazla almana ne gerek vardı?"

"Ne fazlası? Nasıl olsa hepsini ben yiyeceğim."

"Gerçekten bu gece bende kalman sorun olmaz, değil mi?"

"Tabii ki olmaz. Zaten benimki eve sabah olunca giriyor. Cidden artık ne diyeceğimi şaşırıyorum."

Atıştırmalıklarla dolu tabağı yere koyup yan yana uzandılar. Bira içmek istediklerinde doğrulup, ardından tekrar rahat bir pozisyonda yatarak bu döngüyü tekrarladılar. Youngju'nun evi dekore ederken her şeyden fazla özen gösterdiği aydınlatma, gelişigüzel uzanmış iki kadının görünümüne hoş bir hava katıyordu.

"Evinde güzel olan tek şey şu ışıklandırma."

"Kitaplar da var." diye yanıt verdi Youngju.

"Kitaplar bir sana güzel."

"Bu evin sahibi de epey sevilesidir aslında."

"Seni de bir sen seversin!"

JYoungju hızla doğrulup birasından bir yudum aldıktan sonra yanıtladı:

"Abla, sahiden öyle galiba."

"Ne sahiden öyle?"

Jimi "Her şeyi ciddiye almayı bırak!" demek ister gibi gözlerini devirdi.

"Al işte, yine ciddileşiyor!"

"Son günlerde bunu çok düşünmeye başladım. Benim varlığım yalnızca bana güzel, başkalarına değil. Doğrusu kimi zaman ben de kendime iyi gelmiyorum. Yine de katlanılmaz biri değilim aslında..."

"Bu dünyada herkes öyle değil mi? Nasıl başkaları için sadece güzel bir anlam ifade edebiliriz ki? Sırf bu düşünceye tutunarak bu zamana kadar dayanmadım mı ben? Eşime katlanamadığım kadar belki o da bana katlanamıyordur. Biz nasıl karşımızdakini eleştiriyorsak, karşımızdaki de aynı sebeplere dayanarak bizi eleştirebilir."

"İlla ki dünyada kendisini sevmeyi bilip başkalarına da zarar vermeyen biri vardır ama..."

Jimi iğneleyici bir tonla, "Senin sevdiğin romanda öyle bir karakter var, değil mi? Bir tek kanatları eksiktir herhalde..." deyip tekrar uzanarak gözlerini tavana çevirdi. "Bir keresinde, 'Roman karakterlerinin hepsi biraz uyumsuz kimselerdir. Bu yüzden yaşamın içinden, sıradan insanları temsil ederler.' demiştin ya... Hepimiz uyumsuz olduğumuz için birbirimize çarpınca incinip incitiyoruz işte. Bu senin de sıradan bir insan olduğun anlamına geliyor. Hepimiz öyleyiz. Yaralayarak yaşıyoruz."

Youngju, tekrar uzanıp tavana bakarak, "Doğru..." dedi. "Abla..."

"Hım..."

"Şu müşteriyi hatırlıyor musun: Hani yemeğini yedikten sonra gelip dükkândaki kitapları okuyan?"

"Hatırlıyorum; neden?"

"Bir süre boyunca hiç etrafta görünmedi ama geçen gün gelip tekrar okumaya başladı."

"O adam da sıradan biri."

"Dün çıktığı esnada onunla konuştum."

"Ne dedin?"

"Birkaç sayfa değil, tamamını okumasının kitaba zarar verdiğini, hasarlı kitapların iade edilmesi gerektiğini söyledim."

"O ne dedi?"

"Kıpkırmızı kesilip çıktı. Öyle, hiçbir şey söylemeden."

"Kitabevinde de başkalarını inciten biri varmış, bak."

"Ama bugün yine geldi işte."

"Bu kez o da seni incitmeye mi?"

"Hayır. Şimdiye kadar okudukları da dâhil olmak üzere rastgele kitaplar seçip toplam on tane satın alıp gitti. Yüzüme bile bakmadı."

"Eve gittiğinde düşünüp zararı dokunduğunu fark etmiş demek ki."

Youngju, hafifçe güldü:

"A, doğru! Bende bir tane *susemi* vardı..."

"Ne *susemi*si?"

"El yapımı *susemi*. Ekmek şeklinde, çok tatlı. Sana getirdim."

"Kim verdi?"

"Devamlı müşterilerimizden biri. Bugün etkinlik yapmıştık, kalanları da kendime, Minjun ve sana ayırdım."

"Minjun evde yemek yapıyor mu ki?"

"Bilmem."

"Akıllı çocuk. Yapıyordur herhalde."

"Akıllı olmasıyla yemek yapmasının ne ilgisi var?"

"Bilmem, yemek yapan bir çocuğa benziyor."

Minjun yemek yiyip bulaşıkları yıkadıktan sonra bir film seçti. İzlerken telefonunu açıp gelen mesajları kontrol etti. Kayda değer bir mesaj yoktu. Tekrar kapatmak üzereyken telefonu çaldı. Çağrı, kaçınmaya çalıştığı annesinden geliyordu. Filmi durdurdu, boğazını temizledi ve cevapladı:

"Efendim anne..."

"Niye sana bir türlü ulaşamıyorum? Ne diye telefonun sürekli kapalı?"

Açar açmaz bombardıman edilen sorular üzerine iç çekerek, "Çalışırken telefonla konuşamadığımı söylemiştim ya... Eve gelince de açmayı unutmuşum." Dedi.

"Yemek yedin mi?"

"Yedim."

"Sağlığın nasıl?"

"İyi."

"İş nasıl gidiyor?"

"İşte, bildiğin gibi."

"Baban daha ne kadar yarızamanlı işlerde çalışacağını soruyor."

Minjun bir an sinirlendi:

"Ne zamana kadar yarızamanlı çalışacağıma kendim mi karar veriyorum?"

"Sen karar vermiyorsan kim veriyor?"

"Ülke, toplum, şirketler!" dedi sesini yükselterek.

"Sürekli böyle canımı mı sıkacaksın? Orada öyle yarızamanlı çalışmaya devam etmek yerine buraya gel diyorum! 'Gel de dinlen.' dememe rağmen niye laf dinlemiyorsun? Doğru dürüst dinlen ki tekrardan hedefine koşasın!"

Minjun başını duvara yasladı ve hiçbir şey demedi.

"Niye cevap vermiyorsun?"

"Anne..."

"Ne var?"

Kendi kendine konuşuyormuş gibi fısıldayarak cevapladı Minjun:

"İlla koşmam mı gerekiyor?"

"Ne?"

"Ben böyle iyiyim."

"Ne iyisi? Öyle allak bullak oldum ki uyku uyuyamıyorum. Senin oralarda, o halde olduğunu düşününce! Sen üniversitedeyken kendini sadece derslere vermeni sağlamadığım için ne kadar pişmanım, biliyor musun? O zamanlar da 'Ben iyiyim.' diyordun. Ben de gerçekten iyisin sandım!"

Annesinin titreyen sesini duyunca Minjun'un yüreğini üzüntü kapladı. Sadece derslere odaklanmadığı için değil, "Böyle devam edersem kesin başarılı olurum!" diye körü körüne inandığından yönteminin doğru olup olmadığını ölçecek zekâya sahip olamadığı için, tek bir yola inanarak koşturduğundan başka yolların da olduğunu fark edemeyecek kadar akılsız olduğu için pişman olduğunu söylemek üzereydi ki vazgeçti.

"Endişelenme. Ben gerçekten iyiyim."

"Aman, bilmiyorum. Benim sana inancım tam. Üzgün hissettiğimden böyle konuşuyorum, bakma."

"Biliyorum."

"Paran var mı?"

"Var."

"İhtiyacın olursa söyle. Boş yere kendini sıkıntıya sokma."

"Sokmuyorum."

"İyi, kapatıyorum. Telefonunu açmayı da unutma, tamam mı?"

"Tamam."

Minjun telefonu kapattıktan sonra bir süre boyunca oturduğu yerde kalakaldı.

NADİREN DE OLSA BİR İNSAN OLABİLMEK

Jimi ile insanları incitmek üzerine konuştuktan sonra Youngju yine bitap düşmüştü. Gerinerek kendine gelmeye çalışsa da vücudu karşı koyuyordu. Her şey yoluna giriyor derken şu an olduğu gibi, yeniden çöküntüye uğradığı anlarla karşılaşıyordu. Elleriyle yanaklarına vurarak, kitabevinin önünde dolanarak veya şarkı söyleyerek geçmişinden uzaklaşabilse de bu uzun sürmüyordu.

Annesinin ona savurduğu laflar aklına gelince gözlerini sıkıca yumdu. Annesi başından beri Youngju'yu değil, onu savunmuştu. Her sabah eve gelir, Youngju'ya değil, ona kahvaltı hazırlardı. Damadı tek söz söylemeden kayınvalidesinin mükâfatını kabul edip eşini suçlayışını ağzını açmadan izler, kayınvalidesi etrafta yokken ise eşine iyi olup olmadığını sorardı. Youngju "Bunu sormaya hakkın var mı?" demez, yalnızca başını sallardı.

"Şu anda ne kadar çok insana haksızlık ettiğinin farkında mısın?" demişti annesi, Youngju'nun omzunu sarsıp bağırarak.

Sonunda boşanma davası açtıklarını söylediğinde neredeyse ona vuracaktı. Youngju o günden sonra annesiyle bir daha görüşmemişti.

"Ben anneme ne yaptım ki?"

Annesinin sözlerini her hatırladığında, ona karşı ne yanlışı olduğunu düşünüp duruyordu. Ne yaparsa yapsın kalbine saplanmış dikenleri çıkaramamıştı. Yüreği aldığı hasarla sızlıyor, ağrıyordu. Annesi ne zaman aklına gelse tüm benliği, "bu dünyada hiç kimsenin onun tarafında olmayacağı" düşüncesiyle sarmalanıyordu. O anlarda hareketsizce oturarak onu ayağa kaldıracak başka düşüncelere tutunmak dışında elinden bir şey gelmiyordu. Kolay olmasa bile öyle yapması gerekiyordu.

Neyse ki Jungseo bugün oradaydı. Youngju yapması gereken önemli bir iş olmadığını kontrol ettikten sonra karşısına oturup örgü örüşünü izledi. Jungseo *susem*ileri bağışladıktan sonra da hemen her gün gelmeye devam etmişti. Kımıldamadan oturduğu süreci geride bırakıp örgü örmeye başlayalı henüz sadece birkaç gün geçmişti. Youngju, şu an ördüğü şeyin atkı olup olmadığını sorduğunda Jungseo doğrulamış, "uzun olanları sevmediği için iki kez doladığında bağlanabilen atkılar ördüğünü" belirtmişti.

Ne çok parlak ne çok koyu görünen gri atkıya bakarak, "Şekli..." dedi Youngju.

"Klasik model bu. Önce buna alışınca sonraları farklı modelleri denemek daha kolay oluyor."

Başını hafifçe sallayıp, atkıyı okşadı Youngju.

"Rengi çok hoş. Her şeye gidecek bir gri."

"Rengi de klasik. Gri her kıyafete yakışır."

Youngju başıyla onaylayıp çenesini avcuna yaslayarak Jungseo'nun ellerini izledi. Tığı geçirip, ipi sarıp, tığı geri çıkarma süreci düzenli devam etti. Müşteri gelene dek Jungseo'nun karşısında oturmak niyetindeydi, atkının tamamlandığı anı kaçırmak istemiyordu. O anı paylaşabilirlerse, dünya üzerinde yalnız kalmış olduğu o korkunç duygudan kurtulabileceğini düşünüyordu.

Perşembe 22.23, Blog

Kimi zaman kendimi bütünüyle işe yaramaz biri gibi hissediyor ve umutsuzluğa kapılıyorum. Özellikle bana iyiliği dokunan, ilgi gösteren ve seven insanları hayal kırıklığına uğrattığımda, "Etrafındakileri mutsuzluğa sürükleyen bir insan kadar lüzumsuz biri olabilir mi? Başkalarını incitmek dışında bir şey bilmiyor muyum? Ben o kadarlık bir insan mıyım?" diye sorguluyorum ve kalbim parçalara bölünüyor.

Bu kalp kırıklığının ardından sadece sıradan bir insan olduğum sonucuna ulaşıyorum. Ne kadar çaba sarf edip ilerlemeye çalışırsam çalışayım, en nihayetinde vardığım nokta yalnızca alelade bir insan olduğum gerçeğini haykırıyor. Sıradan insan türüne ait olan benim, kaçınılmaz olarak başkalarını üzüp canını acıttığımı, kahkahayı paylaştığım gibi acıyı da paylaşmaktan başka seçeneğim olmadığını gösteriyor.

Bu yüzden Işık Muhafızı *gibi romanlar okuduğumda yüreğim hafifliyor. Benim yapabileceğim ufacık iyilik, birine "Ben senin yanındayım." demek olamaz mı? Yetersiz ve güçsüz olduğumuz için sıradan olsak da nazik bir yürekle hareket edebilmemiz yönünden kısacık bir anlığına da olsa, bizler de büyük birer insan olamaz mıyız?*

Romanda Kwoneun isimli çocuğun tek arkadaşı, kolunu çevirdiğinde bir buçuk dakika boyunca kar tanelerinin uçuştuğu bir kartopu küresidir. Anne babasız, açlık çekerek tek başına yaşama tutunmaya çalışan Kwoneun, rüyalardan korktuğu için bir türlü uyuyamaz. Bu yüzden bir buçuk dakika boyunca kar püskürten küreyi izler ve melodi bittiği anda hiç rüya görmeden uyuyabilmeyi dileyerek hızlıca battaniyeyi üzerine çeker. Bu küçük ilkokul çocuğu korkudan titreyerek şunu diler:

"Lütfen bu odayı çalıştıran kolu çevirmeyi durdurun ki nefes almayı bırakayım." (Cho Haejin, *Işık Muhafızı*, Changbi, 2017, 27. sayfa.)

Ardından Kwoneun, romanın anlatıcısı olan sınıf başkanı "ben" ile tanışır. Henüz küçük yaşta olan "ben", Kwoneun'un yalnızlığı ve yoksulluğuna yabancılık çektiği için korksa da onu yalnız bıraktığı için suçluluk duyar. Bu yüzden bir gün evinden gizlice bir video kamera çalıp Kwoneun'a verir ve satıp kendisi-

ne yiyecek bir şeyler almasını söyler. Bu kamera, ölmeyi dileyen çocuk için ışık olur.

Kwoneun, "Sen bir insanın yapabileceği en büyük şey ne, biliyor musun?" diye sorunca, "ben" başını sağa sola sallar. "Bir insanı kurtarmak, herkesin yapamayacağı büyük bir iştir diye bir laf duymuştum. Yani... Yani işte, bana her ne olursa olsun, senin verdiğin kameranın beni çoktan kurtardığını sakın unutma." (Cho Haejin, *Işık Muhafızı*, Changbi, 2017, 27-28. sayfa.)

"Ben" sıradan biridir. Aynaya bakarak, *"Peki, şimdi mutlu musun?" diye sorup hiçbir cevap veremeyen bizler gibi. "Ben", Kwoneun'u unutup yaşamına devam eder. Uzun zaman sonra Kwoneun ile karşılaştıklarında dahi onu tanıyamaz. Onunla aynı sınıfta yoksul bir çocuk olduğunu da onu birkaç defa ziyaret ettiğini de hatta ona kamera verdiğini de unutur ancak "ben"in çocukluğunda yaptığı şey Kwoneun'un hayatından asla silinmez. Kwoneun, "ben" sayesinde yaşamaya devam etme gücü bulmuştur. Kwoneun için "ben", hayatının kurtarıcısı ve büyük bir insandır.*

Kitabı kapattığımda düşündüm. Sırf yetersiz biri olduğum düşüncesinde kaybolmamalıyım. Hâlâ bir şansa sahip değil miyim? Eksik de olsam iyilik yapıp, güzellikle konuşamaz mıyım? Hayal kırıklığına sebep olan ben de bazen, sadece bazen iyi bir insan olamaz mıyım? Böyle düşününce yeniden hayat buluyor, gelecek günler için sabırsızlanmaya başlıyorum.

ADİL BİÇİMDE

Youngju yıllardır görüşmediği annesiyle zihninde kavga etmeye bile katlanamıyor, yüreğinde dalgalanan duyguları yatıştırmak için tüm kuvvetini kullanıyordu. Vücudunu güçlükle hareket ettirerek hastaymışçasına kitabevinde dolanan Youngju, Minjun'un ne kadar umutsuz göründüğünü fark etmemişti. Kendi derdine düşmüş bir insan, her ne kadar fedakâr biri olursa olsun, nihayetinde ister istemez başkalarına karşı kayıtsız kalırdı.

En sonunda kitabevindeki işler yüzünden kendini toparlaması gerekti. Aciliyeti olmadığından ertelediği işlerin bugün halledilmesi lazımdı. Sabah onda dükkâna giderek kitap siparişlerini kontrol ettikten sonra geciken ödemeleri ayarlayıp kargoya vereceği kitapları ayırdı ve yeni gelen kitapların tanıtımını yazdıktan sonra kitap kulübünün bu hafta için seçtiği ve henüz okumadığı kitaba aceleyle göz gezdirdi.

Youngju, oturup dinlenecek bir an bile yakalamayacak kadar yoğun bir gün geçirmişti. Yapması gerekenleri belirleyip anında halletmesini sağlayan becerisi büsbütün kendini göstermişti. Eskiden çalıştığı kişiler onun bu halini görse, "bak, insan kolay kolay değişmez işte" diyerek ona takılırlardı fakat o zamanlar Youngju'yu tanıyanlar arasında onunla iletişimde olan kimse yoktu.

İşlerle cebelleştiği esnada Jungseo mavi bir atkı örüyor, Minchul ise Youngju'yu bekleyerek onu izliyordu. Jungseo, karşısında oturmuş somurtkan bir ifadeyle örgüsüne göz atan okul üniformalı küçük arkadaşının ne kadar sevimli olduğunu düşündü. Yapacak bir işi yoksa Youtube'da filan gezinseydi. Niye burada böyle duruyordu?

Örgüye dalıp gitmiş Minchul'a, "Böyle şeyleri seviyor musun?" diye sordu Jungseo.

"Böyle şeyler mi?" dedi Minchul, masaya yasladığı kollarını geri çekip Jungseo'ya bakarak.

"Ne demek istediğimi ben bile anlamadım. Niye burada olduğunu sormaya çalışıyordum."

Minchul, kibarca durumu açıkladı:

"Haftada bir kez gelerek Youngju Abla'yla sohbet ediyorum. O zaman annem beni rahat bırakıyor."

"Demek Youngju ile konuşuyorsunuz. Annenin niye üstüne geldiğini sormayacağım. Neyse, izlemeye devam edebilirsin. Denemek istersen de söyle."

"Örgü örmeyi mi?"

"Evet. İster misin?" diye sordu Jungseo, örmeyi bırakarak.

Minchul kısa bir an düşündükten sonra başını sağa sola salladı.

"Hayır. Sadece izleyeceğim."

"Keyfin bilir."

Minchul tekrar kollarını masaya yaslayıp, mavi atkının Jungseo'nun düzenli el hareketleriyle şekil alışını izledi. Atkı her hareket ettiğinde sanki kıvrılarak ona doğru sürünüyormuş gibi hissetti. Jungseo'nun elleri sabit bir hızla çalışıyor, Minchul'un gözleri de sabit bir hızla Jungseo'nun ellerini takip ediyordu. Minchul sırf örgü izleyerek içinin bu kadar dinginleşmesine şaşırıyordu. Bir keresinde yemek yapım aşamasını gösteren yirmi dakikalık bir video izlemişti. Videodaki kişi malzemeleri doğadan toplayıp bir ay boyunca dinlendirmiş, sonrasında da karmaşık aşamalardan geçirerek lezzetli yemeklere dönüştürmüştü. Video öyle ilgisini çekmişti ki defalarca izlemişti. Şu anda da tamamen aynı hissediyordu. Nedenini bilmese de izlemeye devam etmek istiyordu.

Jungseo'nun el hareketini takip etmesi, bir hipnozcunun köstekli saat ile Minchul'un zihnini kontrol altına almasıyla aynı hissiyatı yaratıyordu. Hipnozcu Minchul'a, "sorun yok, hiçbir sorun yok" diyordu adeta.

Minchul hafiften daldı. Ardından bir çırpıda uyku sersemliğini üzerinden attı ve sanki bir şeyi fark etmişçesine, "İlk defa görüyorum." dedi.

"Neyi?"

"Örgü örülmesini."

"Normaldir."

"Abla."

"Ben de mi ablanım?"

"Nasıl hitap edeyim?"

Jungseo örmeyi bırakıp düşündü.

"Herhangi bir kan bağımız olmadığı halde bana *imo*[4] demeni tercih etmem ama abla denmesini de sevmem. *Ajumma*'dan[5] da nefret ederim. Kültürümüzün sorunu bu: Bir ton ikinci şahıs zamiri var ama bana seslenebileceğin bir hitap yok!"

"..."

"Eh, nasıl olsa Youngju'ya da abla diyorsun, düşünecek olursak kan bağının pek de bir önemi yok. Evet, kültürümüzde şu kan bağı olayı da tam bir sorun. Önlerine gelene '*imo*' diyor utanmazlar! Abla de, tamam."

"Peki..."

"Bu arada, ne söyleyecektin?"

"Bir sonraki gelişimde de örgü örüşünü izleyebilir miyim?"

---

4 İmo: Teyze.

5 Ajumma: Teyze, orta yaşlı kadın.

Minchul sanki çok önemli bir soru soruyormuşçasına hevesli bir ifadeyle konuşunca, Jungseo ne kadar şirin olduğunu düşünerek ona bakıp başıyla onayladı.

"Yalnız yerin için savaşman gerekecek."

"Niye?"

"Oturduğun yer normalde Youngju ablanın yeri."

Youngju kendini ertelediği işleri ustalıkla halletmeye kaptırmışken, Minjun varlığını fark ettirmeden etrafta dolanıyordu. Kahve siparişi olmadığında Youngju'nun yanına gidip kollarını sıvar ve ona yardım ederdi. Yapabileceği kadarını yaptığını düşündükten sonra kitabevini baştan aşağı temizler, espresso makinesini ve fincanları tekrar tekrar siler, masaların yerini değiştirip simetri hastası gibi kitapları hizalardı. Youngju bunların bilincinde olsa da pek üstüne düşmezdi.

Öncelikler halledilmiş ve geriye ufak tefek işler kalmıştı. Youngju, doğradığı meyveleri Minjun, Jungseo ve Minchul'a götürdükten sonra oturdu. Bir yandan elma yiyor, bir yandan da Cevahirlal Nehru'nun *Dünya Tarihi* eserinden kaç adet sipariş etmesi gerektiğine karar vermeye çalışıyordu. Youngju sipariş ettiği kitapları iade etmemeye özen gösterirdi. Bu yüzden başından iyi değerlendirerek sipariş vermeliydi ancak geçmiş satış istatistikleri bir çıkarımda bulunmasına hiç yardım etmediğinden, belirsiz tahminlerde bulunmaktan başka çaresi yoktu. Bu kitabın talepleri daha ne kadar devam edecekti?

Bugün öğle vakti telefon gelmiş, Nehru'dan *Dünya Tarihi*'nin bulunup bulunmadığı sorulmuştu. Olumlu yanıt verince, müşteri "işten çıktıktan sonra uğrayıp alacağını" söyleyerek ismini ve telefon numarasını bırakmıştı. Youngju telefonu kapatır kapatmaz derhal kitabı alıp, ayırtılan kitapların bulunduğu rafa yerleştirdi. İki yıl olmuştu. Kitabı temin edeli iki yıl geçtikten sonra ilk defa satılacaktı!

Bir kitap sattığında beraberinde yeniden temin edip etmeyeceği sorusu baş gösterirdi. Fakat bu kitap, düşünme gereksinimi duymadan mutlaka yeniden sipariş etmek istediği bir kitaptı. Müşteri kitabı aldıktan sonra hemen yeniden getirtmeyi düşünüyordu ki aynı kitabı soran bir telefon daha aldı. "İki sene boyunca hiç satmamış kitap bir günde iki tane sattı!" diye kendi kendine mırıldandı. Ardından aklına bir şey gelmişçesine internete girip *Dünya Tarihi*'ni arattı. Tahmin ettiği üzere, bir eğlence programında kitabın bahsinin geçtiğini söyleyen bir yazıyla karşılaştı.

Kimi zaman böyle olurdu. Bir dizi karakterinin okuduğu, tanınmış bir şahsın bir programda bahsettiği, bir ünlünün sosyal medyada fotoğrafını paylaştığı kitaplar tanıtılır ve o kitabı arayan müşteriler çoğalırdı. Hatta bazen bu yöntemle tanıtılan kitaplar çok satanlara bile girerdi. Kitaplarda "keşfedilebilirliğin" önemli olduğu söylemi doğruydu. Youngju, televizyon izleyen bir kişinin, türü ne olduğu fark etmeksizin bir kitap keşfetmesi ve onu okumasının güzel bir şey olduğunu düşünüyordu.

Ne var ki kitabevi işleten biri açısından bakıldığında yeni keşfedilmiş bir kitabın işleri zora soktuğu da oluyordu. Sırf bir dizi karakteri okudu diye kitabı körü körüne getirtemezdi. Sipariş verirken üç ana kriteri göz önünde bulundururdu:

İyi bir kitap mı?

Satmak ister miyim?

Hyunam-Dong Kitabevi'ne yakışıyor mu?

Kararı tamamen niteliksel kriterlere dayandığından, insanlar "kitabevi sahibinin kafasına göre" olduğunu düşünebilirdi ancak bunlar bir kitapçı olmaktan keyif alabilmek adına Youngju için oldukça önemli kriterlerdi.

Genelde kitapları hangi kriterlere göre temin ettiği üzerinde çok durmuyordu. Gerçekten de kafasına göreydi çünkü... Ancak bugün olduğu gibi, fazla konuşulan kitaplar veya çok satan kitapları temin etme konusunda ister istemez endişeye kapılıyordu. Böyle durumlarda dördüncü kriteri, yani kitabın iyi satıp satmayacağı kriterini devreye sokmak konusunda tereddüde düşerdi. Kimi zaman Youngju'nun satmak istediği kitaplar ve çok satanlar aynı olmazdı. Dört numaralı kriterin ikna ediciliği epey güçlü olduğundan, kitabevini ilk açtığı günlerde kuvvetli bir akıntıya kapılarak bilmediği topraklara sürüklenen biri gibi, çaresizlik duygusuyla çok satan kitapları getirtmişti.

"... kitabı var mı?"

"Hayır, bizde yok."

"Bizde yok." diye cevap vermekten usanınca istemeye istemeye sipariş oluşturmuş ve elbette hepsi satılmıştı ancak o kitabı her gördüğünde içi sıkılmıştı. İstemediği bir yemeği zorla yediğinde nasıl büsbütün nefret eder hale geliyorsa, o kitaptan da nefret etmeye başlamıştı. Bu yüzden sağlam durmaya karar vermiş, onlarca hatta yüzlerce kez "Bizde yok." demek zorunda kalsa da usanmayacaktı. Onun yerine, müşterilerinin Hyunam-Dong Kitabevi'nde hiç tahmin etmeyecekleri bir kitap keşfetmelerine olanak sağlayacak güzel kitaplar temin edecekti.

Artık her ne kadar popüler bir kitap da olsa, beğenmiyorsa getirtmiyor, getirtse bile göze çarpan bir yere koymuyordu. Her kitabın kendine uygun bir yeri olduğuna inanıyor, onlar için doğru yeri bulmanın kendi görevi olduğunu düşünüyordu. Kitapları sipariş ederken adil davranamasa da temin ettiği kitapları adil bir şekilde satmak istiyordu. Öyle ki bir süredir satılmayan kitapların yerini değiştirdiğinde şaşırtıcı bir hızla satıldıkları da oluyordu. Bir mahalle kitabevi için kürasyonun her şey olduğu söylenebilirdi.

Bu yüzden aklı meşguldü. *Dünya Tarihi*'nden kaç adet sipariş etmeliydi? Öncelikle iki adet getirtecek ve başta koyduğu yere yerleştirecekti. Hemen olmasa da ileride bu kitabı diğer tarih kitaplarının arasına dâhil ederek etkinlik düzenlemenin iyi bir fikir olabileceğini düşündü. *Dünya Tarihi*, mevcut Avrupa merkezli dünya görüşünden sıyrılıp Üçüncü Dünya perspektifini açığa vuran anlamlı bir kitaptı. Bu yüzden tarihe çeşitli açılardan bakmaya yardımcı olabilecek diğer kitaplarla beraber sunup etkinlik düzenlerse, müşterilerin ilgisini çekebilirdi. İkinci ve üçüncü rafın etkinlik için uygun olacağına karar verdi. Kitabevini açtığından bu yana, etkinlikleri çoğunlukla yavaş ve uzun bir sürede okunması gereken eserlerin bulunduğu o raftaki kitaplarla yapmıştı.

AHENK VE AHENKSİZLİK

Annesiyle son konuşmalarının ardından Minjun'un hayata dair şevki yok olmuştu. Takatsiz bir halde evde uzanıyordu. Yoga sayesinde düzelttiği duruş bozukluğu bile eski halini almıştı. Yalnızca kahve hazırlarken biraz kendine gelebiliyordu. Suçluluk duygusu şevkini bastırmıştı. Tek yaptığının ailesini hayal kırıklığına uğratmak olduğu düşüncesiyle ıstırap çekiyordu. Sanki o gün annesinin sesinde yanlış bir hayata sarıldığı için suçlayan bir tını vardı. Hayır, yanılıyor olmalıydı. Annesi öyle bir insan değıldi.

Aldığı tek darbeyle çökecekken nasıl olup da şimdiye kadar umarsızca devam edebildiğine kendisi de şaşıyordu. Kendisini zorlamadan yaşamıştı. Yeteri kadar kazanmış, yeteri kadar harcamıştı. Kimi zaman yalnız hissetmiş olsa da kitabevinde çalışmaya başladıktan sonra, yalnızlık duygusundan kurtulabilmiş, çocukluğundan beri kitaplarla çevrili bu alanın hayalini kurmuş Youngju'yu anlamaya başlamıştı. Artık o da dükkâna girdiğinde kendini huzurlu hissediyordu. Üstelik Youngju iyi bir patrondu. Öyle ki bazen kendisiyle ilgilenen bir ablayı anımsattığından, işyerinde olduğu gerçeğini dahi unutuyordu.

Kitabevine geldiğinde yapılması gerekenlerin üstesinden beceriyle gelirdi. Tıpkı Jimi'nin söylediği gibi, kahve çekirdekleri sonsuz biçimlerde harmanlanabilirdi. Aynı yerde, aynı yöntemle yetiştirilse bile çekirdeklerin tadı değişkenlik gösterirdi ve yine aynı çekirdeklerle yapılan kahvenin tadı da farklıydı çünkü bu hem doğanın hem de insanın yaptığı bir işti. Kitap okumak ve kahve yapmak birçok yönden benziyordu. Herkes kolayca başlayabilir, üzerine yoğunlaştıkça kapılıp gidebilir, bir kez kapılınca kolay kolay uzaklaşamaz ve gittikçe daha fazla incelik göstermek gerekirdi. Yani okumanın ve kahvenin kalitesini belirleyen şey, ince nüansları anlamaktan geçiyordu. Özünde okuyucular ve baristalar, kitap okuma ve kahve hazırlamanın kendi halinden keyif alıyordu.

Minjun işinden memnundu ama on gündür Goatbean'e uğramamıştı. Türlü bahaneler bulmuş ve çekirdekleri eskisi gibi kargoyla teslim almıştı. Elinde kahve çekirdekleriyle kitabevine gelen Goatbean çalışanı, Minjun ile sohbet etmiş ve kalkarken hafiften takılmıştı.

"Siz gelmediğiniz için Bayan Jimi'nin kocası hakkındaki yakınışlarını biz dinliyoruz. Eşi yine bir işler çevirmiş herhalde..."

Minjun yanıt vermemiş, gülmüştü.

"Bayan Jimi kahve çekirdeklerini sizin sevdiğiniz aromayla harmanladığını söyledi. Test etmek için uğrarsınız."

Biraz duraksadıktan sonra, "Tamam." dedi Minjun.

Uğruna çabaladığı her şeyin son bulduğu noktaya ulaştığı zamanlar bile şu andan daha iyiydi. O vakitler yük hissetmeksizin her şeyden vazgeçebilmişti çünkü çabaların sınırı diye bir şey varsa, o sınırı çoktan aşmıştı. Acaba daha fazla gayret etseydi, bir defa daha deneseydi başarabilir miydi? "O zamanlar doksan dokuzuncu basamağa mı ulaşmıştım?" diye sorgulasa da bu fikrini doksan dokuzdan yüze çıkmak için gerekli olanın çaba değil, şans olduğu düşüncesi takip etmişti. "Şanslı olmadığım sürece, devamlı doksan dokuzuncu basamakta oyalanmak zorunda kalacaktım."

Film izlerken basit bir gerçeği fark etti. Karakterler her zaman hayatlarının dönüm noktasını oluşturacak seçenekler üzerine kafa yorarken sonunda birini seçiveriyorlardı ve filme öncülük eden güç, onların seçimlerindeydi. Bu bizim hayatımız için de geçerli değil miydi? Belki de hayatımıza yön veren şey yalnızca seçimlerimizdi. O zamanlar pes etmediğini, sadece bir seçim yaptığını fark etti. O yoldan çekilme seçimi...

Birkaç gün önce *Seymour: An Introduction* adlı belgesel filmi izlerken de benzer fikirlere kapılmıştı. Seymour Bernstein piyanist olmaktan vazgeçmemiş, sadece piyanist olmadığı bir hayatı seçmişti. Şahane bir piyanist olarak büyük bir üne kavuşan Seymour, piyano çalmak yerine piyano çalmayı öğretmeyi seçtiğinde etrafındaki hiç kimse onu anlayamamıştı ama o bunu yine de umursamamıştı. Seksen yaşını geçmiş Seymour, "o zamanlar yaptığı seçimden bir kez olsun pişmanlık duymadığını" söylemişti.

Filmi izlediği gün Minjun da tıpkı Seymour Bernstein gibi, yaptığı tercihten pişmanlık duymayacağını garanti edebilirdi ancak şu anda ihtiyacı olan şey, o tür bir kararlılık değil, cesaretti. Kendisi yüzünden hayal kırıklığına uğrayan insanların derdine düşmeyip, kendi tercihlerini sürdürmek için gereken cesarete ihtiyacı vardı.

Youngju'ya eve gitmek istemediğini söylediği günden bu yana, gerçekten de eve adımını atmak istemiyordu. Tedirgin yüreği yalnız kalınca iyiden iyiye kontrolden çıkıyordu. Bugün de oyalanmış ve kapanış saatine kadar kalmıştı. Sıkıntılı bir ifadeyle dizüstü bilgisayarına bakan Youngju, Minjun'un hâlâ orada olduğunun farkında değilmiş görünüyordu. Minjun omzunu sağa sola çevirip belini esnettikten sonra içeride gezinerek ara ara Youngju'ya baktı. Masanın üzerine tak tak vurup, iş olsun diye kapıyı bile açtı. Serin sonbahar rüzgârı bir anda kitabevini doldurunca hemen kapıyı kapattı. Youngju sonunda onu fark edip saati kontrol ettikten sonra, sordu:

"Bay Minjun, daha çıkmıyor musunuz?"

Yavaş yavaş Youngju'ya yaklaşarak cevap verdi:

"Çıktım zaten. İşten çıkıp evimin yakınlarındaki kitabevine uğrayayım dedim."

Youngju bir kahkaha attıktan sonra, son zamanlarda Minjun'un "Bilmem ki..." deyişlerinin epey azaldığını düşünerek ellerini klavyeden çekti.

"Bana kalırsa o kitapçı bu saatte çoktan kapanmıştır. Kapanan dükkâna öylece girmeniz hiç doğru değil!"

Minjun, yanında duran sandalyenin arkasına parmaklarıyla ritim tuttu. Sonra, karar vermişçesine sandalyeyi kapıp Youngju'nun yanına yaklaştı.

"İşinize engel olmam değil mi?" diye sordu ayakta dikilerek.

"Yine mi eve gitmek istemiyorsunuz?" dedi Youngju, oturmasını söyler gibi sandalyeye hafifçe vurarak.

"Bugünlerde hep öyle hissediyorum." Youngju'nun yanına oturup göz ucuyla dizüstü bilgisayara bakış attı. "İşiniz çok mu?"

"Gelecek haftanın kitap söyleşisi için soru hazırlıyorum ama delirmek üzereyim."

Minjun, bu kez doğrudan bilgisayara baktı.

"Sorun ne?"

"Artık bencilliğimi bir kenara koyup, yazarları kitabın içeriğine göre davet etmem gerektiğini düşünüyorum."

"Nasıl yani?"

"Daha kitabı okumadan yayınevine kitap söyleşisi teklif etmiştim. Yazar kabul ettikten sonra kitabı okumaya başlayınca cümleler hakkında hiçbir şey bilmediğimi fark ettim. Bilmediğim konu hakkında nasıl soru sorabilirim? Kafamı zorlayıp durdum ama sadece on iki soru bulabildim."

Minjun, Youngju'nun işaret ettiği on iki rakamına bakış attıktan sonra gözlerini bilgisayarın yanında duran kitaba çevirdi. Üzerinde *İyi Bir Cümle Yazmanın Yöntemi* yazılıydı.

"Okumadığınız bir kitabın yazarını niye davet ettiniz ki?" diye sordu kitabı inceleyerek.

"Yazar çekici olduğu için..."

"Nasıl çekici? Yakışıklı mı?"

Minjun kitabı bırakıp pantolonundan telefonunu çıkararak güç düğmesine bastı.

"Yani... Keskin bir dili var. Kibarmış gibi davranmadığı için sevdiğim bir yazar."

Minjun Hyun Seungwoo'yu arattı. Adamın fotoğrafına bakarak sordu:

"Dürüst olduğu için sevdiğinizi mi söylemeye çalışıyorsunuz?"

Youngju başıyla onay verdikten sonra on üçüncü numarayı girdi.

Kısaca konuştuktan sonra ikisi de kendi düşüncelerine daldı. Youngju on üç rakamına bakarak hayıflanıyor, Minjun ise kitabevine bakarak şu anda suçlu hissetmesinin mantıklı olup olmadığını sorguluyordu. Sonunda Youngju tuşlara basmaya başladı. Yazıp silme işlemini birkaç defa tekrarladıktan sonra bir soru ekleyebildi.

"Ne kadar dürüstsünüz?"

Sonra içinden, "Ne diyorsun ya!" diye geçirip silme tuşuna uzunca basarak soruyu sildi ve yeniden yazdı:

"Benim yazılarımda zayıf cümleler buldunuz mu?"

"Benim yazdıklarımı nereden okusun?" diye düşünüp tekrar silme tuşuna basarak soruyu sildi.

İyice sinir küpüne dönen Youngju, buzdolabından iki soda alıp birini Minjun'a uzattı.

Bilinçsizce sodaya uzanan Minjun, boş bir ifadeyle pencereden dışarıyı izliyordu.

"Canınızı sıkan bir şey mi var?"

Minjun soda kapağını açıp birkaç saniye geçtikten sonra dudaklarını araladı.

"Sizinle herhangi bir konuda konuşmak için yanınıza oturdum ama... Konuşmak hiç kolay değil."

Sodadan bir yudum aldıktan sonra, "Normalde pek konuşkan değilsiniz, değil mi?" diye sordu Youngju.

"Konuşkan olmadığımı bir tek sizden ve Goatbean'in sahibinden duydum."

Youngju yüksek sesle, "Ya! İşe bak! Gerçekten de öyleymiş demek!" dedi.

Minjun şaşkınlıkla ona baktı.

"Jimi Abla'yla sohbet ederken sizin pek konuşmamanızın 'bizi yaşlı bulmanızdan kaynaklandığını' söylemişti. Ben öyle bir şey olamayacağına nasıl da emindim! Ama cidden öyleymiş!"

Minjun'a muzip bir bakış attıktan sonra, sodasından bir yudum daha aldı.

"Nasıl?" diye inanamayarak sordu Minjun. "Ne yaşlısı? Aramızda büyük bir yaş farkı yok!"

"Doğruyu söylüyorsunuz değil mi?"

"Elbette..."

"Peki, inanacağım. Genç olduğumu düşünmek istiyorum."

Minjun rahatlamış bir ifadeyle hafifçe gülümsedi. Büyük bir yudum aldıktan sonra Youngju'ya baktı.

"Bir şey sorsam olur mu? Kişisel bir soru..."

"Nedir?"

"Aileniz nerede yaşıyor?"

"Ailem mi? Burada, Seul'da."

"Öyle mi?" dedi Minjun, gözleri büyüyerek.

"Tuhaf, değil mi? Kızları kitabevi işletiyor ama bir kez olsun uğramışlıkları yok. Bakıldığında arayıp soruyorlarmış gibi de izinli olduğumda görüşüyormuşuz gibi de durmuyor. O yüzden yurtdışında veya buradan uzaklarda yaşıyorlardır diye düşünmüştünüz, değil mi?"

Minjun az önce verdiği tepkinin pek uygun olmadığını düşünerek belli belirsiz başını salladı.

"Ailem beni görmek istemiyor. Özellikle annem..."

Nedenini sorar gibi baktı Minjun. Youngju:

"Hayatım boyunca hiç kırmadığım kalplerini tek seferde parçalara ayırdım çünkü... Aslında böyle olacağını bildiğim için iyi evlat kompleksinden erkenden çıkmam gerekirdi. Annemin bağışıklık kazanamamasının benim hatam olduğunu düşünerek yaşıyorum."

Annesini her düşündüğünde olduğu gibi, anında sertleşmeye başlayan bakışlarını kontrol altına alıp, "Ailemi niye sordunuz ki?" dedi.

Minjun bir süre duraksadı.

"Birkaç gün önce annem aradı. Normalde telefonum hep kapalıdır. Uzun süre sonra ilk kez telefon görüşmesi yaptım."

"Telefonunuzu niye kapalı tutuyorsunuz?"

"İnsanlarla bağlantıda kalmak bana yük oluyor."

"Demek öyle... Annenizle ne konuştunuz?"

"Pek bir şey konuşmadık. Annem benim için endişelendiği için 'endişelenmesine gerek olmadığını' söyledim. Annem, 'Düzgün bir iş bul.' dedi, ben de 'halimden memnun olduğumu' belirttim."

"Ya... Anlıyorum."

Youngju'ya bir bakış atıp hemen devam etti:

"Annem öyle söyledi demek istedim. Ben burasının düzgün bir işyeri olmadığı fikrine katılmıyorum."

"Biliyorum."

"Annem şu an ne iş yaptığımı bile bilmiyor."

"Açıklama yapmanıza gerek yok."

Yüzüne nazik bir gülümsemenin yerleştiği Youngju'ya bakarak devam etti Minjun:

"Son günlerde kendime dair bir şey keşfettim."

"Öyle mi? Nedir?"

"Bir yetişkinmişim gibi yaşıyordum ancak aslında yetişkin değilmişim. Annemin tek sözüyle alaşağı olmuş durumdayım. Göremediğim bir engelle karşılaşmış gibi hissediyorum. Sorun şu ki ayağa kalkabileceğimi biliyorum ama kalkmalı mıyım, bilemiyorum. 'Ya ailem hayal kırıklığına uğrarsa... Ya bundan sonra da onları memnun edemezsem...' diye düşünüp duruyorum. Yani ayağa kalkıp kendi yoluma devam etmem, aileme karşı suç işliyormuşum gibi hissettiriyor."

"Şu an sahip olduğunuz hayatın, ailenizin sahip olmanızı istediği hayattan farklı olduğunu düşünüyorsunuz, değil mi?"

"Evet... O yüzden son zamanlarda bağımsız bir birey olarak yaşayamayacak kadar zayıf bir insan olduğumu düşünüp kendime karşı hayal kırıklığına uğruyorum."

"Bağımsız bir birey mi olmak istiyorsunuz?"

"Küçükken kurduğum belirsiz bir hayaldi. Nedenini bilemiyorum ancak spesifik bir işe sahip olmayı hiç istemedim. Doktor veya avukat olmayı dilemedim. Başarılı olmayı ya da ünlü olmayı da ummadım hiç. Sadece sabit bir yaşam sürmeyi, başkaları tarafından kabul görmeyi istedim. Yani kurduğum belirsiz hayal, bağımsız bir birey olabilmekti."

"Takdir edilesi kurduğunuz o hayal."

"Hiç de değil. Doğru dürüst hayal kurmasını bile bilmiyordum."

Youngju parmaklarını soda şişesine vurdu ve sırtını sandalyeye yasladı.

"Benim hayalim kitabevi açmaktı."

"Hayalinizi gerçekleştirdiniz."

"Evet, gerçekleştirmesine gerçekleştirdim de neden öyle hissettirmediğini çözemedim."

"Öyle hissettirmiyor mu?"

Youngju kısa bir nefes alıp pencereden dışarı bakarak, "Aslında memnunum. Sadece... Hayalin her şey olmadığı hissiyatına kapılıyorum. Hayallerin önemli olmadığını da hayalden önemli hiçbir şey olmadığını da söylemiyorum ama sırf hayalim gerçekleşti diye mutlu olabilmek için yaşamak fazla karmaşık değil mi? O tarz duygular işte..."

Minjun ayakkabısının ucuna bakarak belli belirsiz başını salladı. Mutlu olmak için hayatın çok karmaşık olduğu hissi... Youngju'nun söylediğini kafasında defalarca çevirip sindirdi. Hayat, doğası gereği karmaşıktı. Belki de Minjun'un son zamanlarda bu kadar acı çekmesinin sebebi, aslen karmaşık bir yaşamı basit ve düzenli bir hale getirmeye çalışmasındandı.

Böyle aralıklarla sohbet ederlerken Youngju on beşinci soruyu da tamamladı. Minjun hâlâ yanında oturuyor ve onunla konuşuyordu.

"Bayan Youngju, *Seymour: An Introduction* adlı belgesel filmi duymuş muydunuz? Pek bilindik değil ama..."

Youngju on altıncı numarayı yazmak üzereyken Minjun'un sorusuyla başını ona çevirdi.

"*Seymour: An Introduction* mı? Aa! Simio Bernstein mi?"

"Seymour ve Simio aynı kişiler mi?"

Youngju başını sallayarak onayladı. "*Simio Bernstein'in Sözleri* diye bir kitap var. A! O kitap belgesel çekildikten sonraki hikâyeyi içeriyor, siz o filmden bahsediyorsunuz demek. Hayır, izlemedim. İzlemeyi düşünmüştüm aslında. Niye ki?"

"O amca."

"Simio Amca mı?"

"Evet, o amca filmde şöyle bir şey diyor..." Başını hafifçe eğip bir anlığına duraksadı ve tekrar Youngju'ya baktı. "Müzikte ahengin kulağa hoş gelebilmesi için öncesinde ahenksizlik olmalıymış. Bu sebeple müzikte ahenk ve ahenksizliğin bir arada var olması gerekiyormuş. Yaşamımızın da müzik gibi olduğunu söylüyor. Uyumdan önce uyumsuzluk olduğu için hayatlarımızın güzelliğini hissedebiliyormuşuz."

"Ne kadar güzel söylemiş!"

Minjun tekrar başını eğdi.

"Ama bugün düşündüm de..."

"Ne düşündünüz?"

"Şimdi yaşıyor olduğumuz bu anın uyum mu, uyumsuzluk mu olduğunu kesin olarak bilmenin bir yolu var mı? Ahenkli bir yaşam mı, ahenksiz bir yaşam mı sürdüğümü nasıl bilebilirim?"

"Sahi ya... Zaman geçip giderken pek farkında olamıyoruz. Ancak geriye dönüp baktığımızda anlayabiliriz sanırım."

"Ben de onu diyorum. Seymour'un ne demeye çalıştığını tamamen anlıyorum da yine de merak ediyorum. Ben şu anda hangi evredeyim?"

"Hangi evrede olduğunuzu düşünüyorsunuz?"

Düşünceli bir ifadeyle yanıtladı Minjun:

"Bana kalırsa uyum içindeyim ama başkaları uyumsuzluk olarak görüyor."

Minjun'un yüzünü uzunca izleyip usulca gülümsedi Youngju.

"O halde ben şu anda sizin ahenkli hayatınıza mı tanık oluyorum?"

Minjun'un dudaklarında buruk bir gülümseme belirdi.

"Eğer haklıysam, öyle."

"Haklısınızdır. Mutlaka… Ben garanti ediyorum."

Minjun hafifçe güldü.

Birlikte dışarıyı izlediler. Kitabevinden yayılan ışık, sokağı sıcacık bir şekilde sarmalıyordu. Yoldan geçen insanlardan bazıları aceleyle yürürken kitabevinin farkına varmış gibi o tarafa hızlı bir bakış atıyorlardı. Youngju sessizliği bozdu:

"Ailemle ilişkim... Yani, şöyle söyleyeyim: Bir başkasını hayal kırıklığına uğratmamak adına yaşanan bir hayattansa istediğim hayatı yaşamam daha doğru değil mi? Sevdiğim bir insanın benim yüzümden hayal kırıklığına uğraması elbette üzücü. Ama yine de sonsuza dek ailemin isteklerine boyun eğerek yaşayamam ya... Ben de bir süre boyunca epey pişmanlık çekmiştim. 'Keşke öyle yapmasaydım! Keşke söz dinleseydim!' demiştim. Ancak günün sonunda bu pişmanlıkları nasılsa geri dönemeyeceğimi bildiğim için çektiğimi fark ettim. Aslında geçmişe dönebilsem aynı şekilde davranırdım."

Youngju gözlerini sokaktan ayırmadan devam etti:

"Bu şekilde yaşamaktan başka elimden bir şey gelmiyor. O halde kabul etmeliyim. Kendimi suçlamamalı, üzülmemeliyim. Başımı dik tutmalıyım. Yıllardır kendime bu sözleri mırıldanarak ruhsal zafere ulaşıyorum."

İçtenlikle gülümsedi Minjun.

"Ruhsal zafer mi? Ben de bir deneyeyim."

Youngju, başını şevkle salladı:

"Evet, deneyin. Kendi benliğimiz hakkında güzel düşünebilme becerisine ihtiyacımız var."

Minjun işini daha fazla bölmeyeceğini söyledikten sonra sandalyesini alıp ayağa kalktı. Kapıya doğru ilerlerken bocalayarak Youngju'ya çok geç saate kalmamasını söyledi.

Youngju, onun ilgisine minnet duyarak kollarını uzatıp başparmaklarını kaldırdı.

YAZAR VE YAZISININ BENZERLİĞİ

Youngju kitabevine her zamankinden yarım saat erken geldi. Soru listesinin yarısını hâlâ dolduramamıştı. İster bir cümle olsun ister bir paragraf, yazı yazma işi onun kapasitesini aşıyordu. Planlayıcılar dışında bir şey yazmışlığı yoktu. Buna rağmen kitabevi için günde birkaç defa kısa yazılar paylaşıyor, iki üç günde bir defa olmak üzere uzun kitap analizleri yazıyor ve her defasında zorlanıyordu.

Yazı yazarken zihni düpedüz beyaz bir sayfaya dönüyor, gözleri uzaklara dalıyordu. Kalbini dinleyerek yazmaya başlasa da bir an geliyor ve yazdığı hakkında hiçbir şey bilmediğini fark ediyordu. Kafasının içinde kesin bir düşünce olsa da o düşünceyi nasıl ifade edeceğini bilemiyor, hislerini dile dönüştüremiyordu.

On sekizinci numaraya bakarak ne durumda olduğunu tarttı. Bu yazar ve kitabına dair hiçbir şey bilmiyor muydu, yoksa sorun bir türlü düşüncelerini toparlayamamasında mıydı? Parmaklarını klavyenin üzerine götürüp tuşlara basmaya başladı. Güçbela yazdığı cümlenin sonuna soru işareti ekledikten sonra bir kez daha okudu. Yazar bu soruya ne cevap verecekti? Sorduğu soru düzgün bir soru muydu?

"On sekiz. Okurken veya yazarken en çok dikkat ettiğiniz şey nedir? Cümleler mi?"

Yazar Hyun Seungwoo'yu bir yayınevi sahibi aracılığıyla öğrenmişti.

Tek kişilik yayıncılık şirketi işleten bu patron, son zamanlarda yayın dünyasında gündem olduğunu söyleyerek Youngju ile birkaç yazı paylaşmıştı. İlki dışında antiteze cevap olarak yazılan bir antitezin karakterini taşıyorlardı. Olay basit ve günlük konular ele alan bloglara kıyasla on bin takipçiye ulaşmış bir blog yazarı ile başlamıştı. Blog yalnızca cümlelerle alakalı metinlerle doluydu. İlk yazı dört yıl önce paylaşılmıştı ve başlığı *"Korecenin Sesbirim Sistemi 1"* idi. Blogun kategorileri *'Korece Dilbilgisinin Başlangıcı ve Sonu', 'Kötü Cümle', 'İyi Cümle', 'Cümle Düzeltme'* olarak dörde ayrılıyordu ve olay tam olarak *'Kötü Cümle'* kategorisiyle başlamıştı.

Blog yazarı, gazete ve kitaplardan bulduğu cümleleri örnek alarak neden yanlış olduklarını açıklayan yüzlerce yazı paylaştığı dönemde bir de çeviri metni okumuş, içerisinden hatalı çevrilen on yanlış cümle çıkarmış ve tamamen nesnel bir bakış açısıyla neyin hatalı olduğunu en ince ayrıntısına kadar açıklamıştı. Çevirinin yayımlandığı yayınevi sahibinin o yazıyı görmesi ise problemin başlangıcı olmuştu. Yayınevi sahibi kendi blog sayfasında o yazıyı çürüten bir antitez paylaşmış, blog yazarının antitezi görmesiyle problem iyice büyümüştü. Yayınevi sahibi blog yazarının eleştirilerini "cehaletten kaynaklanan kaba bir davranış" olarak nitelendirerek onu kışkırtmış, bahsettiği cehaletin Korece dilbilgisine dair bir "cehalet" değil, yayın dünyasına dair bir "cehalet" olduğunu söyleyerek mazeret üretmişti.

Blog yazarı antitezine karşılık yazılmış antitez için, "Yayın dünyasının zor durumda olmasını talihsiz bulsam da bu, okuyucuların kitaplarda anlamsız cümlelere maruz kalmasına göz yummak için bir sebep olamaz!" demişti. Bunun üzerine yayınevi sahibi, "Hangi kitap, hiçbir yanlış içermeyen kusursuz cümleler bulunduruyor?" diyerek karşılık vermiş, eğer biliyorsa kendisine söylemesini ekleyerek durumu daha da alevlendirmişti. Blog yazarıysa adeta bunu bekliyormuşçasına 'Kötü Cümle' kategorisine bir yazı daha eklemişti.

Yazıda genellikle yapılan ufak hatalardan, ifadelerle bağdaşmayan büyük hatalar ve gramer açısından hatalı olmasa da ne demek istendiği anlaşılmayan cümlelere kadar yirmiyi geçen örnek sunmuş, bunları çevrilen metinden rasgele bir sayfa açıp beş sayfa daha ilerleyerek bulduğunu söylemişti. Üstelik bununla kalmamış, tüm baskısı satılan kitaplar arasından birini seçip aynı yöntemle düzelti yaparak blogunda yayımlamıştı. Yazısında altı cümle sunmuştu ve hepsi "genellikle yapılan ufak hatalar" için bir örneklendirmeydi. Blog yazarı bu durumu şu şekilde açıklamıştı:

"Her ne kadar cümlelere ilgi duyan bir blog yazarı olsam da çoğu zaman mükemmel bir cümlenin nasıl olması gerektiğini bilemiyorum. Yine de anlamsız cümlelerin hâd safhada olduğu bir kitabı pervasızca okumak hiç de kolay değil. Hangi kitabın kusursuz cümlelerden oluştuğunu söylememi istediniz. Üzgünüm ancak yanıt vermek istemiyorum çünkü sorunuzun daha başından yanlış olduğu kanaatindeyim. Ben, dünyada hiçbir kitap kusursuz cümlelerden oluşmuyor diye o kitabı yazan kişilerin mükemmelliğin peşinde koşmalarına gerek olmadığını düşünmüyorum. Dahası bu konuda kendilerinden emin bir tavır takınmaları için bir gerekçe görmüyorum."

Yazılar aracılığıyla gerçekleşen bu kanlı savaş, *Twitter* ve *Instagram* gibi sosyal medyada aktif kitapseverler ve yayın sektörü çalışanları arasında sıcak bir konu haline gelmişti. Destek blog yazarının tarafına meylediyordu. Yayınevi sahibinin yazdığı yazılara onlarca taşlayıcı yorum yapılmış, her yeni paylaşımında alayların dozu artmıştı. Hal bu olunca yayınevi sahibi daha da öfkelenmiş ve blog yazarını, yazıları kaldırması için tehdit etmiş, "hakaret" ve "dava açmak" gibi kelimeleri düşüncesizce kullanacak kadar ileri gitmişti.

Buna karşılık blog yazarı soğukkanlı ve sakince, "şayet hatalıysa kabulleneceğini" söylemişti.

Durum gitgide daha da kötüleşiyor gibi görünse de yayınevi sahibi bir gün aniden yazdığı yazı aracılığıyla beyaz bayrak sallamış, "Üzerinde düşünmeden duygusal tepki verdiği için pişmanım" diyerek "gelecekte daha iyi kitaplar yayımlamak adına çabalayacağını" söylemişti. Maçın aniden son bulmasıyla insanların morali bozulsa da yayınevi sahibinin omzuna vurup, blog yazarının elini tutarak havaya kaldırmışlardı. Blog yazarı için temiz bir zaferdi.

Hikâye burada bitseydi akıllarda kalan bir olay olarak son bulacaktı ancak yayınevi sahibi alelade biri değildi. Herkesin gözü önünde yenilgiyi kabul etmiş ve bir kez daha cesurca başını eğmeye karar vermişti. Sonuca bakıldığında belki de yayınevi sahibinin iş sorumluluğu yüksek bir kişi olduğu söylenebilirdi. Onların savaş alanı olan blogda, muhatabına kibarca ricada bulunduğu bir yazı paylaşmıştı:

"Lütfen kitabımızın redaksiyonunu üstlenin."

Dört ay sonra çeviri baştan yazılmış cümlelerle tekrar tanıtılmış ve çıkar çıkmaz ilk baskının tamamı satılıp, bir ay içinde üçüncü baskıyı yapmıştı. Yayıncılık sektöründekilerin yorumu, "kitabın reklamını yapmak için epey çarpıcı bir yöntem seçtikleri" yönünde olmuştu.

Yazıların linkini Youngju'ya gönderen tek kişilik yayınevi sahibi, "İçimden blog yazarının haklı olduğunu düşünsem de kalbim yayınevi sahibini destekliyordu..." demiş, çevrilen kitabın kapağının fotoğrafını da göndermişti.

O günden sonra Youngju ara sıra internette Hyun Seungwoo'yu aratmaya başladı. Onunla ilgili bilgiler hızlı güncellenmiyordu ve esasen somut olan tek bir şey yoktu. Herkesin tahminlerinden farklı olarak o "sıradan bir ofis çalışanıydı". Mühendislik mezunu olduğu gerçeği insanların merakını uyandırıyor, bloguna yüklediği bilgi yığınının kendi çalışmalarının sonucu olması etkileyici bulunuyordu. Son altı aydır, ayda bir defa olmak üzere 'Hakkında Bilgimizin Olmadığı Cümleler' başlığıyla gazetelerde köşe yazısı yayımlıyor, Youngju iki haftada bir yazılar aracılığıyla onunla buluşuyordu.

Seungwoo'nun yazıları ihtiyatlı olsa da keskin bir tarza sahipti: Keskinlik... Youngju yazarların sert dilinden hoşlanırdı; yabancı yazarların makalelerini sevmesinin sebebi de buydu. Koreli yazarlar başta sert bir yaklaşım sergileseler de nihayetinde çekingen bir orta yol seçiyorlar, yabancı yazarlar ise hiç kaygı duymadan başından sonuna kadar cüretkâr davranıyorlardı. Aptal insanlara parmaklarını doğrultarak, "Şişt, aptal!" diyebilen yazarlar, Koreli yazarlardan ziyade yabancı yazarlardı.

Bu, başkalarının bilincinde olarak büyüyen toplumun insanları ile öyle büyümeyen insanlar arasındaki farktı. Youngju da kaçınılmaz olarak başkalarının bilincinde olarak yaşıyordu. Belki de bu yüzden kendisinden farklı evrede olan, farklı hassasiyet ve özgüvene sahip yazarların yazılarına çekiliyordu. Yazılar aracılığıyla tanıştığı insanlara kalbini sonuna dek açan bir okuyucuydu. O yalnızca kitabın içinde yaşayan kişilerin çelişkilerini, eksikliklerini, keskinliklerini, deliliklerini ve şiddetlerini kabul edebiliyordu.

Seungwoo'nun yazım tarzını beğenmişti. Abartılı olmadığı gibi üstünlük taslamıyordu. Bilerek sade bir üslup kullansa da yoğun duygulara sahip bir insan izlenimi veriyordu. İçinde yaşadığımız bu kendini pazarlama çağında bile kendisiyle alakalı hiçbir bilgiyi açığa çıkarmaması onu esrarengiz kılıyordu. Seungwoo sadece yazılarla zafere veya yenilgiye ulaşan bir kişiydi. Hayır, aslında kazanıp kaybetmenin pek üzerinde durmuyor gibiydi. Elbette tüm bunlar Youngju'nun Seungwoo hakkında oluşturduğu bir resimden ibaretti.

Youngju, kitap söyleşilerini baştan sona bir okuyucunun perspektifiyle yönlendiriyor, yazarla sohbet etmek, onun söyleyeceklerini bire bir dinlemek isteyen bir yöntemle ilerliyordu. Dolayısıyla Seungwoo bir kitap yayımlamışken seyirci kalamamıştı. Kitap çıkaracağını önceden bildiği için satışa sunulur sunulmaz yayınevine ulaşıp söyleşinin mümkün olup olamayacağını sormuş, birkaç saat içinde "yapılabileceği" haberini almış ve bunun 'yazarın ilk söyleşisi' olacağını öğrenmişti.

Minjun'un kapıyı açıp içeri girdiğini gördü ve on dokuzuncu soruya geçti. Bileklerini dizüstü bilgisayarına dayayıp parmaklarını piyano çalıyormuşçasına hareket ettirerek, hızla bir soru yazdı. En çok sormak istediği soru buydu.

"Yazılarınızla birbirinize ne kadar benziyorsunuz?"

YANLIŞ CÜMLELER

Minjun'un gözü içeri giren adamı bir yerden ısırıyordu. Kimdi? Yorgun görünümlü, saçları dalgalı bu adam, kapının önünde durup kitabevine kısaca göz gezdirdikten sonra çantasını sandalyeye bıraktı ve oturarak bu kez uzun uzadıya etrafı inceledi.

Minjun kahve yaparken adam karşısında belirdi. Menüyü okuyan adama yakından bakınca kim olduğunu çıkarabildi, Youngju'nun hayran olduğu yazar... Bugün yapılacak kitap söyleşisinin ana karakteri... Seungwoo başını kaldırıp konuştu:

"Bir fincan *Americano* lütfen."

Seungwoo'nun uzattığı kartı usulca geri iterek sordu Minjun:

"Siz Bay Hyun Seungwoo'sunuz, değil mi?"

"Evet?"

Birinin kendisini tanımasına şaşırmış görünüyordu.

"Bu bizden olsun. Biraz bekleteceğim."

Bocalayarak, "Aa, peki! Teşekkür ederim." dedi Seungwoo.

Kahvesinin hazırlanmasını beklerken ayakta dikilen adam fotoğrafıyla neredeyse aynı görünüyordu. Genellikle söyleşi için gelen yazarların yüzünden ya heyecan ya da gerginlik okunurdu ancak Seungwoo tıpkı fotoğraftaki gibi donuktu. Minjun, fotoğraftaki ifadesiz adama bakarak poz kestiğinden şüphelenmiş ancak bugün karşısında görünce adamın sahip olduğu doğal ifadenin bu olduğunu anlamıştı. Dahası, adam nadir rastlanan yorgun bir yüze sahipti ve böyle görünen insanların nasıl bir yaşam sürdüğünü kendi deneyimlerinden tahmin edebiliyordu. Doğru düzgün uyuyamadığı, derslerle ve yarızamanlı işlerle boğuştuğu zamanlarda kendisi de aynı böyle görünüyordu. Uykudan mahrum kalmış bir surat olarak adlandırılabilirdi.

"Kahveniz hazır."

Seungwoo kahveye uzanırken Minjun'un çoktan başka bir yere odaklanmış olduğunu fark etti. Gayriihtiyari başını o yöne çevirince bir kadının iki elinde birer sandalyeyle kitabevinin ortasına doğru yürüdüğünü gördü.

"Kitabevinin sahibi kendisi mi?" diye sordu, gözlerini Youngju'dan ayırmayarak.

"Evet. Başka bir şey ister miydiniz?"

Seungwoo başka bir ihtiyacı olmadığını belirtince, Minjun Youngju'ya doğru gidip sandalyeleri elinden aldı. Seungwoo onun Youngju'ya bir şeyler söyleyişini izledi. Ardından Youngju birden dönüp yüzünde parlak bir gülümsemeyle Seungwoo'ya doğru geldi.

"Merhaba. Ben Hyun..."

"Hyun Seungwoo, değil mi?" dedi Youngju, gözleri ışıldayarak.

Onun sesinden yayılan duygulara ayak uyduramayıp, cevap vermek yerine başıyla onayladı Seungwoo.

"Hoş geldiniz. Ben Hyunam-Dong Kitabevi'nin sahibi Lee Youngju. Tanıştığımıza gerçekten çok memnun oldum. Söyleşiye katıldığınız için çok teşekkürler."

Seungwoo, elinde tuttuğu kahvenin sıcaklığını hissederek yanıtladı:

"Ben de memnun oldum. Ayrıca söyleşi teklifiniz için asıl ben teşekkür ederim."

Youngju'nun yüzü çok etkileyici bir söz işitmişçesine aydınlandı.

"Nezaketiniz için teşekkürler Bay Seungwoo."

Youngju'nun duygularına yine ayak uyduramadığı için bu kez başını bile hareket ettiremedi. Youngju, onun biraz incelikten mahrum olduğunu düşünse de söyleşinin gerginliğine verip devam etti:

"Söyleşi yedi buçukta ama genellikle on dakika kadar bekleyip öyle başlıyoruz. Bir saat boyunca benimle konuşacak, yirmi, otuz dakika da izleyicilerin sorularını yanıtlayacaksınız. Başlayana dek kafede oturabilirsiniz."

Seungwoo "Anladım." deyip Youngju'ya bakmaya devam etti. Bu şekilde gözlerini dikmesinin uygun olup olmadığından emin olmasa da o rahatça kendisine bakmaya devam ettiği için gözlerini başka yöne çeviremedi.

Youngju, Seungwoo'nun içinden ne geçtiğini bilmeden onu izlemeye devam edip nihayet, "İşime geri döneyim, tekrar görüşmek üzere..." diyerek yanından ayrıldı.

Seungwoo ancak o gittikten sonra bakışlarını çekip pencereden dışarı bakabildi ve beraber çalıştığı editörün kitabevine doğru yürüdüğünü gördü. Youngju'ya tekrar kısa bir bakış attıktan sonra editörü karşılamak için kapıya yöneldi.

"O halde söyleşiye başlayalım. Bay Seungwoo, lütfen kendinizi tanıtın."

"Merhaba, ben *İyi Bir Cümle Yazmanın Yöntemi* adlı kitabın yazarı Hyun Seungwoo. Memnun oldum."

Katılım başvurusu yapmadan gelenler dâhil elli kişiyi aşan izleyiciler Seungwoo'yu alkışlayarak karşıladı. Kitabevindeki tüm sandalyeler kullanılmıştı. Youngju'nun sandalyesi dahi çıkarılmış, tezgâhın yakınına konulmuş iki kişilik kanepenin de yeri değiştirilmişti. Seungwoo ve Youngju izleyicilere yaklaşık bir metre mesafede oturuyorlardı. Sandalyeleri hafifçe iç tarafa çevirdikleri için hem katılımcıları hem de birbirlerini görebiliyorlardı.

Seungwoo biraz gergin görünse de sakince devam etti. Aldığı her soruyla bir an duraksayıp kelimelerini dikkatle seçerken, doğru konuşup konuşmadığını tartıyor gibi görünüyordu. Yavaş konuşsa da insanı sıkmıyordu. Youngju, Seungwoo'nun anlattıklarını ilgiyle dinledi. Onun yazdıklarını okurken aklında oluşan imaj ve şu anki hali birbirine fazlasıyla benziyordu. Yazıları ve yazarın kendisi örtüşüyordu. Sade bir tavır, sabit bir ifade, dudaklarının ucunun hafifçe kıvrılmasıyla son bulan bir gülüş... İnsanlara karşı düşünceli olsa da yapmak istemediği bir şey için kendini zorlamayacakmış gibi görünen ağız...

Youngju her ne kadar zor bir soru sormuş olsa da Seungwoo afallamıyor, soğukkanlı bir tavırla düşüncelerini toparlıyor, ardından son derece net cevaplar veriyordu.

Bugün gelen katılımcıların yarıdan fazlası blog yazarıydı. Bunlar arasında Seungwoo tarafından cümlelerinin onarıldığını (Seungwoo ve blog yazarları redaksiyona "cümle onarımı" diyordu) söyleyen bir kişi de vardı. "O zamanlar Bay Seungwoo sayesinde gözlerim açılmıştı." diyerek izleyicileri güldürmüştü. Youngju, geç de olsa Seungwoo'nun takipçisi olup olayla ilgili tüm süreci izlediğini söyledi. Seungwoo'nun o dönem hakkında konuşmaktan rahatsız olmadığını anlayınca sordu:

"O zamanlar ne hissettiğinizi sorabilir miyim? Eminim pek çok kişi bunu merak ediyordur."

Seungwoo başını sallayıp anlatmaya başladı:

"Sakinmiş gibi görünmeye çalıştım ama aslında epey afallamıştım. Blog yazmaya devam edip etmeme konusunda bile kararsız kalmıştım. Yaptığım işin bir başkasını incitebileceğini fark ettikten sonra yazdıklarımı paylaşırken huzursuz hissetmeye başlamıştım."

"Şimdi düşününce, o olaydan sonra 'kötü cümle' kategorisine neredeyse hiç yazı eklemediniz..."

"Doğru. Yaşanan olayın ardından biraz azalttım."

"İçiniz rahat etmediği için mi?"

"Tam olarak o sebepten değil. Son zamanlarda kitap yazmakla da meşguldüm."

"Peki, yayınevi sahibi redaksiyonu üstlenmenizi istediğinde hemen kabul ettiniz mi?"

"Hayır." dedi Seungwoo, o günleri yeniden kafasında canlandırmaya çalışıyormuşçasına başını eğerek. "Sonuçta ben bir redaktör değilim."

Youngju gülerek

"Değil misiniz?" diye sorunca, Seungwoo hemen açıklamaya girişti:

"Yani, demek istediğim ben bunu bir kariyer haline getirmedim. Bir kitabın tamamını düzeltmeyi de aklımdan hiç geçirmemiştim. Bu yüzden üzerine epey düşündüm. Derken bir defalığına yapayım deyip kabul ettim. Hem yayınevi sahibine karşı da kötü hissediyordum."

"Kitabı acımasızca eleştirdiğiniz için mi?"

"Hayır, kitap epey özensizce basıldığından, o konuda üzgün değildim."

Seungwoo'nun sert mizacı konuştuğu anlarda nispeten yumuşuyordu. Onu son derece bariz bir şeyden bahsediyormuş gibi gösteren konuşma tarzı, hayır, enerjisi yüzündendi.

"Yanıtlarımın karşı tarafı köşeye sıkıştırdığı düşüncesiyle mahcup hissettim." deyip Youngju'nun gözlerine baktı Seungwoo. "Düzeltemediğim bir kusurum var. Devamlı mantıklı olmaya çalışıyorum. Karşımdaki kişi duygularıyla savunmaya geçtiğinde daha da rasyonel yaklaşıyorum. Epey katı bir kişiliğe sahibim, bu yönümü iyi bildiğimden genellikle dikkatli davranıyorum ancak o zamanlar bunu başaramadım."

Seungwoo'nun dürüstlüğü Youngju'nun hoşuna gidiyordu. Ciddi tavrının sıkıcı hissettirmemesinin sebebi bu dürüstlükten kaynaklanıyordu. Youngju saate bakıp hazırladığı sorularla devam etti:

"Bir yazıyı okurken en çok dikkat ettiğiniz şey nedir? Cümleler mi?"

"Çoğunluk öyle düşünüyor olmalı ancak hayır, cümleler değil."

"O zaman..."

"Ses... Yazarın sesi. Cümle biraz acemice olsa da güzel bir sese sahip yazarların yazısını okuyunca hâkim olduğu gücü hissedebiliyorsunuz. Güzel cümleleri kayda değer kılanın bu ses olduğunu düşünüyorum çünkü güzel cümleler bireyin sesini net bir şekilde ortaya çıkarıyor."

"Nasıl?"

"Kötü cümleler sesi bulanıklaştırır. Böylece yazarın sesi kötüyse bile o bizlerin kulağına kötü gelmemeye başlar. Çoğu zaman gereksiz kelimelerle dolu cümleler kötü olarak tanımlanır. Ancak gereksiz kelimeler aslında kötü sesin üstünü örtme işlevi görür. Böylece kötü bir ses kulağa hoş gelir."

"Yani tam tersi bir etki yaratabiliyor."

"Evet, acemice yazılmış cümlelerin güzel bir anlatımı gölgede bırakmasıyla sık sık karşılaşıyoruz. Böyle durumlarda cümleleri incelikle düzeltirseniz yazarın sahip olduğu asıl ses açığa çıkar."

"Anlıyorum. Şimdi soracağım soru en merak ettiğim soruydu. Yazılarınızla birbirinize ne kadar benziyorsunuz?" dedi Youngju, gözleri parlayarak.

Seungwoo, Youngju'nun az önce de kendisine o gözlerle baktığını, o bakışların ne anlama geldiğini düşünerek soruya odaklanmaya çalıştı.

"Bugün aldığım sorular arasında en zoru bu."

"Öyle mi?"

"Aslında ben sorunun ta kendisinden şüpheliyim. Yazıyla o yazıyı yazan kişinin benzeyip benzemediğini kim bilebilir?"

Youngju bir şeyler okurken hep yaptığı işin (yazı ve yazarı arasında bağlantı kurmanın) kimileri için alışılmadık olabileceğini fark etti. Bu yaptığının yalnızca ona keyif veren bir eğlenceden fazlası olamayabileceği ihtimalini, sorduğu sorunun yazarı rahatsız edebileceğini ve kabalık olarak algılanabileceğini düşündü. Sorusu, "Yazdıkların gibi görünmüyorsun, haberin var mı?" olarak yanlış yorumlanabilirdi ancak Youngju bunu karşısındaki kişiyi mahcup etmek için sormamıştı.

"Şey... Ben bilinebileceğini düşünüyorum."

Merakla Youngju'ya bakıp, sordu Seungwoo:

"Nasıl?"

"Nikos Kazancakis'in kitaplarını okuduğumda yazarın görüntüsü kafamda şekilleniyor. Mesela trende cam kenarına oturmuş ciddi bir ifadeyle dışarıyı izleyen görüntüsü..."

"Niçin?"

"Çünkü Kazancakis seyahat etmeyi seviyordu. Aynı zamanda yaşam hakkında kafa yoran bir yazardı."

Seungwoo yanıt vermeden Youngju'ya baktı.

"Onun gevezelik edecek ya da kendisiyle aynı ortamda bulunmayan birinin arkasından konuşacak türden bir insan olmadığına inanıyorum."

"Buna nasıl inanıyorsunuz?"

"Yazdıkları onu gösteriyor çünkü."

Youngju'ya bakıp gözlerini birkaç kez kırpıştırdıktan sonra devam etti:

"Şunu söyleyebilirim: Yalan söylemeyi sevmediğim için pek konuşmuyorum. Mümkün olduğunca kendi doğrularımı yansıtan yazılar yazmaya çalışıyorum."

"Biraz daha detaylandırabilir misiniz?"

"Yazarken ister istemez yalan söyleyebiliyorsunuz. Örneğin, son bir senedir hiç film izlememişsem, bir gün 'Son bir sene içinde hiç film açmadım, sanırım film izlemeyi sevmiyorum.' diye düşünüyorum. Ardından bir sene boyunca film izlemediğim gerçeğini unutuyorum ve geriye filmlerden hoşlanmadığım çıkarımı kalıyor. Sonra yazmaya başlıyorum. Ondan bundan bahsederken istemsizce 'Film izlemekten hoşlanmıyorum.' cümlesini kuruyorum. Eh, yanlış bir laf gibi görünmüyor. Kendimi bile buna inandırıyorum. Ancak işin aslı filmlerden hoşlanıyorum fakat yapmam gereken o kadar fazla şey var ki izlemeyeli bir sene geçmiş. Yavaş yavaş derinlemesine düşününce gerçeğe ulaşabiliyorum ancak bunu başaramadığımda yalan söylemiş oluyorum. Aslında bilerek yaptığım bir şey değil."

"O halde burada gerçek olan cümle..." dedı Youngju.

"Bir yıldır film izlemedim veya izleyemedim."

Söyleşi doğal bir işleyişle aktı. İzleyicilerin tepkisi de Youngju ve Seungwoo arasındaki uyum da güzeldi. Soruların alındığı kısımda saçlarının doğal olup olmadığından, kendi yazdığı cümleleri beğenip beğenmediğine kadar çeşitli sorular soruldu. Elli altıncı sayfadaki yirmi beşinci cümlenin yanlış olduğunu düşündüğünü belirten bir izleyici bile vardı. Seungwoo özellikle o yorumdan keyif aldı ve izleyiciyle cümle hakkında uzun uzun konuştuktan sonra izledikleri biçimin birbirinden farklı olduğu sonucuna ulaştılar.

İzleyicilerin hepsi gidip, Seungwoo ve editörü de vedalaşıp ayrıldıktan sonra, bugün de işten çıkmayan Minjun ve Youngju birlikte temizliğe giriştiler. İşin çoğunluğu bitince Youngju buzdolabından iki bira çıkardı. Bomboş kitabevinde yan yana oturarak bira içtikleri sırada Minjun sordu:

"Sevdiğiniz yazarla tanıştınız, nasıl hissediyorsunuz?"

"Epey iyi hissediyorum."

"Ben de sevdiğim bir yazar bulmalıyım desenize."

"Bence güzel olur."

Youngju birasını yudumlamaya devam ederken söyleşide herhangi bir hata yapıp yapmadığını hatırlamaya çalışıyordu. Bu söyleşinin kayıtlarını girmek epey keyifli olacaktı. Bir hafta içinde içeriği bloğunda ve sosyal medyada paylaşıp, gelecek söyleşi hazırlığına başlamak, bugün yaptığı işe kıyasen pek külfetli olmayacaktı.

Minjun, "Yalnız, yazar alışılmadık derecede yorgun görünüyordu." dedi.

Youngju hafif bir kahkaha attı ve Seungwoo'yu düşündü. Hem yorgun hem de bıkkın görünen yüzünü... Ciddiyetini ve dürüstlüğünü, soruların hedefini anlamaya çalışıp tüm içtenliğiyle cevap verişini... Yazıları aracılığıyla hayal ettiği görünüme oldukça benzeyen suretini...

PAZAR GECESİ

İznini pazar günü yerine pazartesi kullanmasını öneren birkaç kişi vardı. Diğer kitapçılardan dükkânın hafta sonu daha iyi iş yaptığını da duymuştu. Kârı göz önünde bulundurunca bu fikre yakınlaşsa da asıl planı işleri sağlama aldıktan sonra hafta içi çalışıp hafta sonu dinlenmekti.

Peki, 'sağlama almak' ne anlama geliyordu? Çalışanına yeterli maaşı verebilip kendisini de rahatça geçindirebilirse işleri sağlama almış olur muydu? Yoksa sağlama aldığını, banka hesabındaki rakam düzenli bir şekilde arttığında mı söyleyebilirdi? Ne anlama gelirse gelsin, son günlerde Hyunam-Dong Kitabevi'nin hiçbir zaman yerini sağlamlaştıramama ihtimalini sık sık düşünür olmuştu. Sonsuza kadar güvence altına alamazsa ne yapması gerekirdi? Doğru olan şey, planladığı üzere kitabevini kapatması mıydı, yoksa başka bir yolu var mıydı?

Birçok kaygısı olsa da pazar günleri huzurlu geçiyordu. Uyandığı andan gece yatana dek mutlak bir özgürlüğe sahipti. İçedönük ve dışadönüklüğün tam ortasında yer alan Youngju için insanlarla uğraşmak bunaltıcıydı. Çalışırken biraz olsun yalnız kalabilmeye dair güçlü bir istek duyardı. İçedönük yanını kontrol altına alamadığı gecelerde kolay kolay uyuyamaz, sakince oturarak bir saatliğine de olsa kendi başına vakit geçirmesi gerekirdi. O yüzden pazar günleri onun için değerliydi, bir günlüğüne de olsa başkalarıyla karşı karşıya olmanın getirdiği gerginlikten uzaklaşmak istiyordu.

Sabah dokuzda uyandı. Yüzünü yıkadıktan sonra yaptığı kahveyi içerken gününü nasıl geçirmek istediğini düşündü ancak pek bir şey yapmayacağını gayet iyi biliyordu. Acıkınca buzdolabında gördüğü ilk şeyi yiyecek, ardından birkaç bölüm eğlence programı indirip birkaç saat boyunca gülerek izleyecekti. Bunlar masasında gerçekleşecek, yatma saati gelene dek salondan çıkmayacaktı.

Youngju'nun evi sadeydi. Bir odada yatak ve gardırop, diğer odada duvarı kaplayan kitaplık, mutfakta tek kişilik bir buzdolabı, salonda büyük bir çalışma masası ve sandalye, sehpa ve küçük bir kitaplık vardı. Jimi en azından iki kişilik bir koltuk almasını söylediğinden tereddütleri olsa da esasen evin şu anki halinden memnundu.

Sırf alan var diye her tarafı doldurması mı gerekiyordu? Youngju bu boş hissiyatı da son derece hoş buluyordu ancak onun evinde de bir fazlalık vardı: Lambalar...

Salonunda üç adet lamba bulunuyordu, biri veranda penceresinin, diğeri çalışma masasının ve sonuncusu da yatak odasındaki kapının yanındaydı. Youngju lambadan yayılan loş ışığın etrafı zarif bir dokunuşla aydınlatmasını seviyordu.

Çalışma masasının üstünde kitabevinde kullandığı dizüstü bilgisayarın aynısı duruyordu. Youngju evdeyken genellikle tüm işlerini bu masada hallediyordu. Bugün de kahvaltı ettikten sonra masasına geçmiş, internette dolaşarak izlemeye değer bir program aramıştı. Birkaç sene devam eden programları izlemiyor, iki, üç ayın ardından son bulan programlardan hoşlanıyordu. Keyif aldığı programlar bitince nedense sıfırlandığını hissediyordu.

Bugün olduğu gibi, istediğini bulamadığında önceden izlediklerini tekrar izlerdi. Güzel insanların, güzel manzaralar eşliğinde güzel sohbetlerini içerdiğinden, yapımcı Na Yeongseok'un tüm programlarını seviyordu. Samimi ve dürüst konuşmalar Youngju'yu dinginleştiriyordu. Bunların arasında en sevdiği program *Youth Over Flowers*'tı, favori bölümleri ise

Afrika ve Avustralya'da geçen bölümlerdi. Hepsi Youngju'nun pek aşina olmadığı ünlüler olsa da onların gençlikleri ve parlak gülümsemelerine bakmak bile iyi hissetmesini sağlıyordu.

Onlara baktığında ardında bıraktığı zamanlara, elbette gençlik dönemi olsa da gençlik demeye içinin el vermediği o zamanlara özlem duyuyordu. Onun için gençlik bir ütopyaydı. Hiçbir yerde var olmayan ütopya gibi, gençlik de kimsenin yaşayamadığı bir dönem olabilir miydi? Avustralya'daki berrak gökyüzü gibi, genç ve güzel bir idol grubunun anlık gülüşleri gibi, o idol grubuna sadece bir defalığına verilen tatil hakkı gibi; yeryüzündeki kimsenin tam anlamıyla yaşayamadığı bir gençlik dönemi... Youngju hiç tadını çıkaramamış olmasına rağmen gençliğini özlediği için kendisine güldü.

Çoktan iki kez izlemiş olduğu Afrika bölümünü tekrar açtı. Göz kamaştıran manzaraya tekrar hayret edip, o uçsuz bucaksız, hayranlık uyandıran tablonun içinde beraber gülüp birbirlerinden güç alan gençlerin görüntüsüyle yeniden mutluluk duydu. Şayet oraya gidebilseydi, o da kum tepesine çıkıp zirvede oturmak isterdi. Orada oturarak güneşin doğuşunu ya da batışını izleyebilseydi nasıl hissederdi? Büyüye mi kapılırdı, yoksa yalnızlık mı duyardı? Kim bilir, belki de gözleri yaşla dolardı.

Bölüm bittikten sonra pencereden bakınca alacakaranlığın çökmeye başladığını gördü. Günün bu vaktine, gençlik özlemiyle karşılaştırılamayacak kadar büyük bir özlem duyuyordu. Yavaşça karanlığa bürünen akşam saatleri... Bu saatlerde yürümeyi de sadece gözleriyle şahit olmayı da seviyordu. Tıpkı gençlik gibi çabucak kaybolsa da üzülmesine gerek yoktu çünkü unutulmaya fırsat vermeden her gün Youngju'yu yeniden buluyordu.

Hızla geçip gidecek bu anın tadını çıkarabilmek için pencereye yaklaşıp oturdu. Kollarını dizlerinin etrafına dolayarak dışarıyı izledi. Kış gecesi onu selamlıyordu.

Artık tüm günü tek kelime etmeden geçirmeye alışmıştı. Yalnız başına yaşamaya başladığı ilk zamanlar akşam saati olunca kasıtlı olarak "aaa" sesi çıkarmış, yaptığını gülünç bulup defalarca kahkaha atmıştı.

Şimdilerde boğazını dinlendirdiğini düşünüyor, sessizlik içinde geçirdiği günleri doğal karşılıyor, konuşmadığı için yüreğinden yükselen ses daha iyi duyuluyordu. Ağzını açmasa da Youngju bütün gün düşünüyor, hissetmeye devam ediyordu ve düşünüp hissettiklerini ifade etme isteği duyduğunda yazı yazıyordu. Böyle bir pazar günü üç ayrı yazı yazdığı olmuştu. Hiçbir yerde paylaşmadığı, özel yazılardı bunlar.

Oturma odası tamamen karanlığa bürünmüştü, Youngju sandalyeden kalkıp lambalarını birer birer yaktıktan sonra tekrar yerine geçti. Bir süre sonra yeniden kalkarak sehpayı yanına koyup kitaplıktan iki kitap çıkardı. Son zamanlarda her gece dönüşümlü olarak *Too Bright For Romance* ve *Shoko's Smile* adındaki kısa öykü koleksiyonlarından birer bölüm okuyordu. Bu gece, *Too Bright For Romance* ile başlayacaktı.

Altıncı öykünün adı 'Köpeği Beklemek' idi. Giriş, annenin yürüyüş yaparken köpeğini kaybetmesiyle yurtdışındaki kızının geri dönüşünü ve beraber köpeği aramalarını konu alıyordu. Devamında aile içi şiddet, tecavüz, şüphe ve itiraflardan geçiyorlar ve roman 'olasılık' ile son buluyordu. Youngju bölümü bitirdikten sonra bir önceki sayfaya dönüp bugün ilk kez sesini kullanarak bir cümle okudu:

"Tüm olasılıklar ufacık şeylerden doğar ve nihayetinde o olasılık her şeyi değiştirir. Mesela her sabah içtiğin elma suyu gibi." (Kim Geumhee, *Too Bright For Romance*, Munhakdongne, 2016, 177. sayfa.)

Böyle romanlardan hoşlanıyordu. Acılı ve sancılı dönemden geçen bir kişinin uzaklarda seçilen zayıf bir ışığa tutunarak ilerleyişini ele alan, belirsizliğe rağmen yaşama azmini güçlendiren romanlar... Naif ya da ihtiyatsız bir umut değil, umudun hayatımızda kalan son gereklilik oluşundan bahseden romanlar.

Aynı cümleyi ağzıyla bir kez, gözleriyle birkaç kez daha okuduktan sonra mutfağa yöneldi. Mutfak ışığını açıp buzdolabından iki yumurta çıkararak tavaya zeytinyağı döktü ve yumurtaları kırdı. Pirincin yarısını kâseye koydu ve üstüne sahanda yumurtaları ekleyip bir tatlı kaşığı soya sosu döktü. *Gyeran bap*[6] yaptığında her zaman iki yumurta kırardı. Yumurta sarısının tüm pirinç tanelerini kaplaması için iki yumurtaya ihtiyacı vardı.

Mutfağın ışığını kapatıp kaşıkla kâsesini karıştırarak pencereye doğru yürüdü ve beş dakika önce olduğu gibi yerine yerleşti. Dışarıyı izleyerek yemek yedikten sonra kâseyi bırakıp *Shoko's Smile*'ı eline aldı ve içindekiler kısmına göz attı. Sıra altıncı öykü, Michaela'daydı. Bu öykünün başkarakterleri de anne ve kızıydı. İlk sayfayı okurken öykünün sonunda hüngür hüngür ağlayacağını tahmin bile etmemişti.

Her zamanki gibi, pazar gecesi de kitap okuyarak uyuyakaldı. Haftanın bir gününü daha böyle geçirebilmeyi dilese de pazartesi sabahı güne aceleyle başlaması gerekmediği gerçeğiyle mutlulukla işe gidebilecekti. Gelecekte de tam olarak şimdiki gibi, hayır, şimdiden biraz daha özgürce yaşamak istediğini geçirdi içinden. Biraz daha özgürleşebilirse yaşadığı bu hayata, bu şekilde devam edebilirdi.

6 Gyeran Bap: Kore yumurtalı pilavı.

SURATININ HALİ NE?

Minjun çekirdekleri ayıklarken ara ara çalışanlarla sohbet ediyordu. Kendisine sandalyeye oturup rahatça bakmasını söyleyen çalışana "Tamam." demiş olsa da iki büklüm durarak ayıklamaya devam etti.

"Bayan Jimi bugün gecikti." diye ortaya konuştu.

"Birkaç ayda bir böyle yapar." diye yanıtladı bir çalışan.

"Bir şey mi oldu acaba?"

Bir başka çalışan:

"Bilmiyoruz. Sadece 'gecikeceğini' söyledi.

Minjun'un yanına bir sandalye koydu.

"Teşekkür ederim."

"Asıl size bir şey mi oldu?"

"Nasıl?"

Aynayı işaret ederek, "Son günlerde aynaya hiç bakmıyor musunuz?" dedi çalışan.

Minjun alaycı bir edayla gülünce çalışan da sırıtarak karşılık verdi.

Minjun oturup ezilmiş ve rengi koyulaşmış çiğ çekirdekleri yeniden aramaya koyuldu, onlar çöpe gidecekti. Kullanılamayacak çekirdeklerin atılması gerekiyordu. Hasarlı tek bir çekirdek aralarına karıştığı anda kahvenin tadı bozuluyordu. Tek bir çekirdeğin kahvenin tüm tadını belirlediği söylenebilirdi. Minjun tıpkı çekirdeklerde olduğu gibi, kafasının içinde de atıp kurtulması gereken düşünceler olduğunu geçirdi aklından. Tek bir düşünce tüm zihnini alabora edebilirdi. İyice masaya gömülüp eline aldığı çekirdeği incelemeye başladı.

Ezilmiş çekirdeği parmaklarının arasında sıkıştırarak düzleştirmek istedi. Ancak çekirdek hiç kımıldamadı. Tekrar iyice bastırdı. Üçüncü kez denediği esnada Jimi içeri girdi.

"A! Sonunda teşrif ettiniz demek! Hiç gelmeyeceksin sanmıştım."

Minjun kendisine doğru ilerleyen Jimi'yi görünce kalakaldı. Şaşkınlığını gizlemeye çalışsa da aksine ifadesinin daha da netleştiğini hissetti. Jimi ağlamıştı. Gülümsedikçe şişlik daha da belirgin bir hal alıyordu.

Hiçbir şey fark etmemiş gibi görünmeye çalışarak, "Çekirdekleri özel olarak harmanladığınızı iletmiştiniz ya..." dedi.

Jimi, Minjun'u arkasında bırakıp etrafta dolanarak işleri denetledi. Sipariş miktarını tek tek dikkatlice doğrulayıp, kavurma aşaması biten çekirdeklere dokunup kokladıktan sonra öğütülmüşleri kontrol eden çalışanına yaklaşıp, "Güzel..." dedi başını sallayarak. "Ne kadar sürecek?"

"On dakikaya biter."

Jimi, sağ elini telefonmuş gibi yapıp kulağına yaklaştırarak bitince haber vermesini işaret edince, çalışan omzunu silkti ve parmağıyla kapıyı gösterdi. Bizzat getirip vereceğini söylemeye çalışıyordu. Jimi başparmağını kaldırarak onay verdikten sonra Minjun'a kendisini takip etmesini işaret etti. Odadan çıkar çıkmaz arkasını döndü ve yüzünü inceleyip sordu:

"Yalnız, suratının hali ne?"

"A..." İstemsizce yüzüne dokundu Minjun.

"Gözlerinin feri sönmüş, yenilgiye uğramış bakışlar bunlar. Bir şey mi oldu?"

Minjun Jimi'ye endişeyle baktı.

"Ben de tam onu soracaktım. Gözleriniz nasıl şişmiş haberiniz var mı?"

Bunun üzerine Jimi, "A, doğru!" deyip elinin tersini hafifçe gözlerine bastırdı. "Yolda sürekli ellerimle bastırdım ama içeri girince aptal gibi kontrol etmeyi unutmuşum. Çok belli oluyor mu?"

Minjun başıyla onayladı.

"Onlar da anlamış mıdır?"

Minjun yine başını salladı.

"Of, bilmiyorum artık. Neyse, gidelim."

Goatbean'deki kahve makineleri, çoğu kafenin sahip olduğu makinelerle kıyaslanamayacak kadar iyiydi ve çekirdeklerin tadını kontrol etmek için kullanılıyordu. Kahvenin tadını test etmeye gelen müşteriler için tam olarak burada kahve hazırlanırdı. Bazen Youngju gibi, kahve yapmayı da tadını ayırt etmeyi de bilmeyen acemi patronlar gelirdi. Jimi en başından tane tane anlatarak onlarla ilişki kurardı ve bir kez kurduğu ilişki kolay kolay kopmazdı. Bu yüzden Goatbean pek çok eski müşteriye sahipti.

Minjun dış, Jimi ise iç kısma geçerek bar tipi masayı aralarına aldılar. Birbirlerinin yüzüne bakıp gülüştükten sonra içinde oldukları umutsuz ruh halini biraz olsun üzerlerinden attılar.

"İşinden mi memnun değilsin?" diye sordu Jimi.

Hafifçe gülümsedi Minjun.

"Hayır. Sadece arayıştayım."

"Arayış..."

"Bayan Youngju söylemişti: İnsanlar çabaladıkları sürece arayışta olurmuş."

"Yine nereden duymuş o lafı?"

"*Faust*'ta okuduğunu söylemişti sanırım."

"Üf! Şu kendini beğenmiş tavırları bırakması lazım. Takılması bu kadar eğlenceli olmasaydı bir tane patlatırdım!"

İkisi de güldü.

"Yani, çabaladığın için mi arayıştasın?" dedi Jimi.

"Üstünkörü bahsedip geçeyim demiştim. Böyle açık açık sorulur mu?" diye takıldı Minjun.

Jimi başını salladı:

"Doğru, insan bazen geçiştirmek istiyor tabii."

"Siz de mi öyle hissediyorsunuz?"

"Ne konuda?"

"Neden ağladığınız konusunda konuşmak istemiyor musunuz?"

Jimi cevap vermek üzereyken, çalışan saklama kabı içine koyduğu öğütülmüş çekirdekleri getirdi. Biri iki kilo, diğeri iki yüz elli gramdı. Jimi iki yüz elli gramlık kabı işaret etti.

"O ne? Minjun'a vermek için mi ayırdın?"

Çalışan, Jimi'ye doğru yaklaşıp başparmağını kaldırarak onay verdikten sonra, Minjun'a göz kırpıp yanlarından ayrıldı.

"Ağzı falan mı dolu? Niye konuşmuyor?" dedi Jimi.

"Siz de öylesiniz ya…"

Minjun eliyle telefon hareketini taklit etti. Jimi sandalyeden kalktı.

"Bırakmıyorlar ki istediğim gibi davranayım. Ben yaptım diye o da öyle yaptı, değil mi?"

Dolaptan kâğıt filtre, dripper, servis sürahisi ve demlik çıkardı. Masanın üzerinde duran çaydanlığa su koyup kaynattıktan sonra kapağını açıp biraz bekledi. Bu esnada 'dripper'a filtre yerleştirip servis sürahisinin üzerine koyduktan sonra, "Bugün elle demleyeceğim." dedi.

Çaydanlıktaki suyu demliğe döktü.

"Öğrendiklerini hatırlıyor musun?"

"Evet."

"Evde denedin mi?"

"Sık sık yapıyorum."

"Öyle mi? İyi. Bugün de geçen sefer yaptığımızla aynı. Ben göz kararı yapıyorum ancak tam kıvamında olması için tartı kullanman lazım. Merak ettiğin bir şey olursa sor."

Jimi sıcak su dökerek filtrenin tamamını ıslattı ve ardından ince öğütülmüş çekirdekleri filtreye koyup onları da ıslatırken kendi kendine mırıldandı.

"Böyle demleyince kesinlikle daha derin bir tat veriyor. Garip... Halbuki makinenin daha doğru yapması lazım."

Minjun, Jimi'nin ortadan başlayıp yavaşça daire çizerek dışa doğru filtreyi ıslatışını izledi. Jimi biraz bekledikten sonra, "Köpükleri görüyor musun?" deyip dairesel hareketleri yineledi. Minjun, kahvenin servis sürahisine damladığını duydu.

"Su eklemeyi ne zaman bırakmam gerektiğini kestiremiyorum."

"Suyun damlama hızı yavaşladığında bırakabilirsin ama acı olmasını istiyorsan bir süre daha devam etsen de olur."

"Doğru da en iyi tadın ne olduğundan emin değilim."

"Ben de öyle, sadece sezgilerime güveniyorum. Yaptıkça tadına baka baka, başkalarının hazırladığı kahveleri de içe içe bir fikir oluşmaya başlıyor."

"Anladım."

"Sen de sezgilerine güvensen yeter."

"Bazen söylediklerinize güvensem mi, emin olamıyorum."

Jimi dolaptan fincan çıkarırken güldü.

"Güvenmek istediğin insanlara güven. Hayat bu değil mi?"

Kahveyi fincana döküp Minjun'a uzattı.

"Şunu bir iç de bak bana nasıl güveniyorsun."

Kahvenin kokusunu içlerine çektikten sonra ilk yudumu aldılar. Birbirlerine bakarken ikisinin de gözleri büyüdü. Fincanı masaya koyup, "Gerçekten çok güzel olmuş!" dedi Minjun.

"Herhalde!"

Kahve içerken zaman geçsin diye ondan bundan konuştular. Sessizliğin aralarını doldurduğu kısa bir sürenin ardından fincana bakarak,

"Ben de geçiştirmek istiyorum." dedi Jimi.

Minjun, ona bakarak konuşmaya devam etmesini bekledi.

"Geçiştirerek, gerçekten de benim için önemsiz bir hale gelmesini umuyorum. Gel gör ki öyle olmuyor. Onunla alakalı her durum kendini tüm ağırlığıyla hissettiriyor."

"Ne oldu?"

"Aynı şeyler... Ama bu kez tepkim çok şiddetliydi. Neredeyse ona vuracaktım." Gülümsemeye çalışsa da beceremedi. "Aile dediğin ne diye düşünüyorum. Ne ki duygularımı kontrol edemediğim noktaya geliyorum? Sen evlenmeyi düşünüyor musun?"

Minjun otuzu geçmesine rağmen, evliliği hiçbir zaman ciddi olarak düşünmemişti.

"Bilmiyorum."

"Evleneceksen de iyice düşün."

"Tabii ki."

"Ben evlenmemeliydim. O adamla aile kurmamam lazımdı. Sevgiliyken iyiydi. Hatta arkadaş kalsak da olurdu ama beraber yaşanılacak insan değil ama evlenmeden önce bunu nereden bilebilirdim?"

"Bilemezdiniz."

"Kahve soğusa da tadı hâlâ güzel, değil mi?"

"Hakikaten öyle."

Kısa bir sessizlikten sonra devam etti Minjun:

"Bizimkiler iyi geçinir. Bir kez olsun kavga ettiklerini görmedim. Ya da belki de benim önümde etmemişlerdir."

"Ne güzel..."

"Küçükken bunun güzel olduğunu anlayamamıştım ama büyüdükçe ne kadar şanslı olduğumu fark ettim. Sanki üçümüz, üç kişilik bir takım oyunundaymışız gibi bir olup yaşadık."

"Uyumlu bir ailen varmış."

"Evet. Yalnız..."

"Yalnız, ne?"

Minjun fincanın kulpuna parmağıyla vurup Jimi'ye baktı.

"Son zamanlarda bunun başlı başına iyi bir şey olarak nitelendirilemeyeceğini düşünmeye başladım. Ailenin birbirine sıkı sıkıya bağlanması da iyi değil. Biraz mesafe gerekiyor. Bu düşüncem doğru mu yanlış mı henüz bilmesem de şimdilik bu fikre sarılarak yaşamak istiyorum."

"O fikre sarılarak yaşamak mı?"

"Bayan Youngju, 'Eğer içinde bir düşünce doğarsa ilk olarak ona sarıl. Yaşamaya devam ettikçe o düşüncenin doğruluğunu anlayabilirsin, şimdiden yanılıp yanılmadığına karar verme.' demişti. Haklıydı, o yüzden düşüncelerimi eyleme geçirmeye çalışıyorum. Öyle harika bir şey yaptığım yok. Sadece biraz mesafe koyayım diyorum. Bir süreliğine ailemi düşünmeyeceğim."

Youngju'nun söylediği gibi, Minjun şu anda kendi benliği hakkında güzel düşünmeye çalışıyordu.

Kalan kahveyi bitirirken, bir an soğumuş kahvenin neden bu kadar güzel olduğunu sorguladı. Fazla irdelemesine gerek yoktu. Cevap, çekirdeklerin kaliteli olması ve iyi öğütülmesiydi.

Jimi, fincanları alıp kalktı.

"Hadi, sen artık git."

Masanın üstündeki çekirdek dolu kabı çantasına koyup ayağa kalktı. Bakışlarıyla Jimi ile vedalaşıp birkaç adım attıktan sonra tekrar döndü. Masayı silen Jimi, "Ne oldu?" der gibi kaşlarını kaldırınca, "Bunu söylemem ne kadar doğru olur bilmiyorum ama... Umarım siz de iyi düşünürsünüz..." dedi.

"Neyi?"

"Aile konusunu... Bir kere aile oldunuz diye sonsuza dek aile olarak kalmanıza gerek yok. Ailenizle beraberken mutsuzsanız, bir sorun var demektir."

Jimi hiçbir şey demeden Minjun'a baktı. Duyduğu şey hoşuna gitmişti. Defalarca tereddüde düşüp kendine itiraf edemediklerini, Minjun cesaretini toplamış ve söylemişti. Jimi gülümsedi ve başparmağını kaldırdı.

Minjun Goatbean'den çıktı. Bir anlığına hata edip etmediğine dair ikileme düşse de aslında bunu söylemeyi uzun zamandır içinden geçirdiği için pişmanlık duymadı.

İŞE DAİR TUTUM

Kitap kulübü üyeleri birer birer kitabevine girdi. Youngju dâhil dokuz kişi bir daire şeklinde oturdu. Lider Wooshik'ten başlayıp sağa doğru ilerleyerek, kısaca "herhangi bir şey hakkında konuşma" başlıklı sohbeti devam ettirdiler. Bazıları saçını kestirdiğinden, diyete başladığından, arkadaşıyla kavga ettiği için moralinin bozuk olduğundan ya da yaşlandığı için ipe sapa gelmeyen mevzulara takıldığından bahsetti. Bazıları da yeni saçının yakıştığını, şu anda gayet iyi göründüğünü ve diyet yapmasına gerek olmadığını, arkadaşının hatalı olduğunu, gençlerin de önemsiz noktalara takılabildiğini söyleyerek onlara moral verdi.

Minjun'un bugün de eve erkenden gitmek gibi bir niyeti yoktu. İçeride müşteri olmadığını kontrol ettikten sonra insanların oluşturduğu dairenin dışına bir sandalye çekip sessizce oturdu. Bunun üzerine kimse tek kelime etmemesine rağmen insanlar ufak ufak hareket ederek Minjun'a yer açtı. Minjun elini sallayarak reddedince, kulüp üyeleri daha da ısrarcı bir tavırla elleriyle gelmesini işaret etti. Hal bu olunca sandalyesini öne taşıyıp dairenin bir parçası oldu. Bugün kitap kulübünde tartışılacak kitap, *Çalışmanın Reddi*'ydi.

"Tartışmayı başlatıyorum. Söylemek istediğiniz bir şey varsa elinizi kaldırıp konuşabilirsiniz. Duruma göre yanıt vermek için dâhil olabileceğinizi zaten biliyorsunuz ancak ne kadar cevap vermek isterseniz isteyin, lütfen başkası konuşurken sözünü kesmeyin."

Wooshik sözlerini bitirdikten sonra bir sessizlik çöktü. Bekliyorlardı. Tartışmada zorlama yoktu. Konuşmak isterseniz konuşur, yalnızca dinlemek isterseniz dinlerdiniz. Bu kısa suskunluğun ardından, arkadaşıyla kavga ettiği için morali bozuk olan yirmili yaşlarındaki kadın elini kaldırıp konuşmaya başladı:

"Yapay zekâ ve otomasyon nedeniyle gelecekte iş olanağının daha da azalacağının söylenmesi beni epey tedirgin etti. 'Daha ne zamana kadar yarı zamanlı işlerde çalışarak yaşamaya devam edebilirim?' diye düşünüp durdum. Sanırım hükümetin bir şekilde bir yol bulup daha fazla çalışma alanı yaratacağını umuyordum. Yöntemi düşünmesi gereken onlar. Ama yirmi beşinci sayfada şöyle bir cümle okudum."

Kadının sözleri üzerine herkes kitabı açınca, Minjun da raftan kitabı aldı ve tekrar yerine oturdu. Kadın yirmi beşinci sayfadaki cümleyi okuduktan sonra düşüncelerini söyledi:

"İş dedikleri, *toplumun daha fazla çalışma alanı yaratmaya devam etmesini gerektirecek kadar matah bir şey mi? Üretkenliğin son derecede geliştiği bir toplumda bile neden hâlâ herkesin hayatları boyunca çalışmak zorunda olduğu düşünülüyor?" (David Frayne, Çalışmanın Reddi, Çeviren: Jang Sangmi, Dongnyok, 2017, sayfa 25.)*

"Geçen sefer burada birisi, 'bir kitabın balta gibi olması gerektiğini' söylemişti. Ben bu cümleyi okuduğumda kafama baltayla vurulmuş gibi hissettim. Doğru ya, işin nesi bu kadar matah ki böyle yaygara kopuyor? Çalışamama endişesi yerine, geçimimizi sağlayamama endişesi duymamız gerekmiyor mu? Demek istediğim, hükümetin asıl görevi çalışma alanı yaratmak değil, halkının geçimini sağlama yöntemi bulmak değil mi?"

Tekrar bir sessizlik hâkim oldu. Minjun kısa sürede bu sessizliğe alıştı. Çıt çıkmadan geçen kısa anların ardından diyete başlayan kırklarındaki adam konuştu:

"Geçimimizi sağlamak için çalışmamız gerektiği fikrinin yerleşmiş olduğu bir toplumda yaşıyoruz. Dolayısıyla ben bu ikisinin ayrımını kolayca yapamıyorum. Çalışmadan geçimimizi sağlayabilir miyiz? Kitabı okuyunca teoride mümkün olduğunu görebiliyorum ancak kalbim tam olarak kabul etmiyor. Dolayısıyla bu kitabı fazla idealist buldum. Yine de işe dair bakış açımı anlamama yardımcı oldu. Neden çalışmayı etik açıdan iyi bir değer olarak düşündüğümü, neden çalışmayınca kendimi tembel ve işe yaramaz bir insan olarak görmeye başladığımı, neden daha iyi bir işte çalışmak için çaba sarf ettiğimi anladım. Yine de sizler de boşluğa düşmediniz mi? Nihayetinde bu kitap, işe dair bakış açılarımız veya düşüncelerimizin, geçmişte birileri tarafından keyfi olarak yaratıldığını anlatmaya çalışmıyor mu? Bizler de bunu gerçek olarak kabul ederek yaşıyoruz."

"Ben de boşluğa düştüm..." dedi saçlarını kestirmiş otuzlarındaki kadın. "İşi etik kuralların en üstünde tutup çalışan insanların değerli, çalışmayanların ise değersiz olduğunu düşünmek püriten iş ahlakından geliyor. Kendini çalışmaya adayarak kurtuluşu gaye eden püriten değer, zaman içinde yirmi birinci yüzyılın Kore'sinde yaşayan benim gibi bir ateiste bile geçti ve şu anda elindeki işi kaybetmemek adına mücadele ederek yaşıyor. Öyle ki bu ateist, çocukluğundan beri havalı bir kariyer kadını olacağını, eşi çalışmasına izin vermezse boşanacağını düşünerek dişlerini biliyordu."

Kadın bir an dinlenip devam etti:

"Fakat sorun şu ki bu ateist, son zamanlarda işe dair tutkusunu canlandırmak adına, işle alakalı tüm güzel izlenimlerini tekrar tekrar kendine hatırlatarak kafasına kazımaya çalışıyor. 'Çalışmak iyi şey; çok çalışmalısın. Çalışabildiğin için çok şanslısın. Çalışamazsan hayatın berbat olurdu!' diyor."

"Bu iyi bir şey değil mi?" diye sordu Wooshik, kadına.

"Kitabı okuyunca iyi bir şey olduğunu söyleyemez oldum."

"Neden kötü olduğunu düşünüyorsunuz ki? Bu konu hangi sayfadaydı?" dedi yaşlandığı için hayıflanan, ellilerini geçmiş kadın.

Herkes sayfayı aramaya koyuldu. Konuşulanları dinlediği sırada Minjun'un aklına üniversitedeyken kültür dersinde işlenen Max Weber'ın *Protestan Ahlakı* geldi. Protestan ahlakı zamanın içinde seyahat etmiş, sadece ateist kadına değil, Minjun'a da ulaşmıştı. Minjun da Protestanlar gibi gayretle çalışmaya hazırdı. Onlar gibi, çalışmanın bir çağrı olduğunu hiç düşünmese de kırklı yaşlarındaki adamın da söylediği üzere, dünyaya gelen herkesin çalışması gerektiğine inanmıştı.

"Buldum. Yetmiş üçüncü sayfada. Okuyayım..." dedi ateist kadın.

"Çalışma sürecinde insanın doğa*sını dışlayan değil, aksine cezp edip bunu sömüren nitelikte bir yabancılaşma ortaya çıkmıştır. Buradaki sorun, işçilerin çalışırken kendilerini ifade etme veya tanımlama fırsatına sahip olamamaları değil, aksine kendilerini tamamen işleriyle bütünleştirip sorumluluk bilincine sahip olmaları talebiyle karşı karşıya kalmalarındadır.*"

"Yetmiş sekizinci sayfada da benzer bir paragraf var." deyip okumaya başladı üniversite öğrencisi:

"*Başka bir deyişle işçiler,* 'şirket insanlarına' dönüştürülmüştür. Hephaistos, işçilere bağlılık hissi ve bireysel ahlak kurallarını aşılamak için tasarlanmış *'takım' ve 'aile' gibi kurum içi terimler aracılığıyla, çalışanların kendilerini işleriyle özdeşleştirmelerini teşvik etmiştir. 'Takım' ve 'aile' gibi idealler, işyerini ekonomik bir zorunluluktan ziyade ahlaki zorunluluğa sahip bir alan olarak yeniden tanımlayarak, işçileri kurumun hedeflerine daha sıkı bağlamaktadır."*

Durup ateist kadına baktı.

"Bence siz şirket insanıydınız. Kimliğinizi ve değerlerinizi şirketle özdeşleştirip adeta şirketin sahibiymişçesine sıkı çalıştınız. Şirketlerin, çalışanlarını 'şirket insanı' kılmak adına 'ekip' ve 'aile' gibi terimleri kullandığı yazıyor. Ablamın eşi kısa süre önce takım liderliğine terfi etti. Onu içtenlikle tebrik etmiştim ama şimdi 'Acaba ablamın eşinden de şirket insanı olması mı talep edildi?' diye düşündüğümden, 'takım' kelimesinden korkar oldum."

"Fakat bence çok çalışan ve işini seven bir kişiyi muhakkak şirket insanı olarak tanımlayamayız. Bu kitap da çalışmayı kayıtsız şartsız kötü olarak nitelendirmiyor. Ben çalışmanın keyfini ve çalışarak gelişmeyi hayatlarımızı mutluluğa ulaştıran koşullardan biri olarak görüyorum."

Minjun söyleşi başladığından bu yana ilk kez konuşan Youngju'ya baktı.

"Yalnız bu toplumun işe ciddi derecede saplantılı olması ve çalışmanın bizden pek çok şeyi götürmesinin bir sorun olduğu da yadsınamaz. İşteyken bir an başımızı kaldırıp tükendiğimiz hissiyle karşılaşabiliyoruz. Uzun saatler boyu çalıştıktan sonra eve girince öyle yorgun oluyoruz ki kendimize zaman ayıramıyor, yapmaktan keyif aldığımız işleri yapamıyoruz. Birçok kişi yüz yirmi beşinci sayfadaki paragrafı içselleştirebilir."

"Zamanımızın oldukça önemli bölümünü çalışarak, çalışarak tükettiğimiz gücü geri toplayarak veya iş bulmak, işe hazırlanmak ve tutunmak adına gerekli olan binlerce mecburi gö-

revle meşgul olarak harcadığımızı göz önünde bulundurunca, vaktimizin ne kadarının gerçekten bize ait olduğunu söylemek giderek zorlaşıyor."

"Yani sonuç olarak çok fazla çalıştığımız için, tüm hayatımız işten ibaret bir hal alıyor ve iş denilen kavram bir probleme dönüşüyor."

Minjun, ilk tanıştıklarında Youngju'nun günde sekiz saat çalışmayı vurgulayışını hatırladı. Belki de kitap yüzünden değil, başından beri işin insanı yormaması gerektiği ve yalnızca iş etrafında dönen bir yaşamın neşeyi getiremeyeceği fikrine sahipti.

"Katılıyorum." dedi Wooshik. "Ben işimden keyif alıyorum. Bütün gün çalışıp eve geldiğimde bir bira içerek oyun oynamayı da kitabevine gelip birkaç sayfa okumayı da seviyorum. Yalnız sizin de söylediğiniz gibi, fazla çalışırsak her ne kadar keyifli bir iş de olsa, nihayetinde usanıyoruz. Ev, şirket, ev, şirket... Sadece bir haftalığına bile öyle yaşasam, nefes alamazdım."

"Evde çocuğunuz varsa o rutine bile sahip olamıyorsunuz" dedi Minjun'un yanında oturan adam. "İş hakkında konuşuyorken çocuk konusunu açtığım için üzgünüm ama işim yüzünden çocuğumu göremez oldum. Eşim son zamanlarda Kuzey Avrupa'ya gitme hayalleri kuruyor. İsveç ya da Danimarka'da *latte papa*[7] denilen babalar varmış. Çocuklarıyla ilgilenmek için işten erkenden çıkıp latte mi içiyorlar, nedir? Gelin görün ki ben ve eşim akşam dokuzda çıkıyoruz. Biz eve gelir gelmez kayınvalidem bayılıp uyuyor. Bana izin verilen tek hobim buraya katılmak. Ayda sadece bir kez... Son zamanlarda hayatın ne kadar zor olduğunu düşünüp duruyorum."

7 Latte Papa: Eşleri çalışırken evde kalıp çocuklara bakan, diğer babalarla sosyalleşen babalar. Ev erkeği...

"Daha az çalışsanız problem çözülmez mi?" diye sordu yirmili yaşlarındaki kadın.

Kimisi gülerek, kimisi düşünceli bir ifadeyle yanıtladılar:

"Daha az çalışınca maaş da azalıyor işte."

"Büyük şirketler maaşı sabit tutar da asıl sorun küçük işletmelerde..."

"Serbest meslek sahiplerinin yarı zamanlı çalışması da bir sorun."

"Sorundan geçilmiyor desenize."

"Neyse, sonuç olarak daha az çalışıyoruz diye maaşın da düşmemesi lazım."

"Evet, her şeyin gitgide arttığı bu dünyada bir maaşlar yükselmiyor. Bir de azalırsa ne olur, düşünemiyorum!"

"Şu üsttekilerin maaşı hızla yükseliyor ama bir bizimki böyle! Cidden sinirleniyorum. Esasen şirketin yürümesini sağlayan bizler değil miyiz?"

"Protesto filan mı yapsak?"

Konuşma farklı bir yöne akmaya başlayınca elini kaldırıp, araya girdi Wooshik:

"Her neyse. İşin gelir dağılımını sağlayan tek ana mekanizma olduğu hâlâ bir gerçek. Bu yüzden geçimimizi sağlamak için çalışmak zorundayız."

Kırklı yaşlarındaki adam, gelirini emlakçılıkla edinen insanların çoğunlukta olduğunu söylemek üzereyken, konuşmanın yine farklı bir yöne sapabileceğini düşünüp vazgeçti. Bunun yerine kitabın içeriğine odaklanarak lafa girdi:

"Bu kitabın basılmasına sebep olan şu değil mi: Bu toplum, kişilerin ancak çalıştığı takdirde geçimlerini sağlayabileceği şekilde yapılandırılmış, buna rağmen dünya genelinde, bir işe sahip olamayan insanlar gitgide artıyor. Çalışanlar yabancılaşıp tükendiğinden, çalışmayanlar ise para kazanamadığından insana yaraşır bir hayat yaşayamıyor? Bu yüzden kitap, çalışma saatlerini azaltarak işsizlere de iş imkânı kazandırılması gerektiğini anlatıyor. Teoride mümkün."

"Pratikte de mümkün olabilir ancak fedakârlık yapmak istemeyen insanları ne yapacağız?" dedi ateist kadın, parmağıyla yukarıyı göstererek.

"Yine bir problem..."

Bunun üzerine herkes hafifçe güldü. Tartışma bir saati aşınca insanlar yorulup havadan sudan konuşmaya başladılar. Wooshik bunun önüne geçmeyip sohbete dâhil oldu. Elli yaşlarındaki kadın, gençliğinde uyumlu davranıp fedakârlıkta bulunarak yaşamayı doğal bulduğunu ancak günümüzdeki gençlerin artık öyle bir yaklaşım sergilememesinden memnuniyet duyduğunu söyledi. Bunun üzerine birisi, gençlerin uyumlu olup fedakârlık yapabilmesi için umuda ihtiyaç olduğunu ancak günümüzde umut olmadığı için gençlerin bu gerekliliği bile hissedemediklerini söyleyerek elli yaşlarındaki kadını şaşırttı. Kadın bunu doğrulamak istercesine gençlere baktı. Gençler başını sallayarak onaylayınca kadın, "geriye umut edilecek bir şey kalmadığı" söyleminin onu ne kadar üzdüğünü belirtti.

İnsanlar konuşmaya devam ederken, Minjun giriş bölümünü okumaya başladı. Kişi başına düşen Gayri Safi Milli Hasıla'nın (GSMH) bireyin mutluluğu üzerindeki etkisinin önemsizliği, yalnızca üretim ve tüketime odaklı tatminsiz bir hayat, iş kavramını tersine çevirip başarıdan ziyade yaşam memnuniyetinin peşinde koşan 'vites düşürenler' gibi konular genel hatlarıyla anlatılıyordu. Vites düşürenlerin, çalışma saatlerini azaltmak uğruna yüksek maaşlı işlerinden vazgeçen ya da çalışmayı tamamen hayatlarından çıkaran insanlar olduğu yazıyordu. Minjun, bu yaşam biçiminin geçim sağlamakta bir sorun yaratıp yaratmayacağını düşünürken bir adam konuşmaya başladı:

"Ben vites düşürdüğüm bir yaşam sürdüğüm için bu kitapla büyük ölçüde bağ kurabildim." Boğazını temizleyip devam etti. "Üç sene çalıştığım şirketten ayrılıp arkadaşımın işine yardım ederek ufak miktarlarda para kazanmaya başlayalı bir sene oldu. Şirkette geçirdiğim üç yıl boyunca gerçekten bunalımdaydım. İstediğim işi yapmama rağmen boğulduğumu hissediyordum. Gece mesailerinin sonu gelmek bilmiyordu. Böyle devam ederse delireceğimi düşündüm ve istifa ettim. Ardından günde beş saat yarı zamanlı çalışarak dört ay geçirdim. Sadece ilk hafta iyiydi. En yakın dostum 'Son zamanlarda ne yapıyorsun?' diye sorduğunda bocalayıp doğru düzgün cevap verememeye başladım. Bu kitapta hoşuma giden nokta, sadece vites düşürerek yaşamaya dair mesajlar bulundurması ve bunun artılarını ele alması değil, bu yaşam biçimine sahip insanların çektiği zorluklardan da bahsetmesiydi. Demek aptalca davranan tek ben değilmişim deyip kendimi daha iyi hissettiğimi söyleyebilirim. Derken mottomu tekrar hatırladım."

"Mottonuz mu var?" diye sordu ateist kadın, bunu eğlenceli bularak.

"Evet. Her işin bir artısı ve eksisi vardır. Benim mottom bu. Bir işin iyi yönü olduğu gibi kötü yönü de olacağından duygusal iniş çıkışlar yaşamamaya çalışıyorum."

"O halde mottonuz için 'ne sevin ne de üzül' diyebiliriz sanırım..." dedi kadın, takılarak.

Aydınlanmış bir ifade takınarak espriyle karşılık verdi adam:

"A, diyebiliriz sahiden! Yani söylemek istediğim, bu yaşam tarzında da artı ve eksiler var. Elbette kendime zaman ayırabilmeme olanak sağlayışını seviyorum fakat para kazanamadığım için canım sıkılıyor. Tatile çıkmak da zorlaşıyor ve toplum tarafından kabul görmüyorum."

Minjun'un yanında oturan adam, "Öyle düşünüyor olabilirsiniz ama... Genellikle bu yaşam tarzına sahip kişilerin, diğer insanlar gibi tatile çıkmak için debelenip toplum tarafından kabul görmeyi umduklarını sanmıyorum. Kitapta benzer bir konu geçiyordu..." deyince diğerleri başıyla onayladı.

Youngju elini kaldırdı:

"Yalnız düşük vites denilen şey muhakkak bir seçim değil. Hasta olduklarından veya ruhsal sorunlarla mücadele ettiklerinden dolayı işinden ayrılmak zorunda kalan pek çok insan var. Depresyon ve anksiyeteyle başa çıkmaya çalışan ofis çalışanları da hayli fazla. Bedensel ya da zihinsel rahatsızlıklarından dolayı ya daha az çalışıyorlar ya da hiç çalışamıyorlar ve toplum o insanlara, 'bu kadar zayıfsan işe yaramazsın' diyor. Kitapta da yazdığı gibi, aileler bile 'Ne zaman çalışmaya başlayacaksın?' diye sorup durarak çocuklarına rahat vermiyorlar."

"Sanırım bu işe dair tutumumuzun bilinçsizliğinden kaynaklanıyor" dedi Minjun'un yanında oturan adam. "Çocukluğumdan bu yana niye herkes 'katlan' deyip durdu anlamıyorum. Sınıf arkadaşlarım arasında, okula gelirken motosiklet çarptığı için vücudunun orası burası sıyrılıp kanamasına rağmen eve dönmeyip okula gelen bir çocuk vardı. Her derse katılanlara verilen ödülden alması gerekiyormuş. Çalışmaya başladığımızda bile bizi yerimizden kıpırdayamaz hale getiren şey, canımız ne kadar yanarsa yansın katlanmamız gerektiği fikri değil mi? Hasta olsam da dişimi sıka sıka işe gidiyorum. Yerimden kalkamayacak kadar hasta olduğumda işe gidemeyince, ben bile abarttığımdan kuşkulanmaya başlıyorum. Hastaysak dinlenmemiz son derece doğalken niye böyle hissediyorum? *Ringo tuhon, Busang tuhon*[8] gibi kelimelerden de gerçekten nefret ediyorum."

"Doğru, bizi sömürmelerine bizler göz yumuyoruz" dedi *latte papa* olmanın hayalini kuran adam.

Minjun, söylenen bölümleri okuyarak tartışmayı takip etti. Şu an okuduğu sayfada Lucy adındaki kadın, çalışmıyor oluşundan mutluluk duyduğundan ancak ailesini hayal kırıklığına uğrattığını hissettiği için ümitsizliğe kapıldığından bahsediyordu. Lucy birkaç kez iç çektikten sonra, "Bir iş sahibi olmalı ve kimseyi hayal kırıklığına uğratmamalıydım!" diye düşündüğünü itiraf ediyordu. Yine de Lucy çalışmaya başlamayacaktı.

Kitapta, eskiden patent avukatlığı yapan ve şimdilerde bir barda saatlik çalışan Samantha'nın hikâyesi de geçiyordu. Samantha'nın sözlerini iki defa yavaşça okudu. Özellikle son cümle epey kayda değerdi.

"Hayatımda ilk defa kendi seçtiğim işi yaptığım için büyüdüğümü hissedebiliyorum." (263. sayfa)

Büyüdüğünü hissetmek... Çalışırken önemli olanın bu duyguyu yakalayabilmek olduğunu düşündü Minjun.

Tartışma dostane bir atmosferle son buldu. Wooshik, emeklerinin karşılığında aldığı ücretle mutluluğu yakalayan kişilerin keyifle çalışmaya devam edebileceği, parayla mutluluğu yakalayamayan kişilerin ise bir başka mutluluk arayışında olabileceği bir toplumun yaratılmasını umduğunu söyleyerek toplantıyı noktaladı. İnsanlar alkışlayarak Wooshik'in sözleri-

8 Ringo tuhon, Busang tuhon: Korece Ringo burada, Busang burada anlamında. Her şart altında yoklamada var, işinin başında manasında bir ifade.

ne destek verdiler. Saat akşam on buçuğa yaklaşıyordu, herkes yardım edince on dakika geçmeden etraf toparlandı. Minjun dâhil on kişi kitabevinden hep beraber çıktı. Hepsi de bugün yataklarına benzer hisler içinde girecekti.

Youngju ve Minjun kavşakta birbirlerinden ayrıldı. Minjun, anayoldan yürüyen Youngju'yu bir süre izledikten sonra ara sokağa girdi. Minjun bir süre boyunca kitaplarda yanıt arayacaktı. *Çalışmama Hakkı*'nı bitirdikten sonra, Erich Fromm'un kaleme aldığı, *Sahip Olmak ya da Olmak* adlı eseri okuyacak, Erich Fromm'a hayran kalacak ve yazdığı tüm kitapları kronolojik sırayla okumaya başlayacaktı. Çelişki içinde ve sarsılmış olsa da şu anda aklından ne geçtiğini biliyordu. Nasıl yaşaması gerektiğini düşünüyordu. Şimdiye dek hiçbir zaman buna ciddi anlamda kafa yormamıştı.

KİTABEVİNİ SAĞLAMA ALMAK

Jungseo her zamanki gibi atkıyla uğraşıyor, Minchul ise elini çenesine dayamış, kumsalda oturarak denizi izler gibi onun örgü örüşünü seyrediyordu. Hemen yan masada oturan Youngju ikilinin sohbetini dinleyerek defterine yazdıklarını gözden geçiriyordu.

"Abla, örgü örmek sana keyif veriyor mu?"

"Veriyor tabii. Ama ben asıl gurur duyduğum için örüyorum."

"Nasıl yani?"

"Tamamladığım zaman kendimle gurur duyuyorum. Sırf keyif arıyorsan bilgisayar oyunu filan oynaman lazım. Sen o tarz şeylerde iyi misindir?"

"Yani, fena değilimdir."

Minchul'un umursamazca yanıt vermesi üzerine, gözlerini havaya dikip tiyatro oyunundaymışçasına abartılı bir edayla konuştu Jungseo:

"Gurur duygusundan yoksun bir hayat yaşamanın ne kadar zor olduğunu bilemezsin elbet! Bütün gün deliler gibi çalışsan da geriye hiçbir şeyin kalmadığı, hayır, sadece yorgunluğun kaldığı bir hayat!"

Minchul, bu beklenmedik gösteriye alaycı bir tavırla gülünce, Jungseo hafifçe tebessüm edip her zamanki tonunda devam etti:

"Günümü son derece yoğun ve zorlu geçirsem de sadece zamanımı boşa harcıyormuşum hissine kapılmaktan nefret ediyordum. Dilerim sen böyle hislere kapılmaz, kendinle hep gurur duyabilirsin."

"Umarım..."

Youngju, Jungseo ve Minchul'un konuşmasını dinlerken son birkaç gündür toparlamaya çalıştığı meseleyi sonuçlandırdı. Bir süredir kitabevinin sağlama alınmasının ne anlama geldiğini çözümlemeye çalışıyordu. Bir çıkarımda bulunamayınca, yazı yazarken alışkanlık edindiği üzere sözlüğe "sağlama almak" yazıp arattı ve kabaca şu şekilde tanımlayabileceğine karar kıldı:

"Belirli bir yere yerleştikten sonra günlük yaşamın istikrara kavuşması."

Hyunam-Dong Kitabevi'nin istikrara kavuşması için para kazanması gerekiyordu ancak sağlama alma kavramının para kazanma gerekliliği yerine geçmesini istemiyordu. Para kazanması gerektiğini düşünmek yerine, Hyunam-Dong Kitabevi'ni güvenceye almak istiyorsa, her şeyden önce müşterilerin artması gerektiği fikrine odaklanmayı tercih ediyordu.

Kitabevine uğrayan mahalle sakinlerini düşündü. Yeteri kadar müşterisi vardı fakat başlarda sık sık uğrasalar da ziyaretleri giderek seyrekleşenler de bir hayli fazlaydı. Düzenli kitap okumanın ne kadar zor olduğundan bahseden birçok kişiyle karşılaşmıştı. Kitap okumayan bir kişiyi bir okuyucu haline getirmenin ne denli güç olduğunu kitabevini açıktan sonra kavramıştı. Dolayısıyla "Kitap okumak güzeldir; okumalısınız." diyerek insanları zorlamanın bir getirisi olmayacaktı. Bunun yerine kitabevi denilen bu mekân aracılığıyla insanlara ulaşmak istiyordu. Bunu gerçekleştirmek adına bu alanı insanlara daha fazla açmaya karar verdi.

Verdiği karardan sonra yaptığı ilk iş kafe bölümünün yanında depo olarak kullanılan ufak alanı boşaltmak oldu. Fırsat buldukça Minjun ile beraber atılacak şeyleri atıp, kullanılacakları kitabevinin sağına soluna yerleştirdiler. Bundan sonra o alan "okuma kulübü odası" olarak adlandırılacaktı. Katılımcıları artırıp birinci, ikinci ve üçüncü okuma kulübü şeklinde sınıflandırmanın ve her birine istenilen ismin verilmesinin eğlenceli olabileceğini düşündü. Yarından itibaren blog ve sosyal medya aracılığıyla kulübe üye toplamayı planlıyordu. Kimi kitapseverlere kulüp başkanı olmak isteyip istemediklerini sormuş ve çoktan üç kişi belirlemişti. Wooshik, Minchul'un annesi ve Youngju'nun bile yetişemeyeceği kadar fazla okuyan, devamlı müşteri Sangsu…

Youngju kulübün başvuru formunu hazırladıktan sonra başını kaldırıp Jungseo ve Minchul'a baktı. Tüm bu süre zarfında başını eğmiş otururken aniden kendilerine bakması üzerine, Jungseo ve Minchul da gözlerini ona dikti.

"Zamanınız var mı?" diye sordu Youngju.

İkisini de kulüp odasına götürüp nasıl dekore edeceğini kısaca açıkladı.

"Kitap kulübü toplantılarını artık bu odada yapacağız. Buna ek olarak hafta sonları ders verdirmeyi düşünüyorum. Şu an durduğunuz noktaya büyük bir masa koyacağım ve yaklaşık on sandalyeye ihtiyacım olacak... Şuraya da bir vantilatör asacağım... Duvarı hangi renge boyamam gerektiği konusunda kararsızım. Ne düşünüyorsunuz?"

Jungseo ve Minchul odayı inceledi. Küçük ve şirin bir alandı. Youngju'nun planladığı gibi büyük bir masa ve birkaç sandalye yerleştirildiği takdirde başka bir eşyaya yer kalmazdı. Yine de sıkışık hissettirmiyordu. Ufak da olsa bunaltmayan, insanların birbirine odaklanmasına yardımcı olabilecek bir odaydı.

Youngju etrafı incelerken kendi kendine konuşur gibi devam etti:

"Pencere yok ama arka bahçeye açılan bir kapı var, o yüzden çok havasız olmaz... Duvar için iki, üç tablo alırım... İnsanlar sırf bu alana gelmek istedikleri için bile olsa kulübe katılsalar keşke! Mümkün olur mu acaba?"

"Mümkün elbette..." dedi Jungseo, duvara vurarak. "Ben kitabevine ilk geldiğimde buradan ayrılmak istemediğimi düşünmüştüm. Güzel bir mekân bulmaya çalışarak evimin yakınlarındaki her yeri dolaştım. Franchise kahve dükkânlarından tutun, ufak dükkânlara kadar gittim. En çok burada rahat ettiğim için burada kaldım. Müzikleri, ışıklandırmayı ve ortamın gürültülü olmayışını sevmiştim. Kimsenin bana yaklaşmaması da hoşuma gitmişti. Burada huzurlu hissettiğimden giderek daha fazla gelmeye başladım. *Susemi*leri örerken kafamı kaldırıp etrafa baktığımda nedense yüreğim hafifliyordu. Kitaplarla çevrili bir alandayken güvendeymişim gibi hissettiğimi fark ettim."

Minchul'un arka bahçeye çıkışını izlerken, "Güvendeymiş gibi mi?" diye sordu Youngju.

"Evet, böyle bir duyguya kapılmama ben de şaşırdım. Sadece... Ben saygılı olduğum sürece kimsenin bana kaba davranmayacağını hissettim. O zamanlar güvende hissetmeye ihtiyacım vardı. O yüzden daha sık gelmek istemeye başladım. Kitap okumasam bile burada olmayı seviyordum. Derken buranın bağımlısı oldum."

Youngju, üç saatte bir kahve sipariş ederek dükkânı zarara sokmadığından emin olmaya çalışan Jungseo'nun halini anımsadı. Demek Jungseo o zamanlar saygılı davranmaya çabalıyordu. İki tarafın da birbirine rahatsızlık vermeden özgürce hareket edebilmesi için ideal yolun nezaketten geçtiğini mi düşünmüştü? Youngju tam konuşmak üzereyken, tekrar içeri girmiş olan Minchul fikrini söyledi:

"Abla, böyle beyaz renkte bıraksan da olur bence."

"Bence de..." diye katıldı Jungseo. "Lekelenmiş kısımları tekrar boyasanız yeter aslında."

"Hoş bir atmosfer yaratmak için yeterli olur mu ki?"

"Bence duvardan ziyade ışıklandırmaya özen gösterin. Kitabevinin iç kısmı gibi."

Jungseo, Youngju'nun endişesini tek bir öneriyle giderdi.

Youngju yerine döndü ve defterine duvar rengini olduğu gibi bırakacağını not aldı. Kulübü planladığı şekilde sürdürecek, gelecek aydan itibaren her perşembe film gösterimleri yapacak ve gece okuması da düzenleyecekti. Sık sık gece etkinlikleri yapmak ona fazla gelebilirdi. Ancak öncelikle başlamak, ne derece ağır geleceğini tecrübe ederek ölçmek istiyordu. Youngju iş ve yaşam, para ve yaşam arasındaki sınırları düzgünce korumanın zorluğunu hâlâ hissediyordu.

Youngju, geçen iki yıl sürecinde mahalle sahaflarının kepenkleri indirmesine tanık olmuştu. Kimi kitabevleri sahiplerinin hızıyla eşdeğer adımlarla, yavaş yavaş ilerleyip kapanmış, kimi kitabevleri ise sahibinin bile yetişemediği hızla ilerlemiş olsa da sonuç olarak yine kapanmak durumunda kalmıştı. Kazanç elde edilemediği için kapatılan dükkânlar ve kazanç sağlasa bile gelecekte bu hıza sahip olmayacağı düşüncesiyle kapatılan dükkânların yanı sıra, ilgi toplamasına rağmen geçim sağlamadığı için kapatılan epey ünlü bir dükkân bile vardı.

Bir mahalle kitabevi işletmenin, yürüyecek alan olmayan bir yolda yürümekten farksız olduğunu düşündü Youngju. Kitabevleri, nasıl işletilmesi gerektiği konusunda kimsenin güvenle öneride bulunamadığı bir iş modeliydi. Bu sebeple mahalle kitapçıları hep bir ağızdan "günlük yaşıyoruz" demiş, geleceğe dair tahmin yürütmekte temkinli davranmışlardı. Bir mahalle kitabevinin geleceğinde ne yattığını hiç kimse bilmiyordu. Minjun ile ilk tanıştıklarında "iki yıl" demesinin sebebi buydu. Youngju, Hyunam-Dong Kitabevi'ne ne olacağını o zaman da şimdi de bilmiyordu.

Buna rağmen kitabevlerinin sayısı artıyordu. Belki de mahalle kitabevleri geçmişte kalmış ya da gerçekleşebilecek bir hayal konseptiyle sağlama alınabilirdi. Birisi hayatının bir döneminde kitabevi hayali kurup dükkân açar, bir veya iki yıl çalıştıktan sonra rüyadan uyanmışçasına dükkânı kapatırdı. Sonra yine bir başkası kitabevi hayali kurar, böyle böyle kitabevleri artar, nihayetindeyse "vaktiyle kitabevi hayali kurmuştum" diye düşünen insanlar da çoğalırdı. On ya da yirmi senelik bir kitabevi bulmak zor olsa da on, yirmi yıl geçmesine rağmen mahalle kitabevleri varlığını sürdürmeye devam ederdi.

Youngju düşündü. Ülkesinin kültüründe "kitabevinin sağlama alınması" neredeyse imkânsıza yakındı. Bu yüzden kafasındaki fikirler en nihayetinde başarısız olacaktı. Ardından bunun 'başarısızlık' olarak nitelendirilemeyeceğinde karar kılıp az evvelki düşüncesini çürüttü. Her durum için bir istisna söz konusuydu. Üstelik denediği gerçeğinde de bir anlam yatıyordu ve anlam yüklemek her daim mühimdi. Biraz güçlük çekmiş olsa da geçtiği süreçten keyif almışsa, sonucu irdelemeye gerek yoktu ve her şeyden önemlisi şu anda kitabevini sağlama almak adına çabaladığı bu anları seviyordu. Bu yeterli değil miydi?

Tekrar önündeki işe odaklandı. Her cumartesi yapılacak ders için eğitmen bulmalıydı. Öncelikle iki farklı saat belirledi. Yazı yazmaya ilgi duyanlar hızla artışta olduğundan iki dersi de yazarlık dersi olarak kararlaştırdı ve Lee Areum ile Hyun Seungwoo'ya ders verip veremeyeceklerini soran bir mail yolladı.

"Şimdi oldu!"

Kendi kendine konuşunca, Minchul beklediğini belli etmek istercesine ona baktı. Dizüstü bilgisayarını kapatıp, "Kusura bakma, biraz meşguldüm." dedi.

Minchul, "önemli değil" der gibi başını sallayınca, "Artık yaz tatiline girdin, neler yapıyorsun?" diye sordu gülümseyerek.

"Aynı şeyler. Telafi derslerine gidip eve dönüyorum. Sonra yine ders, yine ev. Yemek, tuvalet, uyku..."

"İlgi çekici bir şeyler yok mu?"

Yanıtı bariz bir soru sorduğunu düşündü Youngju. Kendisi liseye giderken ona keyif veren bir şey olmuş muydu? Hayır; dört sene boyunca baskı altında hissetmişti sadece.

"Yok."

"Anladım."

"Yalnız... İlla ilgi çekici bir şeyler olması gerekiyor mu? Eğer yoksa bunu kabullenip yaşamaya devam edemez miyiz?"

"Eh, zorla bir eğlence arayamazsın tabii."

"Annem de öyle... Tekdüze bir hayat yaşamam onu neden bu kadar rahatsız ediyor anlamıyorum. Böyle davranmak yerine ders çalış diye üstüme gelse daha iyi. Halbuki yaşamak zaten bu işte. Öylesine yaşıyoruz. Doğmuşuz çünkü."

Youngju hemen cevap vermek yerine, kitabevine göz atarak yardıma ihtiyacı olan bir müşteri olup olmadığını kontrol etti. Ardından Minchul'a, hayatın o kadar da büyük bir mesele olmadığını şimdiden çözmüş çocuğa baktı.

"Orası öyle ama ilgini çeken bir şey olduğu gerçeği bile nefes alabilmeni sağlar."

Jungseo başıyla onayladı, Minchul ise bıkkın bir ifadeyle, "Nefes almak mı?" diye sordu.

"Nefes alabildiğini hissettiğinde hayatın biraz daha katlanılabilir olduğunu düşünürsün çünkü."

Youngju, Minchul'un düşünceli suratını inceledi. Onun yaşındayken hiç böyle bir ifade takınmamış olmalıydı. O dönemler basit bir insandı. Minchul gibi okul ve ev arasında mekik dokusa da her zaman derslerle, hayır, rekabetle savaşmış, gelecek kaygısında boğulmuştu. Dersler yüzünden sıkıntıya düşmek istemediği için kendini derslere daha çok adamış, rekabet içinde olmak istemediği için birinci sırada kalmakta ısrar etmiş, geleceğinden endişe duymak istemediği için geleceği adına daha çok çalışmıştı. Belki de Minchul'un şu an burada oturmasına imrenmesinin ve bundan mutluluk duymasının sebebi buydu. O, her ne kadar buna anlam veremeyecek olsa da Youngju çok iyi bir iş çıkardığını düşünüyordu.

"Çaresizlik, usanç, boşluk hissi ve hiçlik... Bunlar bir kez kapıldın mı kendini kurtarmanın zor olduğu duygulardır. İçinde su olmayan bir kuyuya düşmüşsün de yüzünü dizlerine gömmüş oturuyormuşsun gibi hissettirir. Bu dünyanın en anlamsız varlığı senmişsin, zor zamanlar geçiren tek kişi kendinmişsin gibi gelir."

Jungseo gözlerini örgüsünden ayırmadan derin bir iç çekti. Youngju bir anlığına Jungseo'nun ellerine bakıp devam etti:

"Sanırım ben bu yüzden kitap okuyorum. Kitaplardan bahsedip durmam seni sıkıyor, değil mi?"

"Hayır."

"Kitap okurken yazarların hepsinin kuyuya düşmüş insanlar olduğunu öğrendim. Oradan yeni kurtulanlar da çok önceleri çıkanlar da var ve sanki hepsi ileride o kuyuya yine düşeceklerini söylüyor."

"Kuyuya düşmüş ve ileride de düşecek insanların hikâyelerini niye okuyayım ki?" diye sordu Minchul, anlam veremeyerek.

"Çünkü aynı mücadeleyi veren başka insanlar olduğu gerçeğiyle bile güç bulabiliriz. Bu zorlukları tek ben yaşıyorum zannederken aslında onların da savaş verdiğini fark edebiliriz. Acımız varlığını korusa da ağırlığının bir şekilde, biraz olsun hafiflediğini hissedebiliriz. 'Yaşamı boyunca kuyuya hiç düşmemiş bir insan var mıdır?' diye düşündüğümüzde, bunun mümkün olmadığını fark edebiliriz."

Youngju hafif bir gülümsemeyle konuşmaya devam ederken, Minchul ciddiyet kazanmış bir ifadeyle söylenenlere kulak verdi.

"Hal bu olunca, içimizde bu çaresizliğin üstesinden gelmeye dair bir istek uyanır. Derken köşeye kıvrılmış bedenimizi ayağa kaldırırız ve kuyunun o kadar da derin olmadığını görürüz. Bunun farkına bile varmadan bunca zamanı kuyunun içinde kasvetle sarmalanmış halde geçirdiğimiz için güleriz hatta… Tam o anda, birden hafif bir rüzgâr eser ve aniden hayatta olduğumuz için şanslı olduğumuz düşüncesi kuşatır bizi. O rüzgârın esişi sayesinde…"

"Özür dilerim ama ne demek istediğini anlayamıyorum" dedi Minchul, kaşlarını çatıp gözlerini kırpıştırarak.

"Affedersin, bir an duygularımda kayboldum."

"Abla."

"Hım…"

"Söylediklerinde de nefes almaya dair bir şey var mı?"

"Var."

"Ne?"

"Rüzgâr."

"Rüzgâr mı?"

Youngju başıyla onayladı ve ifadesi yumuşadı.

"Bazen akşam rüzgârı estiğinde nefes alabildiğimi hissettiğim için ne kadar şanslı olduğumu düşünürüm. Cehennemde rüzgâr olmadığını söylerler. 'O halde burası cehennem olmamalı. Ne şanslıyım!' derim. Öyle ki günün yirmi dört saati içinde, sadece o ana sahip olarak yaşayabileceğimi hissederim. İnsanlar olarak epey karmaşık yaratılmış olsak da bazı yönlerden son derece basitiz. Yalnızca nefes almanın güzelliğini hissedebildiğim ufak bir zamana, günde bir saatliğine ya da on dakikalığına da olsa, hayatta olduğum için bunu hissedebiliyorum diye düşünebileceğim bir zamana sahip olsam, yeter."

"Evet, aynen öyle."

Jungseo sessizce mırıldanınca Minchul bir anlığına başını ona çevirdi, ardından tekrar Youngju'ya bakarak sordu:

"Anladım... Yani annem benim de öyle bir zamana sahip olmam gerektiğini düşünüyor, değil mi?"

"Bilmem. Annenin ne düşündüğünü ben de tam kestiremiyorum."

"Ya sen…"

"Ben mi?"

"Evet."

"Yani..."

Samimiyetle gülümsedi Youngju.

"Kuyunun içinde doğrulmanı umuyorum. 'Sadece bir dene!' diyorum. Sonrasında ne olur kimse bilemez. Kimse bilemeyeceği için bir şans tanı istiyorum. Ayağa kalkarsan ne olacağını merak etmiyor musun?"

REDDETMEK

Saungwoo, son günlerde işten çıkıp altı civarı eve geliyordu. Duş alıp akşam yemeği yedikten sonra biraz vakit geçirip bulaşıkları bitirdiğinde saat sekizi buluyordu. O andan itibaren tamamen başka bir insana dönüşüyor, basit bir ofis çalışanı rolüne devam etmesine gerek kalmıyordu. Görev kavramını bir kenara atıyor, mekanik eylem ve düşünceleri kafasından siliyor, duyarsızlaşmaya çalışmayı bırakıyordu. Şimdi bütünüyle kendisi olabileceği andaydı. Şu andan itibaren hakikatin vaktiydi.

Bir konuya bir defa kapıldı mı bıkana kadar derinlemesine araştırma yapma yönündeki doğal eğilimini özgür bırakmıştı. Kapılmış olduğu konu Koreceydi. Öncesinde de yaklaşık on senesini programlama dillerine yoğunlaşarak geçirmişti ancak artık bir bilgisayar programcısı değildi. Sadece evden işe, işten eve giden bir ofis çalışanıydı.

Kendini Koreceye kaptırıp geçirdiği zamanlar yorucu olsa da bundan keyif almıştı. Odaklanabileceği ve üzerinde dilediğince çalışabileceği bir konu olması onu tatmin ediyor, şirkette tükettiği enerjisini eve gelince şarj ediyordu. Çalışmalarının sonucunu bloğuna yüklemişti. Becerileri geliştikten sonra esaslı bir problemi çözüyormuşçasına diğer insanların yazdığı cümlelerde hatalar aramaya başlamış, yavaş yavaş bloğunu takip edenlerin sayısı artmış, artık bir blogger olduğuna dair öz farkındalığı filizlenmeye başlamıştı. Gündüzleri ofis çalışanı, geceleri ise blogger olarak yaşayalı beş sene oluyordu.

Bu durumu bir hayli ilginç bulmuştu. Bloğunu takip eden kişiler, yüzünü bile bilmedikleri Seungwoo'yu içtenlikle destekliyorlardı. Yorum bırakıyorlar, kitabının tanıtımını yapıyorlar, köşe yazılarını oraya buraya yayıyorlar, hiç karşı karşıya gelmedikleri bir insan uğruna zamanlarını harcıyorlardı. Kimseden talep almamasına rağmen Korece cümleler üzerine çalışmaya başlayıp bunun sonucunu hiçbir karşılık beklemeden paylaşmasını takdir ediyor gibi görünüyorlardı. Onun yaşama karşı tutumundan cesaret aldığını söyleyenler dahi vardı. Bu tepkiler, kişisel hayatı hakkında neredeyse hiç konuşmayan Seungwoo için son derece şaşırtıcıydı. Sahiden de yazılar, onu yazan kişinin yaşamını yansıtıyor muydu? Youngju bu yüzden mi yazısıyla benzeyip benzemediğini sormuştu?

Youngju'nun yüzü sürekli zihninde canlanıp duruyor ve artık buna izin veriyordu. Söyleşi bittikten sonra bile Youngju'dan edindiği izlenimin bir türlü aklından çıkmayışı kafasını karıştırmıştı ancak kendisi bile hangi yönünün bu denli unutulmaz olduğunu çözümleyemiyordu. Kendisine bakarken ışıldayan gözleri, yazılarında hissedilen dinginlik ve hüzne ters düşen neşeli tavrı (Seungwoo, onunla tanışmadan önce Hyunam-Dong Kitabevi bloğunda Youngju'nun yazılarını okumuştu), entelektüel bir konudan bahsetmesine rağmen yabancılık hissettirmeyen konuşma tarzı, mizah anlayışı ve ince zekâsı, belki de hepsini kapsayan genel imajı yüzündendi.

Aklına geldiğinde kaçmayıp düşünmesi için kendine izin verirse, bir süre sonra zihninde belirmeyi bırakacağını umuyordu. Nasıl olsa tekrar birbirlerini görmeyeceklerdi. Ancak çok geçmeden Youngju'dan bir e-posta geldi. Elbette reddetmeyi düşünüyordu fakat hâlâ bir yanıt yollamamıştı. Youngju, bir hafta olmasına rağmen neden bir yanıt alamadığına anlam veremiyor olmalıydı. Onu daha fazla bekletmemeliydi. Bugün mutlaka bir cevap yazmalıydı.

Yanıt yazmadan önce Youngju'nun yolladığı e-postayı tekrar okudu.

Merhaba Bay Seungwoo.

Ben Hyunam-Dong Kitabevi'nden Lee Youngju. Kim olduğumu şimdiden unutmamışsınızdır, değil mi?:)

Kitabınızı birçok müşteri soruyor. Böyle değerli bir kitap yazdığınız için tekrar teşekkür ederim.

'Ders vermek ister misiniz?' diye sormak için iletişime geçtim. Kitabevinde yazarlık dersi vermeye başladık. Sekiz hafta boyunca her cumartesi düzenlenecek ve iki saat sürecek. Eğer kabul ederseniz ders başlığı 'Cümle Düzeltme Yöntemi' olacak. Nasıl yazılacağını değil, yazılmış cümlelerin nasıl düzelteceğini öğreten bir işleyişle ilerleyecek.

Materyal olarak yazdığınız kitabı kullanılabileceğinizi düşündüm. Sizin için de uygun olur mu?

'İyi Bir Cümle Yazma Yöntemi' *on altı bölümden oluştuğu için her hafta iki bölüm işleyerek ders verebilirsiniz. Hazırlık için özel bir şey yapmanıza gerek yok.*

Aslında telefon edip sormam daha uygun düşerdi fakat rahatsız etmek istemediğim için e-posta üzerinden teklif ediyorum.

Yanıt yollarsanız sizi arayacağım. Bekliyor olacağım.

Lee Youngju

Son derece net bir e-posta olmasına rağmen tekrar tekrar okudu. Okumaya devam ettikçe uygun bir yanıt olabileceğini düşündüğü cümleler kafasında toparlandı.

"Üzgünüm, ders verebilecek yeterlilikte olduğumu düşünmüyorum. Teklifiniz için teşekkür ederim ancak reddetmek durumundayım. İyi çalışmalar dilerim..."

Ne var ki elleri bir türlü klavyeye yönelmiyordu. Güç olacağını tahmin ettiği bir projeye dâhil edildiği düşüncesini kendine tekrar ederek güçbela kolunu kaldırdı ve parmaklarını zar zor klavyenin üzerine yerleştirdi. Tek yapması gereken "üzgünüm" ile başlayan birkaç cümle yazmaktı. Ardından her şey son bulacaktı.

Reddetmek istiyordu. Hayır, reddetmeliydi! Kitabı çıktığından bu yana her hafta söyleşilere katılmıştı. Editörün dediğine göre, ilk kitabını yayımlayan bir yazara bu kadar söyleşi daveti gelmesi nadir görülürdü. Editörün ses tonundan "Bu yüzden tadını çıkarın şunun!" demek istediği anlaşılsa da tadını çıkaramamıştı. Ne zaman kitap söyleşisine katılsa, 'Acaba saçma sapan konuştum mu?' diye düşünüp durarak, birkaç gün sonra gerçekleşecek bir diğer söyleşi için endişelenerek zamanını boşa harcıyordu. Editörü sık sık temasa geçiyor, bunun üstüne bir de gazete röportajlarıyla uğraşıyordu. Kısacası, kitabı çıktıktan sonra Seungwoo çok fazla vakit kaybetmişti. Oraya buraya harcadığı zamanını istediği gibi geçirememişti. Kitabının henüz yayımlanmadığı, bir ilkokul aritmetik formülü kadar basit ve sıradan günlerine geri dönebilmek istiyordu.

Bu nedenle dersi kabul etmemesi gerekiyordu. Demek ders ha... Hem de sabit zamanlarda düzenlenecek bir ders... Üstelik her cumartesi... Bir de sekiz hafta boyunca...

Ne kadar düşünürse düşünsün reddetmek en doğrusuydu. Cevap yazmak üzereyken birden meraka kapıldı. Son birkaç haftadır kendisini rahatsız eden akıl karışıklığı kaybolmuş, geriye yalnızca saf bir merak kalmıştı. Sahiden de Youngju'nun hangi yönü kendisini bu denli sersemletmişti? Bir kişinin düşüncesiyle yüreği sıkıntıya kapılmayalı epey uzun bir süre geçmişti. Bunca zamandır unuttuğu bir duyguydu bu. Hatta tekrar yaşayamayacağı bir his olduğunu bile düşünmüştü.

Bu duygunun peşinden gitse nasıl olurdu? Hem, Seungwoo kaçmaktan nefret ederdi. O... Merak duygusuna yenik düşen bir karaktere sahipti. Peki ya merak duygusunun üstesinden gelirse ne olurdu? Bunun daha sonra düşünülmesi gerekiyordu. Seungwoo kalbinden geçtiği gibi yazmaya başladı:

Merhaba Bayan Youngju.
Teklifiniz için teşekkür ederim.
Cumartesi benim için uygun. Yalnız, saati akşamüstü olarak ayarlarsanız sevinirim.
İyi çalışmalar dilerim.
Hyun Seungwoo"

Yazdığını tekrar okumadan 'gönder' butonuna bastı.

KABUL GÖRME DUYGUSU

Jungseo kendini Youngju'nun evinde bulmuştu. "Örgüyü bitirip öyle gideyim..." derken kapanış saatine kadar kalmış, hal bu olunca Youngju ile beraber çıkmış, sonrasındaysa kitabevinin önünde Jimi ile karşılaşmıştı. Jimi, *susemi* için teşekkür edip "nezaketinin karşılığını vermek istediğini" söyleyerek hiç çekinmeden koluna girmiş ve onu Youngju'nun evine kadar sürüklemişti.

Jungseo, Youngju'nun evine bayılmıştı. Yalnızca bir çalışma masasının konulduğu salon boş görünse de sadeliğin yarattığı huzur hissi bunu bastırıyordu. Youngju'dan yayılan enerji bu alan içinde meydana geliyormuş gibiydi. Biraz yalnız görünse de herkesten daha fazla güven veren bir kitabevi sahibi... Youngju, ışığı açmak yerine lambaları birer birer yakınca, başını sağa sola sallayarak, "Karanlık diyorum, karanlık!" dedi Jimi.

Ellerini yıkayıp banyodan çıktıktan sonra, "Eviniz çok güzel" dedi Jungseo.

Jimi:

"Onun gönlünü hoş tutmak için iltifat etmeyin. Ben hiç böyle ev görmedim!"

"Sahi söylüyorum. Meditasyon yapmak ve örgü örmek için mükemmel bir alan. Şuradaki duvarın önü."

İkisinin bakışı da Jungseo'nun parmağıyla işaret ettiği yöne çevrildi. Masanın karşısındaki, Jimi ile Youngju'nun hep önünde uzandığı duvardan bahsediyordu.

"Tamam. Bundan sonra orası sizin duvarınız."

Jungseo, Youngju'nun getirdiği mindere nilüfer duruşuyla oturduktan sonra nefes alışına odaklanmak yerine ikisini izledi. Youngju ve Jimi okuldan sonra her gün buluşan arkadaşlar gibi uyum içinde hareket ediyorlardı. Youngju dolaptan bardak ve tabakları, Jimi ise buzdolabından atıştırmalıkları çıkardı. Yere üç kutu bira, çeşitli peynir ve meyve cipsleri, somon füme ve ona yakışacak bir sos konuldu. Jungseo ayrı bir yemek masasının da olmadığını düşündüğü sırada lavabonun yanında duran küçük masa gözüne çarptı. Demek böyle takılmaktan hoşlanıyorlardı.

"Hadi, şerefe!"

Youngju bir parça peynir aldı. Jimi sosladığı somonu yemeye başladı ve Jungseo ağzına bir mandalina cipsi attı. Lezzetliydi. Şirketten ayrıldığından bu yana ilk defa içiyordu.

Yavaşça lotus duruşunu gevşetti. Bacaklarını uzatıp sırtını duvara yaslayarak birasını yudumlarken sohbete kulak verdi. Youngju ve Jimi, ikizkenar üçgenin iki kenarı gibi boylamasına uzanmıştı. Jungseo, böyle yatarak konuşurlarken hiç uyuyakalıp kalmadıklarını merak etti. İkili doğrularak bira içip atıştırmalıklardan yedi ve tekrar uzandı. Zaman zaman, aniden hatırlamışçasına Jungseo'ya dönüp "Şerefe!" diyerek biralarını uzattılar.

Konuşmaya devam ederlerken, konunun ayrıntılarını bile açıklamamalarına rağmen onay bekleyen bir ifadeyle sürekli bakıp fikrini soruyor ve ne söylerse söylesin başlarını sallıyorlardı. Bu halleri Jungseo'yu epey eğlendiriyordu. Dolayısıyla akşam on buçuğu bulduktan sonra saati kontrol etmeyi bıraktı.

"Minjun'un fikriydi..." dedi Jimi. "Onu dinleyip bir süre boyunca hiçbir şey yapmayacağım."

"Nasıl?"

"Biraz düşünmeye ihtiyacım var. Düşündüğüm süre boyunca o kişiye hakaretler yağdırmayacağım. Dırdır da etmeyeceğim. Ona saydırmıyorum diye üzülme!"

"Niye üzüleyim?"

"Endişelenme de…"

"Ne için?"

"İyi olacağım. Endişelenme işte."

"Senin için endişelenmiyorum zaten."

Jungseo, sessizce tavana bakan Youngju ve Jimi'yi izledikten sonra yerinden kalktı. Salondaki pencerenin önünde durduğunda mahalle tüm güzelliğiyle gözler önüne seriliyordu. Hemen önündeki ara yolun sokak lambasının ışığına, ufak evlerden sızan ışıklar karışıyordu. Uzansa dokunabileceği kadar yakınındaymış gibi hissettiren karşı evin ışığı söndüğünde, nedense kendini iyi hissetti. O farkına varamadan Youngju yanına gelmişti. Bir süre dışarıyı izledikten sonra, her zamanki samimi ses tonuyla, "Çok güzel, değil mi?" diye sordu.

"Evet, çok güzel." diye yanıtladı neredeyse fısıldayarak.

Ardından içini tuhaf bir duygu kapladı. Kabul görme duygusu… Hyunam-Dong Kitabevi'ne ilk kez gittiğinde hissettiği duyguydu bu. Neden tekrar bu hissiyata kapıldığını merak etti. Buradayken bile kabul gördüğünü hissetmesi ve bu duyguya değer vermesi hem şaşırtıcı hem de üzücüydü ancak bunun güzel bir hüzün olduğunu düşündü. Bu duygu sayesinde sorunun ne olduğunu kesin olarak anlayabilmişti.

"Bu arada, ne zamandır meditasyon yapıyorsunuz?"

Düşüncelere dalmış dışarıyı izlerlerken, sesin geldiği yöne doğru başlarını çevirdiler. Jimi tabakları toparlıyordu. Jungseo'dan bir yanıt gelmeyince elinde tabaklarla doğrulup ona baktı.

"İnsanların neden meditasyona başladığını merak ediyorum."

"Şey..."

"Güzelse denemek istiyorum."

ÖFKEYİ BASTIRMA BECERİSİ

Meditasyona neden başladığını anlatması için önce şirketten niye ayrıldığını açıklaması gerekiyordu.

"O kadar öfkeliydim ki istifa ettim."

Jungseo sırtını duvara yaslayıp yutkunduktan sonra anlatmaya başladı. Üniversiteden mezun olup çalışmaya başlayalı sekizinci senenin dolduğu bu yılın baharında, her gün onu delirten durumlarla karşılaştığı ve öfkeyle dolduğu için istifa etmeye karar vermişti. İşe giderken, yemek yerken, televizyon izlerken aniden sinirlenip gözünün önündeki her şeyi parçalamak istiyordu. Nesi olduğunu öğrenmek için hastaneye gitse de doktorun tek söylediği "stres yapmaması gerektiği" oldu.

Jungseo işe sözleşmeli personel olarak başlamış, yine sözleşmeli personel olarak ayrılmıştı. Başlangıçta, eğer iki yıl sıkı çalışırsa kadroya alınabileceğini söyleyen takım liderine inanmıştı. Kadrolu bir çalışanmışçasına varını yoğunu ortaya koymuştu. Onlar gibi şirketin durumu için endişelenmiş, onlar gibi mesaiye kalmış, eve döndüğünde bile çalışmaya devam etmişti. Kendini işe ne kadar adadığına tanık olan kadrolular onu cesaretlendirmiş, "siz kesinlikle alınacaksınız" demişlerdi. Ancak öyle olmamıştı. Takım lideri özür dilemiş, "bir dahaki sefere mutlaka onu seçeceğini" söylemişti.

"O zamanlar takım lideri ağzının ucuyla işgücü esnekliği hakkında bir şeyler gevelemişti. O anda ne demek istediğini umursamamıştım bile ama iki sene sonra yine kadroya alınmayınca aklıma o sözler geldi. İnternette araştırdığımda birçok makale buldum. Kısacası işgücü esnekliği, şirketlerin çalışanlarını istedikleri zaman kovabileceği anlamına geliyordu. Diğer şirketlerle arasındaki rekabet yüzünden bir iş grubunu küçültmeleri veya ortadan kaldırmaları gerekirse, çalışanları işten çıkarmaları lazımdı ki şirket ayakta kalabilsin! Başlarda anlam verebildim. Babam küçüklüğümden beri 'Şirket ayakta kalmalı ki halk da ayakta kalsın. Şirket iyi yürürse biz de geçimimizi sağlayabiliriz.' derdi çünkü. Yalnız o laf, şirket ayakta kalsın diye benim sürekli sözleşmeli personel olarak çalışmam gerektiği anlamına gelmiyor mu? Kovulsam bile sesimi çıkaramadan yaka paça atılmam demek değil mi bu? O zaman düşünmeye başladım: Bu nasıl iş böyle? Bu nasıl bir hayat?"

Kendisine kulak kesilen Youngju ve Jimi'ye baktı. Fazla konuşup konuşmadığından endişe etse de alkolün verdiği etkiyle içini dökmek istiyordu. Neyse ki ikisinin de gözlerinde hiçbir sıkılma belirtisi yoktu. Önündeki birayı alıp uzattı, Youngju ve Jimi bunu bekliyorlarmış gibi biralarını kaldırıp tokuşturdular. Jungseo bir yudum aldıktan sonra devam etti:

"Çok öfkelendim fakat neyin doğru olduğunu bilemiyordum. O yüzden sadece boş verdim. Yalnız, şunu dinleyin: Yaklaşık iki sene önce bir hemşire arkadaşım çalışma vizesiyle Avustralya'ya gitmişti. Hemşirelik profesyonel bir iş, değil mi? Ama işini sevmediğinden gitmiş. Nedenini sorduğumda sözleşmeli personel olması nedeniyle bu tercihi yaptığını söyledi. İş zaten inanılmaz derecede zorken bir de üstüne sözleşmeli işçi olmanın eziyetiyle uğraşmak zorunda bırakıldığı için çalışmaya takati kalmadığından, son birkaç senedir en son ne zaman rahat uyuduğunu bile hatırlamadığından bahsetti. Zorluklara göğüs gerecekse, bunu bir umudun olduğu yerde yapmak istediği için gittiğini anlattı. Sonra da hastanede çok fazla sözleşmeli personel olduğunu anlatmaya başladı. Temizlikçi kadınlar, tesis bakım görevlileri, güvenlikte çalışan gençler ve doktorlar bile sözleşmeliymiş!

Arkadaşımın anlattıklarını dinleyince emin oldum. İşgücü esnekliği denilen şey tamamen bir palavra. İş gruplarının gelecekte yok olabileceğinden endişe ettikleri için, insanları kolaylıkla işten çıkartabilsinler diye sözleşmeli personel olarak çalıştırdıklarını söylüyorlar ama benim aklım almıyor.

Ne o zaman? Gelecekte temizlikçiler, tesis bakım personeli, güvenlik çalışanları, hemşireler, doktorlar, hepsi ortadan mı kaybolacak? Bu, insanların işleri yok olabilir diye mi sözleşmeli olarak çalıştırıyorlar? Ben içerik planlama işini sekiz yıl yaptım, biliyor musunuz? Ama sekiz yıl boyunca sözleşmeli çalıştım. Kazancını içerikten sağlayan bir şirketin, içerik planlayan kişileri sözleşmeli personel olarak çalıştırmasının sebebi işgücü esnekliği olabilir mi? Tek istedikleri insanları diledikleri gibi idare etmek; başka bir şey değil."

Youngju ve Jimi başını salladı.

"Her neyse, ben de şirket değiştirdim. Nasıl olsa kadroya alınmama izin vermeyen bir yerde çalışmaya devam etmek istemiyordum. Gerçi geçtiğim şirkette de sözleşmeli personeldim. Lafta belirsiz süreli sözleşmeydi ama sözleşme sözleşmedir işte... 'Belirsiz' ne oluyor? Tamamen laf cambazlığı! Şirket değiştirdikten sonra bile bu kurnaz oyalama devam etti. 'Çok çalışırsan kadroya girersin.' diyerek gece mesaisi yaptırmalar, fazladan çalıştırmalar... Hepsi kendi işlerini başkasına yüklemeye çalışanların oyunları. Yine de para kazanabileyim diye laflarına güveniyormuş gibi davrandım. Gece mesaisine de kaldım, fazladan da çalıştım, eve geldiğimde çalışmaya devam da ettim. Bir noktadan sonra bıktım. Bıkmama rağmen yapmak zorunda kaldığım için her gün öfkeden deliye dönüyordum."

Kadrolu çalışan olmak, yapmak istemediğiniz bir işi yapmama seçeneği olduğu anlamına gelmiyordu. Onların boynunda çalışan yaka kartları, Jungseo'nun boynunda ise geçiş kartı olmasına rağmen, sabah işe gidip diken üstünde mesai bitinceye kadar çalışmak hepsi için geçerliydi. Elbette düzenli işçiler ve sözleşmeliler arasındaki fark açıktı. Jungseo, ofis çalışanlarının kendilerini bir makinenin parçalarıyla, özellikle de dişlilerle karşılaştırdıklarını sık sık duymuştu. Ofis çalışanları her an değiştirilebilecek ve sürekli tekrarlayan bir rutinin içine sıkışıp kalmış, acınası bir aletti. Öte yandan sözleşmeli personel çarkın dişlisi bile olamayan varlıklardı. Olsa olsa dişlilerin düzgün dönmesine yardımcı olan gres yağı yerine geçiyorlardı. Şirketler, sözleşmeli personele suyla karışamayan yağ muamelesi yapıyordu.

"Özellikle o olaydan sonra her şeyden nefret etmeye başladım. İşten de insanlardan da... Ne oldu biliyor musunuz? Bir gün genel müdür, 'Biraz konuşmak istiyorum.' diyerek beni çağırdı. Yeni bir projeye başlayacaklarmış, benim sorumlu olmamı istedi. 'Kabiliyetini göster.' dedi. Bu defa birçok şey benim takdirime kalacakmış. İyi bir iş çıkarırsam belki bu kez olur gibi bir beklentiye kapılmadım ama becerilerimi sergileyebileceğim bir işi dilediğim şekilde yapma fırsatına sahip olduğum için gece gündüz çalıştım. Uzun zaman sonra ilk defa çalışmanın keyfine kapılarak iki ay geçirdim. Ama iki ayın ardından sonucu genel müdüre götürdüğümde ne yaptı, biliyor musunuz? Adımı projeden çıkarıp yerine beyinsiz bir müdür yardımcısının ismini koydu. O müdür yardımcısı beceriksizliğiyle ünlüydü. Peki, genel müdürün bana ne dediğini biliyor musunuz? Ağzının ucuyla özür dileyip 'anlamamı' istedi. 'Ne de olsa terfi edemiyorsun; iyi bir iş çıkardığını düşün, yeter.' dedi."

Toplumun insanlara kaba davrandığını düşünüyordu. Elbette bireyler de birbirlerine karşı kabaydı. Dışarıdan bakınca nazik davranan ancak içten içe karşısındakini kullanıp kendilerine fayda sağlamaya çalışan sayısız insan vardı. İkiyüzlü değillerse de kayıtsızlardı. Kayıtsızlığın içinde korku yatardı.

"Ben de bir gün hata yapıp onun gibi olursam ne yaparım?" diyen bir korku. "Onun gibi" dedikleri, Jungseo gibi kişilerdi.

Özellikle, insanlardan ölesiye nefret eder hale gelmiş olduğu gerçeğini kabullenemiyordu. Genel müdürün kibar bir izlenim bırakmaya çalışan yapmacık sesini duyduğu anda beynine kan sıçrıyor, işe yaramaz müdür yardımcısının yüzünü görmek bile onu tiksintiyle dolduruyordu. Gülüşerek koridorda yürüdüklerini gördüğünde, kendini "Benden daha iyi tek bir yanı bulunmayan bu piçler bir şekilde sağlam bir koltuğa oturmuş ve yerlerine başkası geçecek diye akılları çıkıyor." diye düşünürken buluyordu. Başkalarını böylesine aşağılayıp, insanlardan bu derece iğrenir duruma düşmüş olmasına üzülüyordu. Bu yüzden daha da sinirlenmişti. İşine konsantre olamıyor, zevk alamıyordu. Her şeyden nefret ediyordu.

"Böyle devam ederse kişilik bozukluğuna kadar gideceğini düşündüm. Her gün öfkelendiğimden bedenim de altüst oldu. Yorgunluktan ölecek gibi hissetsem de uyuyamadığım için bütün gece ayakta kalıp işe gittiğim günleri bir ben bilirim. O yüzden istifa ettim. Ne de olsa tekrar bu tür bir iş bulabilirdim. İşten ayrıldığımı söylediğimde arkadaşlarım 'tatile filan çık' dedi ama ben onu bile istemedim. Birkaç gün etrafı dolaştım diye, seyahate çıktım diye yatışabilecek bir öfke olsaydı zaten başından ortaya çıkmazdı. Nasıl olsa gün gelip yeniden çalışmaya başlamayacak mıyım? Eh, yine öfkeleneceğim. Her defasında yaz tatilini, kış tatilini bekleyemem sonuçta. Benim istediğim şey günlük yaşamda huzurlu olabilmekti. Kızgınlığımı bastırıp sakinleşebilme becerisi kazanmak istiyordum. 'Ne yapsam bunu başarabilirim?' diye kafa yorarken meditasyonu denemeye karar verdim."

Hikâyenin devamını Youngju da biliyordu. Jungseo'nun bir fincan kahve ısmarlayıp sessizce oturmasının nedeni meditasyondu. Bir gün aniden *susemi* örmeye başlaması ise meditasyon külfetli olduğu için farklı bir rotadan gitmesinin sonucuydu. Ardından atkılara başlamasının sebebi ise bir işi tamamlamaktan beklenmedik bir keyif duymasıydı.

"Meditasyon yapınca kafamın içindeki kargaşa yok olmadı. Varlıklarını sürdürdükleri için öfkeli kalmaya devam ettim. Gözlerimi kapatıp nefesime odaklanmaya çalışsam da sürekli o genel müdür dallamasının yüzü canlanıyor, müdür yardımcısı olacak herifin, yok, şimdilerde müdürlüğe terfi eden o herifin sallana sallana yürüyüşünü hatırlıyor ve kafayı yiyordum. Bu şekilde devam edemeyeceğimi düşünüp bir şeyler yapmaya çalıştım. Ellerimiz hareket halinde olursa kafamızın içindeki düşüncelerden uzaklaşabileceğimizi duymuştum. Deneyince anladım, düşünceler sadece ellerimi hareket ettirdiğimden yok olmuyordu, ellerimi hareket ettirirken bir şeye odaklandığım için zihnim yatışıyordu. Birkaç saat örgü örmeye yoğunlaştıktan sonra gerçekliğe dönünce bir sonuç alabilmek ve tazelenmiş hissedebilmek hoşuma gidiyordu. En azından örgü örerken sinirlenmiyordum."

Youngju ve Jimi, Jungseo'nun anlattıklarını sonuna kadar dikkatle dinledi. Jungseo hikâyesini anlatmayı bitirdiğinde tavana bakarak uzandılar ve Jungseo'ya yanlarına yatmasını söylediler. Jungseo yanlarına yerleştiğinde örgü örüyormuş gibi tazelendiğini, meditasyon yapıyormuş gibi mayıştığını hissetti. Uyumak üzereydi. Gözlerini birkaç defa kırpıştırdıktan sonra kapattı. Belli belirsiz düşündü, belki de bu şekilde uyuyakalırsa, kendini iyi hissederek uyanabilirdi.

YAZARLIK DERSİ

Seungwoo kalın bir ceket giyip yanına sırt çantasını almış, Hyunam-Dong Kitabevi'ne doğru ilerliyordu. Aslında arabayla da gidebilirdi ancak metro istasyonundan kitabevine kadar yürümek istemişti. Hyunam-Dong Kitabevi kesinlikle tesadüfen geçerken uğranılacak bir yer değildi. Mahalle sakini olmayanların oraya gitmek için özellikle karar vermesi gereken bir mekândı. Youngju ne düşünerek, hangi sebeple öyle bir yerde bir kitabevi açmıştı acaba?

Sakin bir mahalleydi. Sadece on dakika önce kalabalık bir caddeden geçmiş olmasına rağmen, şimdi gösteri bittikten sonra tek başına sahnede yürüyen bir tiyatro oyuncusu gibi hissediyordu. Sanki bu mahalleden geçen insanların ellerinde mağaza poşeti değil, bez çantalar vardı ve yürürken karşılaştıkları insanlar birer yabancı değil, daha önce birkaç kez başlarını eğerek birbirine selam vermiş kişilerdi. Belki de Hyunam-Dong Kitabevi'nin güzel yanı, insanın içinde bu tür düşünceleri uyandıran bir mahallede bulunmasıydı. Anın içinde olsa da geçmişe ait hissettiren mahallenin atmosferi, insanları Hyunam-Dong Kitabevi'ne çekiyor olabilirdi.

Yaklaşık yirmi beş dakika yürüdükten sonra kitabevine ulaştı. Seungwoo içeri girmeden önce kapının önündeki tabelayı okudu:

Sonunda yazarlık dersi vermeye başladık! Her cumartesi 'Her Gün Okumak' adlı eserin yazarı Lee Areum ve 'İyi Bir Cümle Yazmanın Yöntemi' adlı eserin yazarı Hyun Seungwoo eşliğinde!

Bir kitap yayımlamış olduğu gerçeğine ve yazar olarak tanımlandığına hâlâ alışamayan Seungwoo, tabelayı okuyunca yanaklarını ateş bastığını hissetti. Birkaç sene önce olsa hayal dahi edemeyeceği işin başına gelmiş olması onu hayrete düşürüyordu. Gelecekte ne olacağını hiç kimsenin bilemeyeceği söylemi doğruydu.

Kapıyı açıp içeri adım attığı anda hafif gitar tınısı duyularını harekete geçirdi ve lambaların zarif ışığı gözlerini kamaştırdı. Sanki buraya ilk defa geliyormuş gibi yavaşça etrafı inceledi. Acele etmeleri için hiçbir gerekçe olmadığını söyleyen bir tavırla kitaplara bakan, okuyan ve dokunan kişileri saymaya başladı. Ardından başını çevirdi. Göz ucuyla baktığı yerde aldığı kitabın ücretini ödeyen bir müşteri vardı. İşlem bitene dek bekledi ve beklerken etrafı saran gitar melodisi ve yayılan zarif ışığın içinde yavaş yavaş kayboldu.

Müşterinin uzaklaştığı kasanın ardında Youngju duruyordu. Bisiklet yaka yeşil bir tişört, uzun haki hırka, kot pantolon ve rahat görünen beyaz bir spor ayakkabı giymişti. Seungwoo'ya baktı ve hafifçe gülümsedi.

Seungwoo sakin bir ifadeyle ona yaklaşırken, içinden telaşla onu nasıl selamlayacağını seçmeye çalışıyordu. 'Uygun selamlama' diye bir şeyin olup olmadığını sorgulamaya başlayınca düşünme yetisini iyiden iyiye kaybetse de aklından geçenler yüzüne yansımıyordu.

Youngju tezgâhın arkasından çıkıp konuştu:

"Bay Seungwoo! Erken gelmişsiniz. Trafik yoktu, değil mi?"

"Yoktu. Metroyla geldim."

"Geçen sefer arabayla gelmemiş miydiniz?"

"Evet, öyle yapmıştım."

Seungwoo, Youngju'nun gözlerine baktı ve hiçbir neden yokken bu kadar gerilmesinin bu bakışlar yüzünden olabileceğini düşündü. Hayır, belki de bugün vereceği ders yüzündendi ki bu da pek düşük bir ihtimal değildi. Mühendislik mezunu Seungwoo için insanlar önünde konuşma yapmasını gerektirecek bir durum olmamıştı. Kimi zaman teknik seminerler vermiş olsa da onlar dinleyicilerin de söz aldığı resmi bir atmosfere sahipti. Verimli ve ilgi çekici konuşma becerisine ihtiyaç yoktu. Tek yapması gereken kesin ve net olmaktı. Fakat bugünkü derste kesin ve net bir tavır sergilemesi doğru olur muydu? Seungwoo bugün bir yazar olarak nasıl bir izlenim bırakacağını kestiremiyordu.

"Bu işi başıma kendim açtım."

Böyle düşününce gerginliğinin azaldığını hissetti. İster Youngju yüzünden olsun ister ders, nasıl olsa önündeki birkaç saat boyunca defalarca afallayacaktı. Sözleri ve hareketleri doğallıktan uzak olacak, potansiyelinin tamamını göstermek bir yana, normal halini bile gösteremeyecekti. Madem öyle, iyi bir iş çıkarma hırsını bir kenara koymak en mantıklısıydı. Başkalarının gözünde nasıl görüneceğinden endişelenmeyi bırakırsa, berbat bir gün geçirmekten kurtulabilirdi.

Youngju'nun kendisini götürdüğü oda ufak ve rahattı. Müzik sesi inceden duyulsa da tamamen sessiz olmasından iyiydi. Youngju masanın üzerinde duran dizüstü bilgisayarını açıp kumandayla projektörü çalıştırdıktan sonra kapının yanındaki perdeyi indirdi. Gönderilen materyali aradığı esnada Seungwoo sandalyeye yerleşti. Youngju masaya doğru eğilmiş bilgisayara bir şeyler yazarken, Seungwoo'ya materyali çıktı olarak alabileceğini ve istediği zaman içecek sipariş edebileceğini söyledi.

Kurulumu bitirdikten sonra oturup, "Bay Seungwoo, gergin misiniz?" diye sordu, parlayan gözlerle.

Gergin olduğu çok mu barizdi?

"Evet, biraz."

"Öğlen gelen yazar, 'dersin beklediğinden daha iyi geçtiğini' söyledi." dedi, Seungwoo'nun tepkisini ölçmeye çalışarak.

"Herkes öğrenmeye hevesli olduğu için yazarın tüm söylediklerine olumlu yaklaşmışlar."

"A, anladım."

"Ders için gelen katılım başvurularını gözden geçirirken anket yapmıştık. Bugün gelecek sekiz kişiden beşi kitabınızı almış, ikisi blogunuzun takipçisiymiş ve üçü köşe yazılarınızı okumuş. Kitap söyleşilerinde de hep hissederim: Yazarı önceden tanıyıp gelen insanlar katılınca hoş bir atmosfer oluşuyor. Bugün de öyle olacak."

Seungwoo, bu sözlerin gerginliğini yok etmeyeceğini bilse de tek kelime etmeden Youngju'yu dinliyordu. Belki de söyleşiden önce okuduğu Youngju'nun yazıları ve gerçek Youngju arasındaki fark yüzündendi. Yazıları dingin ve derin bir nehri andırıyordu. Böyle yazan bir kişinin nehir gibi yumuşak bir auraya sahip olacağını tahmin etmiş ancak onunla tanışınca bir nehirden ziyade yaprağa benzediğini düşünmüştü. Canlı, yeşil bir renkle parıldayan, esinti başlayınca kendini rüzgâra teslim edip havada hafifçe süzülerek uçan bir yaprak... İndiği yerdeyse gözleri ışıldayarak, usulca konuşmaya başlıyordu saf bir nezaket ve yerinde bir ilgiyle. Seungwoo'nun merakını uyandıran şey bu tezatlık olabilir miydi?

Seungwoo materyali inceledikten sonra başını kaldırıp Youngju'ya baktı. Geçen sefer de duyumsadığı üzere, Youngju biriyle yüz yüze olmakta pek zorluk çekmiyor gibiydi. Karşılıklı oturarak birbirlerine bakmaları tuhaf hissettirdiğinden bir şeyler söylemesi gerektiğini düşündü. Bir adım atmak istese de vazgeçti. Kendini gülünç buluyordu. Karşısındaki kişi hiçbir çekincesi olmadan oturmuş, heyecan notaları barındıran gözlerle ona bakıyorken, kendisinin neden bu kadar gerilip kaskatı kesildiğine anlam veremiyordu.

Youngju'nun gözleriyle savaş verirken giderek rahatladı. Karşılıklı oturdukları bu an yavaş yavaş doğal hissettirmeye başladı ve geçen birkaç haftanın kafa karışıklığı, e-posta konusunda tereddüt ederek geçirdiği saatler ve neden Youngju'yu düşünüp durduğunu sorgulayan telaşlı halinin lüzumsuz olduğu fikrine kapıldı. Bir süre sonra zihni her zamanki sakin haline geri döndü ve bakışma savaşlarını bitirip konuşmaya girdi:

"Aslında ders verme konusunda epey kararsız kalmıştım."

Youngju bunu tahmin ettiğini gösterircesine gülümsedi.

"Farkındayım, cevap vermemiştiniz. O yüzden çok büyük bir ricada bulunduğumdan kaygılandım. Sadece... Ders verme fikriyle aklıma siz geldiğiniz için biraz heyecanlanmıştım sanırım."

"Aklınıza neden ben geldim ki?" diye sordu Seungwoo, sandalyeye yaslanarak.

"Söylememiş miydim? Ben sizin hayranınızım. Yazılarınızı gerçekten seviyorum. Kitabınız ne zaman çıkacak diye beklerken, bam! Söyleşi için birinci sırayı almayı başarabildim... 'Bu kadar başarılı bir yazarın ders vermesi ne güzel olur! diye düşündüm. Olumlu yanıt verdiğinizde çok sevindim. 'İyi ki kitabevi açmışım!' dedim. Sevdiğim yazarları kendi alanıma davet etmenin mutluluğu ne kadar büyük bilemezsiniz. Küçüklüğümden beri yazarları ne kadar..." Kendini fazla kaptırdığını düşünerek konuşmayı kesip utangaç bir edayla güldü. "Çok konuştum..."

"Yok, hayır..." dedi Seungwoo, başını iki yana sallayarak. "Sadece hayranım olduğunu söyleyen kişilerle karşılaşmaya alışamadım."

"Aaa! O halde kendimi tutacağım."

"Duraktan kitabevine kadar giden yol çok hoşuma gitti." dedi Seungwoo, gülümseyerek.

"Epey uzak aslında. Yürüyerek mi geldiniz?"

"Evet. Esasen buraya ilk geldiğimde biraz garipsemiştim. 'Neden bu kadar uzak bir yere kitabevi açmışlar? İnsanların özellikle buraya gelmesinin sebebi ne?' demiştim ancak yürürken anladım."

"Neymiş?"

Seungwoo kısa bir süre Youngju'ya baktıktan sonra yanıtladı.

"Sanki seyahat ediyor ve bilmediğim bir yolda yürüyordum. Ara sokaklarda sağa sola bakarak hedefe doğru ilerliyormuşum da yabancı olduğu, bilinmedik olduğu için heyecana kapılıyormuşum gibi hissettim. İnsanların bu duyguyu tadabilmek için bilmedikleri yerlere seyahat ettiğini ve belki de Hyunam-Dong Kitabevi'nin de insanlar için böyle bir yer olduğunu düşündüm."

"Ah!" Seungwoo'nun sözleri kalbine dokunmuş gibiydi. "Epey zahmetli olmasına rağmen uğrayan kişilere her zaman minnettar olmuşumdur. Buraya gelen okuyucular gerçekten de dediğiniz gibi hissediyorlardır dilerim."

"Ben öyle hissettim."

Hafif muzip bir ifadeyle masaya doğru eğilip, "Yalnız, bir şey sorabilir miyim?" dedi Youngju.

"Tabii."

"Tereddüt ettiğinizi söylemiştiniz. Sizi kabul etmeye iten neydi?"

Ne cevap vermeliydi? Henüz kendisi bile hislerini doğru kelimelere aktaramıyordu. Yine de yalan söylemek istemedi. Bir süre düşündükten sonra, "Merak ettiğimden..." dedi Seungwoo.

"Neyi?"

"Hyunam-Dong Kitabevi'ni."

"Kitabevinin nesini merak ettiniz ki?"

"Sadece, burada bir şey olduğunu düşündüm. İnsanı kendine çeken bir şey. Bunun ne olduğunu merak ettim."

Youngju, Seungwoo'nun yanıtının ne anlama geldiğini bir süre düşündü. O da Jungseo'nun bahsettiği hissiyattan mı söz ediyordu? Belki de Jungseo'yu devamlı müşteri haline getiren Hyunam-Dong Kitabevi'nin atmosferi, Seungwoo'yu da tesiri altına almıştı. O halde Hyunam-Dong Kitabevi'nin kazanma şansı yüksek miydi? Bu şekilde devam edebilir miydi? Seungwoo'nun sözleri üzerine keyfi yerine gelen Youngju saati kontrol edip kalktı.

"Az önce söylediklerinizi zihnime kazımak istiyorum. Hep bunu ummuştum çünkü. Bu alan aracılığıyla insanlara ulaşabilmek istemiştim, sayenizde daha güçlü hissediyorum Bay Seungwoo."

Youngju birazdan kargo geleceğini söyleyerek kapıyı ardından kapatıp ayrılınca, Seungwoo oturduğu küçük alana doğru düzgün bakabildi. Gerçeği ustaca saklasa da tamamıyla yalandan oluşmayan bir yanıt vermişti ancak şimdi düşününce, söyledikleri hakikat kazanmıştı. Kesinlikle bu alanda Seungwoo'yu çeken bir şey vardı. Bu hoşuna gitmişti. Günün geri kalanı nasıl geçerse geçsin, bugünü berbat bir gün olmaktan kurtardığını düşündü.

SİZİ DESTEKLİYORUM

Youngju'nun köşe yazısı yazmaya başlamasında Seungwoo'nun hiçbir rolü yoktu ancak gazetecinin Youngju'yu Seungwoo aracılığıyla öğrendiği doğruydu. Gazeteci şimdiye dek Seungwoo ile sadece bir kez buluşmuştu. Öncesinde, gazetecinin yüz yüze görüşme teklifini defalarca reddetmişti. Zaten o da Seungwoo ile buluşmayı gerçekten istiyor değildi. Görevi nedeniyle zaman zaman sağlığını, sıhhatini sorma sorumluluğu hissettiği için formaliteden görüşmeyi öneriyordu. Seungwoo, içlerinden gelmemesine rağmen boş yere buluşup arkadaş gibi davranarak sohbet etmek zorunda kalmaları fikrinden hoşlanmıyordu.

Gazeteci, kendisi temasa geçmediği müddetçe Seungwoo'nun da iletişimde bulunmayacağı gerçeğini erken keşfetmişti. Seungwoo'dan hoşlanmasının sebebi de buydu. Şiddetli tartışmalara yol açacak veya kötü yorumlara maruz kalmalarına neden olacak yazılar yazmadığı için doğruluk kontrolü yapmasına lüzum yoktu. Ayrıca cümlelerden anlayan bir köşe yazarı olduğu için düzenleme yapmasına da gerek kalmıyordu. Seungwoo'nun yazıları rüzgârda salınan bir yelkenli misali huzur içinde ilerliyordu.

Yine de alakasını tamamıyla kesemeyeceğinden, kimi zaman arama çubuğuna ismini yazıyor ve gelişmeleri takip ediyordu. Böylelikle bir kitabevinde ders verdiğini öğrendi. Derslerin devam etmekte olması bir yana, yeni alımlar da başlamış görünüyordu. Gazetecinin tanıdığı Seungwoo ders vermeyi kabul edecek bir insan değildi. Uğraşmak istemeyeceği için reddedecek bir karaktere sahipken niye oradaydı? Hyunam-Dong Kitabevi... Ünlü bir yer miydi? Meraklanıp yayınevinin bloğu takibe alarak fırsat buldukça kontrol etmeye başladı ve böylece Youngju'nun yazılarıyla tanıştı. Halihazırda kitaplar hakkında köşe yazısı yazacak birini arıyordu. Son zamanlarda bağımsız kitabevi sahiplerinin gazetelerde yayımlanan yazılarına sık sık rastlamıştı. Dolayısıyla Youngju'ya teklifte bulunması fena bir fikir olmayabilirdi. Youngju kişisel bakış açısının güçlü olduğu yazılar yazsa da o kısımlara düzeltmeler ve eklemeler yapması yeterdi.

Böylece pazar sabahı için Youngju ile bir buluşma ayarladı. Başlarda tereddüt eden Youngju birkaç telefon konuşmasının ardından fikrini değiştirse de hâlâ endişeli olduğundan, gazeteci hem cesaret vermek hem de yüz yüze görüşebilmek adına kitabevine gidecekti. Birkaç gün önce Seungwoo ile yaptığı telefon görüşmesi sırasında Youngju'nun köşe yazarlığını üstleneceğini ona da söylemişti. Youngju'yu onun sayesinde keşfettiğini anlatıp, durumun nasıl geliştiğini özetlediğinde dahi Seungwoo hiçbir şaşkınlık belirtisi göstermemiş, pazar günü Youngju ile buluşacaklarını öğrendiğinde bile "Anladım." demekle yetinmişti. Gazeteci, birkaç konudan daha bahsettikten sonra telefonu kapatmak üzereydi ki tekdüze bir ses tonuyla pazar günü kendisinin de eşlik edip edemeyeceğini sormuş, sözleşmeyi uzatmak hakkında konuşmak istediğini söylemişti. Bunun üzerine gazeteci, Seungwoo'nun neden ders verdiğini anlamıştı.

Pazar günü geldiğinde, gazeteci konuşulması gerekenleri sıraladıktan sonra ayağa kalkmak üzereyken duraksayıp Seungwoo'ya sordu:

"Sözleşmeyi uzatmak istemediğinizi sanmıştım. Birden fikrinizi değiştirmenizin sebebi nedir?"

Lafını hiç esirgemeyen Seungwoo'yu bir defalığına olsun şaşırtmak istiyor ve bunun için şu andan daha iyi bir fırsat elde edemeyeceğini düşünüyordu. Anlamlı anlamlı gülümseyerek baktı.

Gazetecinin gözlerindeki ifadeyi yakalayan Youngju başını çevirip Seungwoo'yu inceledi. Seungwoo, gazetecinin durumu fark ettiğini anlasa da renk vermedi. Her zamanki ifadesi ve ses tonuyla yanıtladı:

"Artık daha da keyif alarak yazabilirmişim gibi geliyor çünkü..."

Gazeteci bir gülüş attıktan sonra yerinden kalktı. Çocuk yetiştiren annelerin hafta sonu daha da yoğun olduğunu belirtip, vakitlerini ayırdıkları için teşekkür ederek oradan ayrıldı.

Yan yana otururken ikisinin de dili düğümlendi. Nihayet, sessizliği yenmeyi başaran Seungwoo sordu:

"Yemeğe gitmek ister misiniz?"

Youngju tüm balık çeşitlerini sevdiğini söyleyerek Seungwoo'yu Alaska mezgitiyle ünlü bir restorana götürdü. Seungwoo Alaska mezgitini ne seviyor ne de nefret ediyordu. Diğer insanların damak zevklerine uyup ara sıra yiyerek bu dünyada Alaska mezgiti diye bir balığın var olduğunu hatırlıyordu sadece.

Masanın üzerindeki mezelere bakılırsa, diğer balıklar gibi kılçıklarını ayıklayıp yemekle son bulmuyormuş gibi görünüyordu. Bakışlarını Youngju'ya çevirince bu fikrini doğruladı. Youngju, sol eline aldığı kurutulmuş yosunun içine pirinç koydu. Ardından balığın etini ayırıp baharatlara batırdıktan sonra pirincin üzerine yerleştirdi ve soya filizi ekleyerek yosunu sarıp ağzına attı. Youngju yavaşça çiğnerken halinden son derece hoşnut görünüyordu. Onu izleyerek sessizce gülen Seungwoo sordu:

"Normalde böyle mi yenir? Kurutulmuş yosuna sararak..."

Ağzındakini bitirdikten sonra, "Bilmem..." dedi Youngju. "Ben de ilk defa böyle yiyorum."

"Ne yaptığınızı biliyor gibi görünüyorsunuz. Hep böyle yiyorsunuz sanmıştım." diye yanıtladı Seungwoo, soya fasulyesine uzanırken.

Çubuklarıyla mezeleri eşeleyip durduğunu gören Youngju, kurutulmuş yosunu Seungwoo'nun eline tutuşturdu.

"Zor bir yanı yok ki ne yaptığımı bilmiyormuş gibi görüneyim. Siz de sarıp yiyin; lezzetli oluyor."

Seungwoo az önce Youngju'nun izlediği adımları takip ederek yosunu sarıp ağzına attı. Çiğnedikçe tuzlu baharatın tadı derinleşiyordu. Gerçekten çok lezzetliydi. Seungwoo'yu izleyip hepsini yemesini bekledikten sonra sordu:

"Nasıl?"

"Lezzetliymiş sahiden." Bardağa su doldurup Youngju'ya uzattı. "Yalnız biraz acı."

"Bana da öyle geldi." dedi Youngju, ağzına bir yosun sarması daha atarak.

Çıktıklarında henüz öğlen olmamıştı. Altıncı hat Sangsu İstasyonu'na kadar yürümek beş dakika sürüyordu. Üzerinde konuşmaya gerek kalmadan ikisi de metro istasyonuna yürüyeme başladı.

Youngju'nun iki büklüm yürüdüğünü fark edince, "Kolay üşüyorsunuz sanırım..." dedi Seungwoo.

"O kadar kolay üşümem. Bilmiyorum aslında. Kimi günler hiç etkilenmezken kimi günler soğuktan donuyorum. Hislerime bağlı olarak mı değişiyor acaba?"

"Peki, şu an nasılsınız?"

"Şu an mı?"

"Evet. Doya doya yedikten sonra evin yolunu tutarken nasıl hissettiğinizi merak ettim. Çok üşüyor musunuz yoksa o kadar da soğuk değil mi?"

"Hım... Şu adamı görüyor musunuz?"

Youngju parmağıyla önlerinde yürüyen kişiyi işaret etti. Otuzlu yaşlarında görünen adam soğuktan donacakmış gibi kollarını kavuşturmuş, hızlı adımlarla ilerliyordu.

"Atkısına bakın, neredeyse yüzünü tamamen kapatıyor. O adama kıyasla ben daha az üşüyorumdur. Bir bardak çay içsem kolayca ısınabileceğim bir soğukluk diyebilirim. Yeterli bir cevap oldu mu?"

Seungwoo birden durup, sordu:

"O halde, çay içmek ister misiniz?"

Seungwoo'nun telefonunda arama yaparak bulduğu geleneksel çay evi on dakikalık bir yürüme mesafesindeydi. En son ne zaman geleneksel çay evine gittiklerini hatırlamadıklarından konuşurken ulaştılar. Youngju menüden ayva çayı seçince Seungwoo da aynısından sipariş etti. Birer yudum aldıkları anda ikisinin de aklından uzun zamandır unuttukları bu tada aşina oldukları düşüncesi geçti.

"Eskiden iş gezisine çıkmıştım." dedi Seungwoo.

"Nereye gitmiştiniz?"

"ABD'ye, Atlanta'ya."

"Ne iş yaptığınızı çok merak etmiştim ama soramadım."

"Neden?"

"Gizeminizi bozmak istemedim."

Youngju takılırcasına yanıt verince Seungwoo güldü. Blog takipçilerinden de ne kadar gizli saklı yaşadığına dair birkaç laf duymuştu.

"Günümüzde kendinden bahsetmemek bile mistisizm olarak algılanıyor. Halbuki sadece her gün işe gidip gelen sıradan bir ofis çalışanıyım. Artık insanların kendilerini sergilediği bir dünyada yaşıyoruz."

"Haklısınız" dedi Youngju, başını sallayarak. "Sadece... Konuşmak istemediğiniz bir konu hakkında soru sorarsam cevap vermeyeceğinizi düşünmüştüm. Ben de öyleyim çünkü… Anlatmak istemediğim bir şey sorulunca kabalaşıyorum."

"Ben kabalaşmayacağım." Her zamankinden daha yumuşak bir ifadeyle baktı Seungwoo. "Eskiden programcıydım."

"Ya! Mühendislik okudunuz demek! Peki ya şimdi?"

"Alanımı değiştirdim. Şu anda kalite kontrol üzerinde çalışıyorum."

"Alanınızı niye değiştirdiniz?"

"Bıktığım için..."

"Bıktığınız için mi?"

"Evet ama konuşmak istediğim konu bu değildi..."

"Ah, pardon!"

"ABD'de iki aydan fazla kalmıştım. Yapacak o kadar fazla iş vardı ki birkaç gün boyunca dinlenememiştim bile… Derken bir gün saha testi için dışarı çıktığımda bir Kore restoranına uğradım. O restoranda su yerine yasemin çayı veriyorlardı. Kore'de de ara ara içtiğim bir çay olduğu için üzerinde düşünmedim. Yalnız işim bitip eve döndüğümde bile tadı damağımdaydı. O günden sonra evde yasemin çayı içmeye başladım."

"ABD'de içtiğiniz çayla burada içtiğiniz çayın tadı benziyor mu?"

"Hayır. Tadı bir olmasa da yasemin çayı o zamanlardaki anılarımı çağrıştırıyor."

"Ne tür anılar?"

Seungwoo, parmaklarını sıcak fincanın üzerinde gezdirerek kocaman gözlerle ona bakan Youngju'yu izledi.

"O sıralar gerçekten zor zamanlardan geçiyordum. Her gün, her şeyi ardımda bırakıp eve dönmeyi düşünüyordum ama tesadüfen uğradığım o restoranda bir tür teselli buldum. Ortam yüzünden mi yoksa dost canlısı sahibi yüzünden miydi bilemiyorum ancak oradaki bir şey bana güç verdi. Bunun sayesinde çalışmalarımı tamamlayabildim."

"İyi ki o restorana denk gelmişsiniz."

"Evet. Bunu anlatmamın sebebi... Sanırım bu çay evini de uzun süre hatırlayacağım. Gelecekte yaşanacak binlerce an arasında, bugünü hatırlayacakmış gibi hissediyorum."

"Zor zamanlardan mı geçiyorsunuz?"

Seungwoo bir kahkaha patlattı. Youngju, Seungwoo'nun gülüşünü şaşkınlıkla izledi. Herkesin bu şekilde gülebileceğini bilse de nedense hayrete düşmüştü. Seungwoo'nun her zamanki görünümü göz önünde bulundurulduğunda kolayca hayal edilemeyecek bir sahne olduğu için miydi, yoksa içten gülüşü ona düşündüğünden daha fazla yakıştığı için mi? Seungwoo'nun bugünkü tasasız ifadesi onu farklı biri gibi gösteriyordu.

"Benim de aklıma bir şey geldi." dedi Youngju, gülümseyerek.

"Neymiş?"

"Eskiden şirkette çalışıyordum."

"Uzun süre mi çalıştınız?"

"On seneyi biraz aşkın."

"Ne zaman bıraktınız?"

"Üç sene oldu."

"İşten ayrılır ayrılmaz kitabevini mi açtınız?"

"Evet, ayrılır ayrılmaz."

"O halde şirketi bırakmadan önce planını yapmışsınızdır."

"Yok, hayır."

"O zaman..."

"Bay Seungwoo."

"Efendim..."

"Kabalaşmak üzereyim!"

Youngju gülümsedi. Seungwoo, bir an duraksadıktan sonra, "Tamam, anladım." dedi.

"Bir gün akşam on bir gibi işten çıkmıştım..." diye devam etti Youngju.

"Gece mesaisine sık kalır mıydınız?"

"Evet, fazla sık."

"Çok fazla mesaiye kalınca insanın istifa edesi gelir tabii."

"Öyle... O gün işten çıktıktan sonra canım deli gibi bira içmek istemişti."

"Bira..."

"Ama öyle herhangi bir bira değil, pub birası."

"Ayakta durarak içmeyi mi kastediyorsunuz?"

"Evet, oturunca ne kadar yorulduğunuzu hissedersiniz ya… O histen hiç hoşlanmıyorum. Halihazırda ölümüne yorgunken içilen biranın tadı nasıl olurdu, merak etmiştim..."

"Nasıldı peki?"

"Tatlı."

"Yani nihayetinde gittiniz, öyle mi?"

"Elbette… Çok fazla insan vardı. Sonunda bir yer açıldı. Orada durarak bir bardak içince kendimi gerçekten mutlu hissetmiştim."

"Mutluluk uzak bir kavram değil demek."

"Lafı oraya getiriyordum."

"Mutluluk mu?"

"Evet, mutluluk o kadar da ulaşılmaz değil. Mutluluk denilen şey geçmişimizde ya da uzak geleceğimizde beklemiyor. Hemen gözlerimizin önünde duruyor. O günkü bira gibi, bugünün ayva çayı gibi."

Tebessüm ederek Seungwoo'ya baktı. Seungwoo:

"O zaman mutlu olmak istediğinizde bira içseniz yeter."

"Doğru!" dedi Youngju, gülerek.

"Daha da mutlu olmak istediğinizdeyse tek yapmanız gereken, çok yorgun hissettiğiniz bir günde ayakta içmek."

Kahkaha atıp, "Bu da doğru!" dedi Youngju.

Ardından aniden ciddileşip devam etti:

"Sadece... Mutluluğun o kadar da uzak olmadığını düşündüğümde hayat biraz daha kolaylaşıyor sanki."

Seungwoo, ruh hali bir anda değişen Youngju'ya bakarken, yaşamakta neden bu kadar zorluk çektiğini sormak istedi. Bildiği kadarıyla, yaşamı kolaylaştıracak yöntemlerden bahseden insanlar, bu yöntemleri bilmeyen kişilere kıyasla hayatın içinde daha çok debelenen insanlardı. O kadar tükeniyorlardı ki artık tükenmek istemedikleri için sürekli farklı yollar bulmaya çalışıyorlardı. Hayata katlanma yolları, yaşamaya devam etme yolları...

Biriyle konuştuğu zaman onu köşeye sıkıştıran konu buydu. Nereye, kadar sorup, nerede durmalıydı? Merakın kabalığa dönüştüğü noktayı nasıl ayırt edecekti? Deneyimlerinin ona öğrettiği şey, emin olamadığı anlarda durması gerektiğiydi. Sormasının uygun olup olmadığına karar veremediğinde sormamalıydı. Ne cevap vermesi gerektiğini kestiremediğinde dinleyici rolüne sadık kalmalıydı. Bu ikisine dikkat ettiği müddetçe kaba bir insan olma ihtimalinden uzaklaşabilirdi.

Seungwoo'nun bir yanıt vermemesi üzerine, "Siz ne zaman mutlu olursunuz?" diye sordu Youngju.

Seungwoo mutluluk üzerine pek düşünmemişti. İnsanların mutluluk arayışında olduğu söylenirdi fakat o bunu önemli bulmuyordu. Nasıl mutlu olacağından çok, zamanını nasıl özveriyle geçirebileceğine dikkat ediyordu. Belki de Seungwoo için mutlu bir yaşam, zamanın iyi kullanıldığı bir yaşamdı.

"Mutluluğun ne olduğunu bilmiyorum; bir cevap vermek güç. Az önce, 'Bira içerken mutlu oluyorum.' dediniz ya, sanırım o duyguyu anlıyorum. Onu 'mutluluk' olarak adlandırırsanız kesinlikle mutluluk olacaktır ancak herkesin mutluluk algısı farklı. Elbette benim de mutluluk olarak adlandırabileceğim bir şey vardır... Yine de çok zor. Benim için mutluluk ne olabilir? Mutluluk dediğimiz ne?"

"Bu soruya dair çeşitli fikirler var. Ari... Yok, neyse."

Youngju, "Yine başlıyorsun!" diye düşünerek kendine kızdı. Müşteriler belirli durumlarda okumanın uygun olacağı kitaplar önermesini istediğinde doğru kitabı bulmaya çalışmak bir alışkanlık haline geldiği için, sık sık alıntı yapıp, "Şu kişi şunu söylemiş..." demeye başlamış, kitaplarla ilgili yazılar yazdıkça bu alışkanlık güçlenmişti. Aklına bir düşünce geldiğinde, beraberinde onu destekleyen veya o düşünceyle bağlantılı kitaplar da zihninde beliriyordu. Dolayısıyla konuşurken sürekli alıntı yapıyor, yazarlardan ve teorilerden bahsediyor, sıkıcı bir sohbete önayak oluyordu. Hayır, açıkçası Youngju için hiç de sıkıcı değildi ancak bazen karşısındaki kişi rahatsız olabiliyordu.

"Neyse demeyin."

"Yok."

"Ne yok?"

"Boş verin."

"Ari'den kastınız Aristoteles miydi?"

Youngju anlamazlıktan gelerek fincanı kavradı.

"*Nikomakhos'a Etik.* Okumadım ama kitabı biliyorum. İçinde Aristoteles'in mutluluğa dair düşüncelerinin geçtiğini de duymuştum. Ne demiş?"

Youngju, yakalandığı için biraz utandı ve ılımış ayva çayından art arda iki yudum aldı. Konuşmaya başlamışken yarıda kesmesi aptalcaydı. Şu anda böyle utanması da aptalca görünüyor olmalıydı. Ölçmek istercesine Seungwoo'ya hızlı bir bakış atınca, sakin bir ifadeyle kendisinin konuşmasını beklediğini gördü. Youngju ne kadar sıkıcı bir konuşma yaparsa yapsın, yüzündeki ifadeyi hiç bozmadan onu sonuna kadar dinleyecekmiş gibi görünüyordu. Bu yüzden lafına devam etmeye karar verdi.

"Aristo, mutluluk ve mutluluk hissiyatını birbirinden ayırır. Onun kastettiği mutluluk yaşam boyunca elde edilen başarılardır. Ressam olmaya karar veren bir kişinin hayatı boyunca üstün bir ressama dönüşebilmek adına çabalaması gerektiğini, bu şekilde büyük bir ressam olan kişinin mutlu bir yaşam süreceğini savunuyor. Eskiden bu fikir hoşuma gitmişti. Duygu dediğimiz şey değişime uğrar, dolayısıyla aynı durum için bugün mutlu olurken ertesi gün mutsuz olabiliriz. Mesela bugün ayva çayı içerken ne kadar mutlu hissedersek hissedelim, yarın yine ayva çayı içerken hiçbir keyif alamayabiliriz. Bu tür bir mutluluk cezp edici değildi. Bu yüzden, mutluluğumuzu yaşamımızdaki başarılar kararlaştırıyorsa, bu fikri hayata geçirmenin denemeye değer olabileceğini düşünmüştüm. Çabalamak konusunda kendime güveniyordum, o zamanlar bile."

"Ne kadar imrenilesi bir cümle."

"Hangisi?"

"Çabalamak konusunda kendinize güveniniz olduğu cümlesi."

"Neden?"

"Çabalamanın da bir yetenek olduğunu söylerler ya."

"A..."

"Yalnız, neden fikriniz değişti? Aristo'nun bahsettiği mutluluk fikrinden neden uzaklaştınız?"

"Mutlu olamadığım için..." dedi Youngju. "Hayatım boyunca tüm gücümü ortaya koyarak elde ettiğim başarı fikri güzeldi ama sonraları şunu fark ettim: Aristo'nun sözünü ettiği mutluluk, bir ömrün son anı uğruna tüm yaşamımızı ipotek etmekten farksız değildi. Son anlarımızda bir kereliğine mutlu olmak adına tüm hayatımızı çabalayarak, perperişan geçirmemiz gerektiği anlamına geliyordu. Böyle düşününce mutluluk denen şey korkunç bir hal aldı. Tüm hayatımı tek bir başarıya adamanın son derece beyhude olacağını hissettim. Dolayısıyla artık mutluluğun değil, mutluluk hissiyatının peşinde giderek yaşamaya karar verdim."

"Peki, şu anda mutlu musunuz?"

"Eskiye göre, evet." dedi Youngju, hafifçe başını sallayarak.

"O halde fikrinizi değiştirmenize sevindim."

Youngju, "Fikrimi değiştirmekle iyi mi yaptım henüz ben bile bilmiyorum." dercesine Seungwoo'ya baktı.

"Destekliyorum."

"Beni mi?" dedi Youngju, şaşırarak.

"Evet, mutluluk hissiyatının peşinden gitmenizi destekleyeceğim. Dilerim mutluluğu sık sık yakalayabilirsiniz." dedi Seungwoo, yumuşak bir ifadeyle.

Youngju gözlerini kırpıştırıp çayından bir yudum aldı. Biri tarafından desteklenmeyeli uzun bir süre geçmişti. Bu yüzden güç bulduğunu hissettiği için, bu güçleniş hoşuna gittiği için, fincanı bıraktı ve doğrudan Seungwoo'ya bakarak gülümsedi.

"Teşekkür ederim Bay Seungwoo."

Saatin neredeyse beş olduğunu görünce hayrete düşüp, zamanın nasıl bu kadar hızlı geçtiğini anlamadıklarını söylediler. Çay evinden çıkıp istasyona doğru yürüdükten sonra girişin önünde karşı karşıya durdular. Youngju bugün için teşekkür ederken, Seungwoo ceketinin cebinde sakladığı, cam şişeye konulmuş ayva çayını uzattı. Youngju lavaboya gittiği esnada satın almış olmalıydı. Çayı alırken,

"Ne kadar da incesiniz!" deyip neşeyle gülümsedi Youngju.

"Her içtiğinizde mutlu olun diye…"

"Olacağım."

Seungwoo hafiften başını eğerek veda ettikten sonra yürümeye başladı. Aniden çıkan rüzgârla ürperen Youngju, Seungwoo'nun uzaklaşmasını izledi. Merdivenlere yöneldikten sonra, anlaşabildiği biriyle zaman geçirdiğinde ne kadar iyi hissettiğini düşünerek ayva çayını çantasına koydu.

ANNELERİN KİTAP KULÜBÜ

Minchul'un annesi, oğlunun genellikle hangi aralıklarda kitabevine uğradığını öğrendikten sonra, hafta içi öğle vakti veya cumartesi günleri kitabevine gelmeye başlamıştı. Kitap kulübünde liderlik görevini üstlendiğinden bu yana Youngju'ya soracak birçok sorusu olduğundan iki günde bir onu ziyaret ediyordu.

Şimdiye dek sadece başıyla selam vermiş olduğu Jungseo ile bugün aynı masada oturuyordu. Yer bulamadıklarından etrafa bakınan çifti gören kadın, yanına oturup oturamayacağını sormuş, kendini atkı örmeye kaptırmış Jungseo, şaşırıp etrafa göz gezdirdikten sonra yanındaki sandalyeyi işaret etmişti. Yan yana oturmuş, kendi işleriyle ilgileniyorlar ve ara ara konuşuyorlardı.

Kırmızı atkıyı okşayarak, "Minchul sizi izlerken zamanın sular seller gibi aktığını söylemişti..." dedi. "Ne demek istediğini şimdi anladım."

"Ben de örerken zamanın nasıl geçtiğini anlamıyorum. Bu arada siz neyle uğraşıyorsunuz?"

Örmeyi bırakıp, kadının önünde duran dizüstü bilgisayara baktı.

"A, bu..." dedi Minchul'un annesi, sıkılgan bir ifadeyle. "Kitap kulübünün lideriyim de... Liderlik edebilmek için düşüncelerimi toparlamam gerektiğini fark ettim. Bu yüzden yazıya dökerek halledeyim dedim ama pek iyi gitmiyor. Yine de yapmam lazım. Yoksa konuşurken bocalıyorum."

İlk başta pek de endişe duymadan Youngju'nun ricasını kabul etmiş, birkaç kadının bir araya gelerek kitap okuyup sohbet etmesinin zahmetli olmayacağını düşünmüştü. Hem zaman öldürmek hem de can sıkıntısını gidermek için gittiği kültür merkezinden beş anne daha toplayarak kulübe kayıt olmalarını sağlamış, gururla "1. Okuma Kulübü" lideri olmuştu. Kulübün adı 'Annelerin Kitap Kulübü'ydü ve ilk toplantıya Youngju'nun seçtiği Park Wansuh'un kitabı ile başlamışlardı.

Ancak ilk günün ilk anından itibaren eli ayağına dolaştı. Konuşmak istese de aklına hiçbir şey gelmedi, kalbi hızla attı ve elleri titredi. Telaşla üyelerden kendilerini tanıtmalarını istedi ve dışarı çıktı. Minjun'dan buzlu su isteyip bir dikişte bitirdikten sonra Youngju'nun koluna yapıştı, "mahvolduğunu" söyleyerek ayaklarını hızla yere vurdu. Neredeyse ağlayarak, "ağzını açamadığını, sanki birisi dudaklarını dikmiş gibi hissettiğini" söyleyince Youngju, ellerini sıkıca tutmuş, "yavaş yavaş ve sırasıyla ilerlemesinin yeterli olacağını, insanların anlayışla karşılayacağını, herkesin başta güçlük çekmesinin normal olduğunu" hatırlatmıştı.

Derin bir nefes alıp tekrar odaya girdi. Yerine oturduktan sonra hızlıca notlarına göz gezdirdi; nasıl ilerleyeceğini yazan maddeleri yavaşça okuyarak kendini sakinleştirdi. Youngju'nun da dediği gibi, ilk seferi olduğu için kusursuz olamayacağını ve insanların bunu anlayışla karşılayacağını zihninden tekrar ederek gözyaşlarını tuttu. Üyeler kendilerini tanıttıktan sonra tanıdık yüzler son derece yabancı görünmüştü. Masanın altında ellerini sıkıca kavuşturup güç bela ağzını açabildi:

"Şey... Eee, şimdi gerçekten kendimizi tanıtacağız."

Şu ana kadar yaptıklarının zaten kendilerini tanıtmak olduğunu, niye tekrarlamaları gerektiğini sorgularcasına ona bakan kulüp üyelerinin karşısında derin bir nefes daha almış ve tane tane konuşmuştu:

"Merhaba, ben Jeon Heeju. Herhalde beni uzun zamandır tanıyanlar bile ismimi alışılmadık buluyorlardır. Bu kulüpte birbirimize isimlerimizle hitap etmemizi umuyorum. Bana 'Minchul'un annesi' değil, 'Heeju' diye seslenmenizi istiyorum. Bir eş, bir anne olarak değil, isimlerinizle tekrar kendinizi tanıtmaya ne dersiniz? Minjung, Hayeon, Sunmi, Youngsoon, Bayan Jiyeong, son zamanlarda aklınızı neler meşgul ediyor?"

İlk anlarda utandıklarını söyleyip sadece el sallayarak selam veren üyeler, söyleşi devam ettikçe "Ben konuşacağım!" diye istekle öne atılmışlardı. Başkalarıyla buluştuklarında sadece eşleri ve çocuklarından bahseden anneler, iki saat boyunca kendileri hakkında konuşmanın heyecanını yaşamıştı. Anneler ağlayıp gülerek, şakalaşıp kucaklaşarak, mendil uzatıp birbirleriyle bağ kurarak, bazense eleştirerek kendi hayatlarını tüm gerçekliğiyle açığa serdiler. Yarattıkları ortamın içtenliği öyle çarpıcıydı ki Heeju o günün gecesi doğru dürüst uyuyamadı. Sabaha doğru bir dizüstü bilgisayar edinmeyi düşündü. Sonraki toplantı için düzgünce hazırlanacaktı.

'Annelerin Kitap Kulübü' yakında dördüncü toplantısını gerçekleştirecekti. Heeju, Park Wansuh'un kitapları üzerinden devam etmeye karar kılmıştı. Üyelerin hepsi Park Wansuh'a hayran kaldığı için tüm eserlerini okuma hedefiyle başlamanın iyi bir fikir olabileceğini düşündü. Bu sefer kitabı Heeju seçmiş, internet üzerinden tanıtımını okuduktan sonra içeriği üyelerle paylaşınca herkes konuyu beğendiğini söylemişti. Kitabın ismi '*Ayakta Duran Kadın*'dı. Heeju kitabı çoktan bitirmişti ve şu anda ikinci okumasını yapıyor, okurken aklına bir düşünce geldiğinde bunu dizüstü bilgisayarına not alıyordu.

Durup Jungseo'ya baktı.

"Minchul son zamanlarda ona ilgi göstermediğimi söylüyor mu? Ben bile ihmal ediyormuş gibi hissediyorum... Yapacak işlerim olduğu için oğlumu daha az düşünür oldum. Tabii ki alakamı tamamen kesmedim, bu mümkün olamaz. Yine de laf dinlemeyen bir evlat yetiştirmem konusunda kulübün birçok açıdan faydası dokunuyor. Aklımı oğlumdan almamı sağladı. Yine de evladımı nasıl umursamayayım? Onun için endişelenmekten neredeyse aklımı kaçıracaktım."

Yan yana oturarak yazı yazıp örgü örerlerken çoktan birkaç saat geçmişti. Heeju kulüp odasına giren bir adam gördü. İçinden, "Bu akşam da mı kitap kulübü toplanıyor?" diye geçirdiği sırada bugün ders verildiğini hatırladı. O halde biraz önce içeri giren adam bir yazar olmalıydı.

Adam, az sonra odadan çıkıp içecek sipariş etti ve Youngju'ya doğru giderek onunla konuşmaya başladı. Yorgun sureti ve ince yapısı onu kendiliğinden bir yazar gibi gösteriyordu. Bir yazar oldukça seçici olmalıydı ancak o Youngju'nun söylediklerine sık sık başını sallayarak onay veriyordu. Demek ki müşkülpesent bir tip değildi. Uzaktan bakılınca bile yumuşak bir ton ve alçak bir sesle konuştuğu anlaşılabiliyordu. Yorgun görünümlü, zayıf yapılı, başkalarının fikrine katılmasını bilen, konuşkan bir yazar... Heeju, yazar ve Youngju'nun sohbet edişini izlediği esnada kendini gülümserken buldu.

KİTABEVİ İŞLETEREK GEÇİM SAĞLANABİLİR Mİ?

Youngju köşe yazısı yayımlamaya başladıktan bir ay sonra, "bir mahalle kitapçısıyla röportaj yapmak istediklerini" söyleyen gazeteciden telefon aldı. İlk başta emin olamasa da kitabevinin sağlama alınmasında yardımı dokunabileceği düşüncesiyle teklifi kabul etti.

Youngju, röportaj yayımlandıktan sonra kitabevine gelen müşterilerde eskisinden farklı bir şey olduğunu gözlemledi. Onu önceden tanıyorlarmış gibi selam veriyor veya onunla sohbet ediyorlardı. Müşteriler arttıkça satışlar da arttı. Tek bir röportajla böyle bir değişikliğin meydana gelmesi şaşırtıcıydı. Röportajdaki kadar olmasa da köşe yazılarını okuduktan sonra gelenler de mevcuttu. Geçmişte Youngju ile konuşurken onun internette paylaştığı yazıları sohbet malzemesi olarak kullanan müşteriler, son zamanlarda köşe yazılarını ele alıyor, "keyifle okuduklarını ve kitap önerilerinde bulunmaya devam etmesini umduklarını" söylüyorlardı. Mahalle sakinleri arasında da köşe yazısını okuduktan sonra ilk defa uğradığını söyleyen bir müşteri vardı. Otuzlarında görünen bu kadın, arkadaşlarına köşe yazısını gösterip, yazarının işlettiği kitabevinin kendi mahallesinde olduğunu anlatarak övünmüştü. Sık sık ziyaret edeceğini söyleyen kadın birkaç günde bir uğramış, her geldiğinde yapay zekâ ve gelecekle alakalı kitaplarla dükkândan ayrılmıştı.

Youngju son zamanlarda birçok yazı teklifi de almıştı. Telefonun ucunda konuşan yabancı sesler mahalle kitabevlerinin geleceği, okuyucu nüfusun azalma sebebi ve kitabın görünümünün okuma üzerindeki etkisi gibi birçok çetrefilli konu önerilerinde bulunmuştu. Daha önce hiç düşünmediği meseleler için gelen talepleri reddetse de ilgilendiği konuları, örneğin 'kitapların görünümünün okuma üzerindeki etkisi' gibi konuları kabul etmişti. Yazarken saçlarını yolma isteğiyle dolsa da azimle yazmıştı çünkü bunun, kitabevinden daha fazla insanın haberdar olmasını sağlayacak bir fırsat olduğunu düşünüyordu. Tıpkı kitaplar gibi, kitabevlerinin de hayatta kalma şansına sahip olması için öncelikle insanlar tarafından bilinmesi gerekiyordu.

Youngju, Hyunam-Dong Kitabevi'ni sosyal medya aracılığıyla sadece kitap ve kitabevlerine ilgi duyan insanlara tanıtmıştı. Ancak şimdi biraz daha geniş bir dünyaya açıldığını hissediyordu. Bu durum kitabevinin yararına olsa da Youngju gitgide yük altında hissetmeye başladı. Müşterilerin çoğalması, günün uzun saatlerini insanlarla meşgul olarak geçirmesi gerektiği anlamına geliyordu. Günlük, haftalık ve aylık olarak devamlı uğraştığı işlerin yanı sıra eklenen yeni görevler yüzünden yapacaklarını birbirine karıştırır olmuştu. Her şeyin mahvolacağını düşündüğü an gelip çatınca bu şekilde devam edemeyeceğine ikna oldu.

Ancak tam o sırada hiç beklemediği birinden beklenmedik bir teklif aldı. İşlerin birbirine girdiği her yerde Youngju'nun durduğunu fark eden Sangsu sordu:

"Bayan Youngju, kitabevi en çok hangi aralıklarda yoğun oluyor?"

Sangsu, Youngju'dan bile daha tutkulu bir okuyucu ve kitap kulübünün lideriydi. Söylentilere göre günde iki kitap okumak, Sangsu için çocuk oyuncağıydı.

"Nasıl?"

"En çok ne zaman bocalıyorsunuz, diyorum."

Sesi her zamanki gibi sertti. Dikenleri andıran kısa saçları ses tonuyla harika bir uyum içindeydi.

"Emin değilim..."

"Bir düşünün."

Youngju sahiden de düşündü.

"Hımm, kapanıştan önceki üç saat..."

"O zaman üç saat boyunca yardım edeceğim."

"Efendim..."

"Beni 'yarı zamanlı çalıştırın' diyorum. Bu kadar basit bir sorunu niye çözemiyorsunuz?"

Sangsu "sadece asgari ücret talep edip yalnızca kasada çalışacağını ve kendisinden başka bir iş istememesini" söyledi. Biri hesaptan sorumlu olursa işlerin hafifleyeceğini düşünüyordu. Sangsu 'kasada biri beklemiyorsa kitap okuyacağını, bu fikirden hoşlanmıyorsa başka bir yarı zamanlı çalışan bulması gerektiğini' söyleyince Youngju ondan bir saat istedi. Bir saat geçtikten sonra köşede oturmuş kitap okuyan Sangsu'ya yaklaşarak, "Haftada altı gün; günde üç saat; üç ay... Nasıl?" dedi.

"Güzel."

Sangsu verdiği sözün arkasında duran bir adamdı. Sandalyeye oturmuş kitap okurken bir müşteri gelirse hemen ilgileniyor, ardından yeniden yerine geçiyordu. Kendisine belirlediği ufak rolden yavaş yavaş kopması ise tamamen Sangsu'nun kendi kişiliğinden kaynaklanıyordu. Sangsu, konu kitaplar olunca kendisiyle övünmeyi seviyordu. Biri kasanın arkasında oturan Sangsu'dan kitap tavsiyesi istediğinde keyfi kaçmış gibi davransa da bilgi birikimini sergiliyor ve nihayetinde müşteriyi elinde iki, üç kitapla kolaylıkla uğurluyordu. Kitabevini sık sık ziyaret eden kişiler zamanla Sangsu'ya 'Aksi ama Bilgili Yarızamanlı Çalışan' lakabını taktı.

Hyunam-Dong Kitabevi'nin ismi duyuldukça, insanlar kitabevi açmak istediğini söyleyerek Youngju ile iletişime geçmeye ve onu bizzat ziyaret etmeye başladı. Dükkâna uğrayan geleceğin kitapçılarının ardı arkası kesilmediği için tek seferlik bir etkinlik düzenlemeye karar verdi. Periyodik etkinliklerdense tek seferlik etkinlikler hem daha az uğraş vericiydi hem de kısa süre içinde kitabevini tanıtmanın iyi bir yolu olabilirdi.

Tanıdığı iki kitabevi sahibiyle birlikte, salı günü akşam sekizde insanları karşıladı. Geleceğin on kitapçısı, üçlünün anlattıklarını ilgiyle dinliyordu. Elbette en çok merak edilen mevzu geçim meselesiydi. Hayali kitabevi açmak olan bu insanlar, büyük paralar kazanma beklentisi taşıyormuş gibi görünmüyorlardı. Yaklaşımları, sevdikleri işi yaparak biraz para kazanabilmenin yeterli olduğu yönündeydi. Kitabevi A'nın sahibi, utangaç bir tavırla ilk kez böyle bir şey hakkında konuştuğunu belirtip anlatmaya başladı:

"Sanırım en çok geçim sağlamanın mümkün olup olmadığını merak ediyorsunuzdur. Kendim adına pek mümkün olmadığını söyleyebilirim. Dükkânın kira ve yönetim ücretleri ödendikten sonra aylık yaklaşık bir buçuk milyon *won* kalıyor. Bu parayla evin kirası ve masraflarını da ödeyince... Haliyle biraz zorluyor. O yüzden altı ay önce ailemin yanına geri taşındım. Yirmi yaşında onlardan ayrılıp otuz yedi yaşında döndüm... Daha fazlasını söylememe gerek yok herhalde. O yüzden iyi düşünün. Kitabevi açmaya kesinlikle romantik bir iş olarak yaklaşılamaz ancak 'Yine de bu yolda gitmek istiyorsanız, gidin!' derim. Denemelisiniz ki pişmanlık duymayasınız."

Kitabevi B'nin sahibi de A'nın hikâyesine hiç yabancılık çekmiyormuş gibi görünüyordu. Yine de A'ya oranla daha pozitif bir konuşma yaptı:

"Öncelikle bazen A'dan daha az, bazense daha fazla kazandığımı söyleyerek başlamak istiyorum. Geçen ay pek kazanamadıysam bu ay birçok etkinlik düzenleyerek insanları çekiyorum. Yorulunca da biraz dinleniyor, ardından tekrar faal olmaya devam ediyorum. Herkes gibi benim de bu işe ne kadar devam edebileceğim konusunda tereddütlerim vardı.

Diyelim ki onca endişe içinde bir kitabevi açtınız. O endişeler kitabevini işletirken de mutlaka varlığını sürdürecek. Demek istediğim, ne yapıyor olursak olalım, kaygılanacağız. Kitabevi değil, başka bir işte çalışırsak da öyle. Neticesinde konu şuna geliyor: Ben ne tür bir iş yaparak endişeyle savaşacağım? Kendim adına şunu söyleyebilirim: Ben kitabevi işleterek kaygılanmaya devam etmeye karar verdim."

Sıra Youngju'daydı:

"Ben de hâlâ endişelerle boğuştuğumu dile getirmek istiyorum. Fakat her şeyden önce, altı ay veya bir yıl boyunca para kazanamasanız bile kitabevini işletebilmek için önceden biraz para ayırmanızı tavsiye ederim. Zor olduğunu biliyorum. Çok büyük para. Yine de kitabevini güvence altına alabilmeniz için böyle bir sürece hazırlıklı olmanız gerektiğini düşünüyorum. Ama tabii ki bu, bir yıl geçtikten sonra kitabevinin sağlama alınacağını garanti edebileceğimiz anlamına gelmiyor. Ben üçüncü yılımdayım ve hâlâ bunu nasıl başarabileceğimi düşünüyorum."

A başını sallayarak, "Ben de beşinci yılımdayım ve durum aynı." dedi. "Fakat şahsen yerimi sağlama almaktan çok, nasıl uzun süre dayanabileceğimi düşünen tarafa yakınım. Yine de bu güvence altına alınan kitabevlerinin olmadığı anlamına gelmiyor."

B gözlerini devirip çeşitli faaliyetlerde bulunarak birkaç yıl boyunca iyi kâr elde etmiş veya bölgenin cazibe merkezleri olarak ünlenmiş birkaç kitabevi sıraladı. Dinleyiciler sıralanan yerlerin isimlerini defter ve telefonlarına not aldılar. Birkaç şeyden daha bahsettikten sonra dinleyicilerden sorular alındı ve etkinlik akşam onda sona erdi.

Minchul artık annesi gitmesini söylemese bile haftada bir, iki kez Hyunam-Dong Kitabevi'ne uğruyordu. Okul üniformasının fazla göze battığını düşündüğü için kıyafetlerini değiştirdikten sonra geldiği günler de oluyordu. Youngju bugün meşgul olduğu için Minchul'un sohbet ortağı Minjun'du. Kafedeki sandalyeler sınırlı olduğundan Minjun yoğunluğu pek hissetmiyordu. Genel olarak iş yükü artmıştı ancak bir anda akın eden müşteri sayısı idare edilemeyecek kadar fazla değildi. Minchul, Minjun'un etrafında dolanırken müşteri olmamasını fırsat bilerek sordu:

"Youngju Abla son zamanlarda çok mu meşgul?"

"Evet."

"O zaman niye yardım etmiyorsun?"

"Benim kahve yapmam gerekiyor ya…"

"Normalde barista olarak mı işe başlamıştın?"

"Evet, neden? Yardım etmiyorum diye bencil olduğumu mu sandın?"

"Biraz… Ama madem sözleşmeyi öyle imzalamışsın, bir şey diyemem."

Minchul'un dürüst tepkisi karşısında sırıtarak durumu açıkladı Minjun:

"Youngju iş yükünü artırdı. Bunu kitabevini büyütmek için yapmıştı ama altından kalkamıyor."

"Madem altından kalkamıyor, neden bu işe girişti?"

"Deniyormuş."

"Neyi?"

"Nereye kadar mümkün olduğunu…"

"Hımm... Neyse. Meşgul olmak da iyi bir şey."

Minjun kahvehazırlamakla uğraşıyordu. Minchul'a bir bakış attı.

"Doğruluğuna inanmadığın lafları ne de güzel ediyorsun! Sen meşgul olmanın iyi bir şey olduğunu düşünüyor filan değilsin."

"Herkes meşgul değil mi?"

"Sen değilsin."

"Ben istisnayım."

"Eh, istisna olarak yaşamak da fena değil!" dedi Minjun, başını sallayarak.

"Öyle mi?"

"Al, biraz sus da şunu iç!" dedi Minjun, fincana kahve koyarken.

"Acı tattan hoşlanmıyorum ki."

"Acı değil. Bir iç."

Minjun son zamanlarda her fırsatta filtre kahve demliyor, tadını kontrol etme işi de çoğunlukla Jungseo veya Minchul'a düşüyordu. Lise birden bu yana kahve tüketen Minchul, kafeinden biraz olsun etkilenmiyordu. Acı tattan nefret eden Minchul için kahveyi olabildiğince yumuşatmaya çabalayan Minjun, bu kez başarıya ulaşmış gibi görünüyordu.

"Biraz tatlı gibi."

"İyi mi?"

"İyi tadın ne olduğunu bilmiyorum ama işin ilginci..." Bir an duraksadı. "Sanki kahve ağzımda eriyor."

"O ne demek?"

"Yumuşak olduğundan herhalde."

Minjun da biraz kahve koyup tadına baktı.

"Yumuşak olduğundan eriyor gibi..."

"Her neyse, güzel bence. Becerilerin gitgide gelişiyor sanki."

"Becerilerim her zaman iyiydi." dedi Minjun, biraz daha içtikten sonra.

"Yoo."

"Hep becerikliydim. Sadece senin damak tadına uygun kahve yapamamıştım. Şimdi de o dilini kontrol etmeyi öğrendim."

"Hakaret gibi..." dedi Minchul, homurdanıp bir yudum daha alarak.

Minjun eskiye nazaran epey açılan Minchul'a bakarak bir sonraki tadım testi için gün belirledi.

"İki gün sonra, aynı saatte. Uygun musun?"

"Uygunum."

Minchul umursamıyormuş gibi davransa da Minjun'un teklifini asla reddetmezdi.

"Bir sonrakine daha güzel yapacağım."

"Ona içince karar veririm." Son damlasına kadar bitirdikten sonra fincanı uzattı. "Ben artık Youngju Abla'ya veda edip çıkayım."

Minjun etrafı toparlarken Youngju'ya hızlı bir bakış attı.

"Tamam. Veda edebilirsen tabii."

Minchul, Youngju'nun telefon görüşmesini bitirmesini bekledi. Youngju özür dileyen bir ifadeyle elini sallasa da sonuna kadar beklemeye, kararlı bir şekilde ayakta durmaya devam etti.

Youngju telefonu kapattıktan sonra yaklaştı ve nasıl olduğu, bugünlerde neler yaptığı gibi sorular sordu. Minchul her bir soruya tek tek cevap verdikten sonra, son zamanlarda annesinin tez yazan birini andırdığını söyleyince kahkahalara boğuldu ve ardından kitabevinin kapısına kadar eşlik etti. Minchul eğilerek selam verdikten sonra eve doğru yürümeye başladı. Youngju onu izlerken gençler için bir etkinlik düzenlemeyi düşünse de vazgeçti. Halihazırda yapılacak bir yığın iş vardı.

PAZARTESİ

Pazartesi günü baristamız çalışmamaktadır.
Bugün Hyunam-Dong Kitabevi'nde kahve siparişi almıyoruz.
Kahve harici içecek siparişi mümkün.
#baristaların_yaşamkalitesiiçin #işyaşamdengesini_destekliyoruz

Minjun'un izinli olduğu pazartesi günleri kahve satışı yapılmıyordu. Youngju, müşterilerin karıştırma ihtimaline karşı aynı yazıyı her pazartesi blogunda ve sosyal medyada paylaşıyordu. Artık kitabevine ilk defa gelen bir müşteri olmadığı müddetçe, kimse pazartesi günleri kahve sipariş etmiyordu. Nadiren biri çıksa bile durumu açıkladığında bu fikre katılıyorlar ve baristanın "iş-yaşam dengesini" destekliyorlardı. Bu, Hyunam-Dong Kitabevi'nin yerleşmiş pazartesi kültürüydü ama bu kültürü bozan da Minjun'un ta kendisiydi. Youngju'nun elinden gelen tek şey ona hayıflanmaktı.

Başlarda bir defalığına, öylesine uğradığını sanmıştı. Pazartesi öğle vakti kitabevine gelen Minjun, "birkaç saat kalıp kalamayacağını" sormuş, "kahve tadım testini yapması için birine ihtiyacı olduğunu ancak bunun evde mümkün olmadığını" söylemişti. Yarım saatte bir yanına gelip kahvenin tadına bakmasını isteyen Minjun'dan kurtulamayan Youngju, kafein banyosu yaptığı o günün gecesi hiç uyuyamamıştı.

Bir günlüğüne uyuyamaması elbette büyük bir problem değildi. Asıl sorun, o günden sonra Minjun'un her pazartesi kitabevine gelmeye devam etmiş olmasıydı. İnsanlar sanki söz vermişler gibi sırayla kahve tadım görevini üstlenmişlerdi.

Jungseo, Minjun'un geldiği saate uyarak kitabevine girip kahve içiyor, Jungseo yoksa Heeju, o yoksa Minchul, o da yoksa Sangsu kahvelerin tadım testini yapıyordu. Minjun adeta röntgen sonucu inceleyen bir doktor edasıyla onları ciddiyetle gözlemliyordu. İfadelerindeki ince değişimle birlikte yüzündeki ifade de sevinç veya hayal kırıklığı arasında gidip geliyordu. Ah o gözler! Meraktan delirecekmiş gibi bakan o gözler… Gözlerinde o ifadeyle dolanan birini, "Ne diye pazartesi günü gelip bununla uğraşıyorsun?" diyerek nasıl azarlayabilirdi ki?

Youngju, müşterilerin kafasının karıştığını görünce iyiden iyiye tedirgin oldu. Baristasız pazartesine alışmış müşteriler, Minjun'un burada barista olarak çalıştığını gayet iyi biliyorlarken onun tezgâhın arkasında kahve hazırladığını görünce hangi günde olduklarını kontrol ediyorlardı. Kimileri kahve siparişi alınıp alınmadığını soruyor, kimileri ise sormaya bile gerek duymadan sipariş veriyordu. Sosyal medyada paylaştığı yazının boş sözlere dönmesinden rahatsız olan Youngju, ne yapacağını düşünmeye başladı.

"Bayan Youngju, benim yüzümden işler karıştı, değil mi? Sadece birkaç tane daha yapacağım, sonra bitecek."

Minjun, onun canının sıkıldığını fark ettiğinden, geçen hafta böyle söylemişti. Bunun üzerine Youngju hemen o anda bir karar vermesi gerektiğini hissetti. Pratik yapmayı bıraksa yeterdi.

"Bay Minjun, o halde şuna ne dersiniz?"

Bu pazartesi baristamız çalışıyor.
Filtre kahve satıyoruz.
Öğlen üçten yediye kadar, yarı fiyatına.
Kahve dışında içecek siparişi kabul ediyoruz.

Bu etkinlikten sonra Hyunam-Dong Kitabevi'nde kahve müdavimlerinin sayısı gözle görülür biçimde artmaya başlamıştı.

DÜZELTİ

Youngju birdenbire artan işleri hiçbir hata yapmadan idare etmeye çalışarak gergin günler geçiriyor, gülümseyen yüzünde zaman zaman yorgunluk belirtileri görülüyordu. Sangsu sayesinde biraz rahatladığını söylese de hâlâ halletmesi gereken çok fazla iş vardı. Youngju bu ay yapılacak etkinlik için kitap tanıtımı yazarken Jungseo konuşmaya girişti:

"Kendinizi tamamen odakladığınız çok belli oluyor."

"Gerçekten mi? Ben saklayabildiğimi düşünmüştüm." dedi Youngju, gülerek.

Nükteli bir karşılık alınca, daha ciddi bir ifadeyle sordu Jungseo:

"Çok mu meşgulsünüz? İşleri biraz azaltsanız diyorum."

Jungseo'nun iyi niyetini anlayıp esprili ses tonundan sıyrılarak, "O kadar da meşgul değilim." dedi Youngju. "Sadece gerginim. Bir süre önce gerginlik seviyem altıdaydı diyelim. Öyle iki yıl daha dayanabilecek gibiydim. Fakat son zamanlarda sekize çıktı. İşte bu şekilde uzun süre katlanamam. Sizce bir insan yüksek yoğunlukta gerginliğe ne kadar dayanabilir? Ben söyleyeyim: Fazla değil. Devam etmeye çalıştıkça zihin de vücut da çöker. Bunu yaşayan çok fazla insan var. Yine de..." Enerji toplamaya çalışırcasına derin bir nefes aldı. "Hemen şu an çökecek kadar zorlanıyor değilim. Kitabevi dediğimiz böyledir, müşterilerin ne zaman çoğalacağını tahmin edemezsiniz. Tam arttığını düşündüğünüzde bir an gelir ve bir daha uğramazlar. Sonsuza dek elveda... Dolayısıyla bu yoğun dönem de ne olduğunu anlamadan geçip gidecek muhtemelen.

Son zamanlarda işler yığıldığı için meşgulüm ama bir süre sonra insanlar buranın varlığını tekrar unutabilirler. O zaman gerginlik seviyem de yeniden altıya düşer."

"O ne demek?" dedi Jungseo, anlam veremeyerek. "Söylediklerinize dayanarak altıncı seviye mi daha iyi, sekizinci mi, emin olamadım. Yine de sevindim."

"Neye?"

"Nerede durduğunu bilen bir kişinin endişelenmesine lüzum yoktur. Sizin için çok fazla kaygılanmama gerek olmadığı için sevindim diyorum."

Youngju, dert etmesine gerek olmadığını söylercesine elini nazikçe Jungseo'nun omzuna koydu.

"Keyfimi kaçıran tek şey son günlerde hiç kitap okuyamıyor oluşum. Zaman bulamıyorum. Şimdi böyle söyleyince... Hakikaten sıkıntı."

Seungwoo, kitabevinin kapısını kapatıp yerine dönen Youngju'nun yanında oturuyor ve onun yazısını düzeltiyordu.

İlk yazısını gazeteye göndermeden önce neredeyse panik halindeydi. Birkaç gün önce tamamlamış olmasına rağmen gazetede yayımlanmaya uygun olup olmadığı hakkında hiçbir fikri yoktu. Son derece garipti: Bir okuyucu olarak yazıların güzel mi yoksa kötü mü olduğuna kolayca karar verebiliyordu. Elbette bu karar kişisel zevklerinden büyük ölçüde etkileniyordu. Buna rağmen kendi yazısını değerlendiremiyordu. Sanki daha önce hiçbir şey okumamış biri gibi, hiçbir yargıda bulunamıyordu. Bu yazı bir yerde yayımlamaya değer miydi?

Aynı yazıyı birkaç gün boyunca defalarca okuduktan sonra, hiçbir yerde yayımlanmaması gerektiğinden emin olduğu anda Seungwoo'dan bir mesaj almıştı. Youngju, iyi gidip gitmediğini soran o basit mesaja karmaşık duygularını içeren uzun bir yanıt gönderdi. Bunun üzerine Seungwoo metni okumayı teklif eden bir kısa mesaj daha yolladı, o da anında kabul etti.

Ertesi gün Seungwoo gelmiş, Youngju huzursuzca metni uzatmıştı. Yazmak güç, yazılarını başkasına göstermek çok daha da güçtü. Yazılarını bloga her yüklediğinde kalbi güm güm atardı ve şimdi söz konusu gazeteydi. Üstelik şu an karşısında olan kişi kimdi? Yayınevi sahibiyle cümleler hakkında sert bir savaşa girmiş cümle uzmanı değil mi? Yazılarını okurken ne düşünecekti?

Aldırışsız bir tavırla metni gözden geçiren Seungwoo'nun profiline bakarken, olumlu mu yoksa olumsuz mu düşündüğü konusunda hiçbir ipucu yakalayamıyordu. Seungwoo son cümleyi de okuduktan sonra kâğıdı bıraktı ve çantasından tükenmezkalem çıkardı.

"Düzeltilmesi gereken yerleri kalemle işaretleyeceğim; nedenini de yazacağım."

Seungwoo'nun metin hakkında ne düşündüğü anlaşılmıyordu. Youngju cesareti kırılmış bir tonla sordu:

"Yazı... İyi mi?"

"Evet, iyi. Ne anlatmaya çalıştığınız anlaşılıyor."

Bu gerçekten de yazıyı beğenmiş bir kişinin vereceği bir karşılık mıydı?

Youngju içi içini yiyormuş gibi hissediyordu.

"Pek iyi değil... Değil mi?"

"Hayır, iyi. Duygularınızı hissedilebiliyorum. Bir kitapçının gününü nasıl geçirdiği gözlerimin önünde canlanıyor. Endişeyle müşterileri beklemenizi de güzel aktarmışsınız."

Söylediklerinin abartılı bir iltifat mı, yoksa içten mi olduğunu anlamaya çalışarak dikkatle yüzünü inceledi ancak düşüncelerini okumak her zamanki gibi imkânsızdı. Seungwoo'nun sakin ifadesine dayanarak en azından utanç verici derecede berbat bir yazı olmadığını düşünüp, iyiye yormaya karar verdi.

Yoksa yanılmış mıydı? Seungwoo tükenmezkalemi eline alarak cümlelerin üzerini acımasızca çizmeye başladı. Kesinlikle merhametsiz görünüyordu. Çizdiği yerlerin yanına düzgün bir el yazısıyla cümledeki yanlışın kısa bir açıklamasını yazdı. On dakika geçmesine rağmen Seungwoo hâlâ ilk paragraftaydı. O on dakika, bir saat gibi geçmişti. Birbirinden farklı onlarca düşünce zihnine üşüştü. Kendine "yazdıklarının bir felaket olduğu gerçeğini kabullenmesi gerektiğini" söylüyor, hemen ardından "Yine de bu kadar fazla çizmek zorunda mıydı?" diye düşünerek üzüntüye kapılıyordu. Ancak dördüncü paragrafa yaklaşıldığında aklındakiler birleşerek tek bir düşünceye dönüştü: Seungwoo ne diye bu kadar uğraşıyordu ki?

Seungwoo tek söz etmeyip metne odaklanalı neredeyse bir saat geçmişti. Youngju artık üzüldüğünü hissetmiyordu. Seungwoo'nun metni okumayı teklif etmesinin, özen gösterip elinden geleni yapacağı anlamına geldiğini idrak etmişti. Seungwoo'nun başarıya ulaşmasının tam olarak şu anki halinden kaynaklandığını, yorgun görünümünün de bu halinin sonucu olduğunu fark etti. Nezaket gereği Seungwoo'nun yanına geçip fazla mesaiye kalan Youngju, son paragrafı düzelttiğini görünce buzdolabından iki bira çıkardı ve kapağını açıktan sonra birini ona uzattı. Başını masaya gömmüş olan Seungwoo şaşırıp biraya baktı ve şişeye uzandıktan sonra, "Çok beklediniz. Neredeyse bitti." dedi.

İncelemeyi tamamladıktan sonra "çizdiği yerler için çok üzülmemesini" söyleyip, "deneyimli ve profesyonel bir yazar olmadıkları takdirde herkesin yazılarının bu şekilde çizgilerle dolup taşacağını" belirtti. "Üstünde durmanın gerekli olmadığı bölümleri de özellikle kontrol ettiğini" ekledi ve "metin genel olarak mantığa dayandığı için içeriği değiştirmeye lüzum görmediğini" söyleyerek rahatlattı. Fakat hemen ardından, "Ara ara mantıktan uzaklaşan bazı bölümler var. O kısımları düzeltseniz yeter..." diyerek kafasının karışmasına sebep oldu.

Seungwoo'nun açıklamasını dinledikten sonra mantıktaki kusurun tek bir cümleyi değiştirerek düzeltebileceğini anladı. İkili, bir saat boyunca metin üzerinde çalıştı.

"Geriye tek bir cümle kaldı…" dedi Seungwoo. "Müşteriler beklenir oldu. Bu cümle tuhaf."

"Neden?" diye sorup hemen ardından ekledi. "A! edilgen..."

"Evet, doğru... Edilgen yapıda bir olaya maruz kalınır. 'Yemek' kelimesinin maruz kalmış biçiminin 'yenilmek' olması gibi. Fakat burada 'beklenilmek' deyince, beklemeye maruz kalma anlamına dönüştüğü için kulağa tuhaf geliyor. Yani 'müşterileri bekledim' olarak düzeltmemiz lazım."

"Anladım. Yalnız..."

"Evet…"

"Öyle düzeltince duygularım yeteri kadar vurgulanmıyor."

"Niçin öyle düşünüyorsunuz?"

"Çünkü müşterileri beklediğimi kendim bile bilmiyorum. Öyle özlem dolu bir duygu. Bu duygular 'müşterileri bekledim' deyince hissedilmiyor."

"Hımm..."

Seungwoo, tekrar metne baktı, ardından gözlerini yeniden Youngju'ya çevirdi.

"Yazıyı baştan tekrar okuyun. Zaten bu metnin bütünü bahsettiğiniz duyguyu çok iyi ifade ediyor. Hislerinizin karşı tarafa geçmemiş olabileceğinden endişe ettiğiniz için bu cümleyle bir kere daha vurgulamak istediyseniz, buna gerek yok. Bu hali kâfi. Ayrıca cümlenin basit olması onu daha güzel kılıyor."

Youngju baştan okuyup hislerinin cümlelere iyi yansıyıp yansımadığını incelerken Seungwoo kalemiyle oynayarak sessizce bekledi.

"Ne demek istediğinizi anladım." dedi Youngju, başıyla onaylayarak.

"Peki."

"Bay Seungwoo, gerçekten teşekkürler. Bu kadar uzun süreceğini bilsem böyle bir ricada bulunmazdım."

"Mühim değil. Benim için eğlenceliydi."

"Ne zaman vaktiniz var? Yemek ısmarlamak istiyorum, teşekkür amaçlı."

"Yemeğe gerek yok. Bunun yerine birkaç kez daha düzelti yapmama izin verin."

"Bu sizin değil, benim yararıma olmaz mı?"

"Birkaç defa daha yaparsak kendi başınıza da düzeltebileceksiniz. O zaman yazılarınızın iyi olup olmadığı konusunda endişelenmenize gerek kalmayacak."

"O halde... Muhtemelen meşgulsünüzdür, bir sonrakini kendim yapayım. Yine de kaygı duyarsam..."

Seungwoo'nun vaktini çaldığını düşündüğü için reddetmek üzereydi ki o, sözünü kesti:

"Meşgul değilim. Yük olduğunuzu düşünmenize gerek yok. Bundan sonra metni bitirdiğinizde boş yere kendi kendinizi yemeyip doğrudan bana yollayın."

Youngju hemen yanıt vermeyince ısrar etti:

"Tamam mı?"

"Tamam. Şimdiden teşekkür ederim."

Seungwoo "araba kullanacağı için bira içemeyeceğini" söyleyince, kendi birasını bitirinceye kadar sohbet ettiler. Beklemekle alakalı konuşurlarken, yaşamları süresince şimdiye dek en çok neyi sabırsızlıkla beklediklerini sırasıyla söylemeye karar verdiler. Youngju son birkaç yıldır hissettiği çaresiz duygularının ana öğesi olan, "Müşteri..." diyerek yanıtladı. Seungwoo bir süre düşündükten sonra "Aklıma gelmiyor..." diye yanıt verdi. "Hain!" demesine sebep oldu. Hızlıca etrafa bakınıp, ışıkları kapatıp, kapıyı kilitleyip dışarı adım atana kadar konuşmaya devam ettiler. Youngju o gece, bir an önce kurtulma isteğiyle metni gazeteciye gönderdi.

Düzeltme için tekrar buluştukları günün gecesinde kitabevinden yine beraber çıktılar. Veda edip zıt yönlere doğru birkaç adım attıkları sırada Seungwoo aniden durdu. Youngju'ya baktı. Yüzünde şaşkın bir ifadeyle Youngju da ona dönünce sordu:

"Geçen sefer beklemekle ilgili konuşmuştuk, hatırlıyor musunuz?"

Youngju başıyla hafifçe onayladı.

"Müşteri diye yanıt vermiştiniz ya. Müşteri dışında, tam olarak şu anda beklemekte olduğunuz başka bir şey var mı?"

Youngju "aklına bir şey gelmediğini" söyledi.

"O gün, ben de 'Aklıma bir şey gelmiyor.' demiştim. Aslında belli belirsiz de olsa ne beklediğimi biliyordum ama duygularımı acele içinde öğrenmemem gerektiğini düşündüm. Hızlıca fark etmektense, yavaş yavaş anlamak istedim."

Youngju anlamadığını gösteren bir ifadeyle ona bakıyordu. Sakince devam etti:

"Şu anda en çok, sabırsızlıkla beklediğim şey…"

Ayakta, karşılıklı, aralarında neredeyse üç metre mesafe, duruyorlardı…

"Birinin yüreği…"

Youngju, bu sözlerin ne manaya geldiğini çözümlemeye çalışarak ona bakmaya devam edince, Seungwoo gülümsedi.

"O gün 'hain olduğumu' söylemiştiniz ya… Geç de olsa kendimi hain sıfatından kurtarmak istediğim için söyleyeyim dedim. İyi geceler."

Youngju, bir süre Seungwoo'nun uzaklaşmasını izledikten sonra evine yol aldı.

Birinin yüreği…

Seungwoo, neden böyle bir şey demişti? Youngju aniden Seungwoo'nun kendisine ayva çayı uzattığı ana geri döndü. Mutluluğunu desteklediğini söyleyişini hatırladı. Bir an durup arkasını dönerek Seungwoo'ya baktıktan sonra düşünceli bir ifadeyle tekrar yürümeye başladı. Elinde tuttuğu şapkasını başına geçirdi.

DÜRÜST VE İÇTEN

Seungwoo işten çıkıp kitabevine geldiğinde Youngju, Minchul ile muhabbet ediyordu. Seungwoo'yu "yazar", Minchul'u da "yakınının çocuğu" olarak tanıttıktan sonra yanlarından ayrıldığında baş başa kaldılar. Seungwoo, Youngju'nun yazısını incelemeye başladı ancak önündeki gencin hiçbir şey yapmadan öylece oturması ister istemez dikkatini dağıtıyordu. Üstelik gözlerini kendisine dikmişti. Elinde olmadan başını kaldıran Seungwoo karşısında boş boş oturan Minchul'a sordu:

"Hep böyle hiçbir şey yapmadan oturur musun?"

"Evet."

"En azından Youtube'da filan dolan."

"Onu evde de yapabilirim."

Bunun üzerine Seungwoo, artık ona aldırış etmeyeceği manasında hafifçe başını sallayıp yeniden metne dönmüştü ki bu kez Minchul lafa girdi:

"Yazı yazmak size keyif veriyor mu?"

Aslında Minchul, yazı yazmak konusunda sancılı günler geçirdiğinden Seungwoo ile konuşmak için bir fırsat kollamıştı. Heeju, "dershaneye gitmek istemiyorsa iki haftada bir yazı yazmasını" şart koşmuştu. "Eğer yazmazsa gece on ikiye kadar dershanede çalışması gerektiğini" söyleyerek onu tehdit eden Heeju'ya, "bu konuda ısrar ederse tekrar kitabevine uğramayacağını" söyleyerek kendince başkaldırıda bulunmuştu. Bunun üzerine Heeju gözünü bile kırpmadan "keyfinin bileceğini" söylemişti. Minchul'un kitabevine gitmekten hoşlandığını biliyordu. Dershane, okuldan da beter olduğu için Minchul pes ederek, "yazacağını" söylemiş, bunun üzerine Heeju kararlı bir ses tonuyla bir koşul daha eklemişti. "Yazmış olmak için yazmamalı, idi. "Düzgün ve güzel" yazılar bekliyordu.

"Hayır." diye yanıtladı Seungwoo, başını kaldırmadan.

"Yine de çok ilginç. Benim için yazı yazmak aşırı zor ama siz bunu meslek olarak yapıyorsunuz..."

Seungwoo gözlerini kâğıttan ayırmayıp cümlenin üstünü çizerken cevapladı:

"Yazmak mesleğim değil."

"O zaman ne iş yapıyorsunuz?"

"Şirkette çalışıyorum."

Minchul, Seungwoo'nun soğuk tavrına aldırış etmeden, "zamanı olup olmadığını" sordu. Seungwoo nedenini sorgular gibi bakınca, "sormak istediği şeyler olduğunu ama meşgulse sormayacağını" söyledi. Her zamankinden daha cesur davrandığını fark ediyordu. Belki de bunun sebebi Seungwoo'nun bir yazar olmasıydı. Bir yazar, Minchul'un tek başına sonuçlandıramadığı, dünya üzerindeki en büyük çıkmazı onun yerine çözemez miydi?

Seungwoo bir süre düşündükten sonra kalemi masanın üzerine bıraktı. Sandalyesine yaslanması üzerine Minchul sevinçle gülümsedi.

"Şirkette ne iş yapıyorsunuz?"

"Sıradan işler."

Minchul bir süre duraksayıp ciddi bir ifadeyle sordu:

"O halde... Sadece şirkette çalışıp, sadece sıradan işler yapmakla yazı yazmak arasında, hangisini daha çok seviyorsunuz?"

Bu sefer duraksayan Seungwoo oldu. Bu çocuk neyi öğrenmeye çalışıyordu? Böyle devam ederse, konuşma sonu gelmeyecek şekilde uzamaz mıydı? Minchul'un zekâ fışkıran gözlerine bakarak sordu:

"Bunu neden merak ettiğini sorabilir miyim?"

Minchul "son zamanlarda düşünüp durduğu konunun bu soruyla alakalı olduğunu" söyledi. Sevdiği işi mi, yoksa iyi olduğu işi mi yapması gerektiğini bilmek istiyordu. Hem annesinin yazmasını istediği konu olduğu için hem de gerçekten merak ettiği için.

Minchul'un sevdiği tek öğretmen olan Kore dili hocası, kısa süre önce şöyle demişti:

"İnsanlar sevdiği işi yaptıklarında mutlu olurlar. Bu yüzden siz de ne yaparken keyif aldığınızı ve sizi neyin heyecanlandırdığını mutlaka bulmalısınız. Toplumun onayladığı işi değil, kendi sevdiğiniz işi yapın. O zaman insanların söylediklerinden daha az etkilenerek yaşayabilirsiniz. Cesur olun. Anladınız mı?"

Minchul birçok arkadaşının bu konuşmadan etkilendiğini söyledi. İçlerinden biri coşkuyla o sözlerin ne kadar tehlikeli olduğundan bahsetmişti. Onların da bir kalbe sahip varlıklar olduğunu kabul etmesi yönünden tehlikeliydi. Arkadaşı sesini yükselterek şöyle demişti:

"Bir düşünün. Başka hangi hoca böyle konuşuyor? Anne babalarımızın isteklerine ters düşen sözler söyleyen hoca nerede görülmüş? Bu sözler o yüzden tehlikeli ve tehlikeli sözleri zihnimize kazımamız lazım!"

Arkadaşları öğretmenin konuşmasına hayran kalmış ancak Minchul o sözler yüzünden ilk defa endişeye kapıldığını hissetmişti. Gerçekten sevdiği bir işi mi yapmalıydı? Onun sevdiği bir iş yoktu ki… Bir şey yaparken keyif aldığı da heyecanlandığı da olmamıştı. Hepsi birbirinin aynıydı. Zaman zaman hem eğlenceli, hem de sıkıcıydı. "Bu işi yapmazsam ölürüm!" diyecek kadar istek duyduğu bir şey de ölmek istemesine sebep olacak kadar zor olmasına rağmen yapmaktan kaçındığı bir şey de yoktu. İyi olduğu bir iş de yoktu. Hepsi ortalamaydı. Sevdiği ve iyi olduğu bir iş olmayan Minchul, nasıl yaşaması gerektiğini bilmiyordu.

Seungwoo, Minchul'un ne demek istediğini ve neyi merak ettiğini anladı. O kaygılar yalnızca Minchul'un yaşındaki gençlere özel değildi. Otuz ve kırklarını geçmiş pek çok insan aynı derde düşüyordu. Seungwoo da beş sene önce benzer kaygılar içerisindeydi. İşi yüzünden perişan halde olmasına rağmen uzun süre devam edebilmesinin sebebi, "Sevdiğim işi yapıyorken vazgeçmem doğru olur mu?" diye düşündüren pişmanlık ihtimaliydi. Sevdiği işi yapmasına rağmen mutlu değildi. Yine de bu işten vazgeçerse, bütün yaşamını pişmanlıkla geçirebileceği olasılığı onu endişeye boğmuştu.

"Bunaldım... Diğer öğretmenler sürekli başarılı olmamız için zorluyorlar. Puanlarla sıra oluşturup, 'Şuna bak, senin yerin ancak burası.' diyerek hakaret ediyor, 'Daha iyisini yap! Daha da iyisini yap!' diye baskılıyorlar. Ama ne kadar iyi yaparsak yapalım sonunda yine sıraya girmek zorunda kalıyoruz. Gülünç gerçekten. O yüzden ne söylerse söylesinler görmezden gelmeye karar vermiştim. Fakat Korece hocasının sözlerini yok sayamadım. O sözlerin görmezden gelinmemesi gerekiyormuş gibi hissettim."

Minchul hafiften kaşlarını çattı ve konuşmaya devam ettikçe başı yavaşça aşağı doğru eğildi.

"Hiçbir şeyde iyi değilim ve sevdiğim bir şey de yok; gerçekten yok. Eskiden tek bir şey bulamazdım ama son zamanlarda buraya gelip Youngju ve Jungseo Abla'yla konuştum, Minjun Ağabey'le de sohbet edip kahve tadımı yaptım. Örgü filan da izledim ve bunlar beni sıkmıyor ama gerisi yok."

"Bunalmaktan ziyade, sabırsız gibisin."

"Efendim..." dedi Minchul, başını kaldırarak.

"İyi olduğun ya da sevdiğin şeyi hemen bulman gerektiğini düşündüğün için sabırsızlanıyor gibi görünüyorsun."

Minchul gözlerini kaçırıp, "Öyle mi? A... Öyle galiba..." diye mırıldandıktan sonra tekrar Seungwoo'ya baktı. "Artık o şey neyse bir an önce bulmalıyım."

"Niye bu kadar telaş ediyorsun? Aceleye gerek yok. Buraya geldiğinde sıkılmıyorsan öncelikle sık sık gelmeye başla. Şimdiki gibi devam et."

Minchul yenilgiye uğramışçasına bakışlarını masaya çevirdi.

"Sevdiğin işi bulursan mutlu olacağını mı düşünüyorsun?"

Minchul başını salladı.

"Onu bilemem... Ama öğretmenim öyle söyledi. Bu yüzden öyle olur gibi de geliyor."

"Sevdiğin işi yapınca mutlu olmak... Mümkün... Mutlaka öyle insanlar vardır. Fakat bazı insanlar iyi olduğu işi yaptıklarında mutlu olur."

"Kişisine göre mi demek istiyorsunuz?" diye sordu Minchul, tekrar kaşlarını çatarak.

"Sevdiği işi yapan herkes mutlu değil. Keyif aldığın işi güzel bir ortamda yaptığını düşün. Belki de ortamın daha önemli olduğu söylenebilir. Sevdiğin işi keyifle yapabileceğin bir ortama sahip değilsen, sevdiğin iş vazgeçmek istediğin bir işe dönüşür. O yüzden 'Öncelikle sevdiğin işi bul, o zaman mutlaka mutlu olacaksın' söylemi herkes için geçerli olmayabilir. Hatta bana kalırsa fazla naif bir düşünce."

Ortaokuldan beri programcı olmayı hayal eden Seungwoo hayaline ulaşmış, cep telefonu üreten bir şirkete girip yazılım geliştiricisi olarak çalışmaya başlamıştı. Gün boyu sevdiği işi yapabildiği için başlarda gerçekten çok mutlu olmuş, gece mesaisine kalmak bile onu rahatsız etmemişti. Gelgelelim üç sene geçtikten sonra gitgide usanmaya başlamış, işini sevdiği ve becerikli olduğu söylentisi başlı başına bir boyunduruk haline gelmişti. İş, eşit olarak dağıtılmamış, işinde iyi olanların daha fazla çalışmak zorunda olduğu bir sistemin içinde sıkışmıştı. İki günde bir gece mesaisine kalmış, iki ayda bir iş gezisine çıkmıştı. Dayanmaya çalışmış, en sonundaysa pes etmişti. İşini sevmesinin ve o işi böylesine saygısız bir ortamda yapmasının iki farklı konu olduğuna ikna olduğu gün, görev yeri değişikliği talebinde bulunmuş, bir gecede kodlamayı bırakmış, bir daha mesailere de kalmamıştı. O gün yaptığı seçimden hiç pişmanlık duymamıştı.

"O halde bu iyi olduğumuz iş için de geçerli değil mi? İyi olduğumuz işi keyifle yapabileceğimiz bir ortam yoksa..."

"Evet, aynı şey geçerli" dedi Seungwoo, hâlâ kaşlarını çatarak bakan Minchul'a. "Ha, bu böyle diye çevreyi suçlayıp geri çekilemeyiz ama."

"O zaman ne yapmalıyız?"

"Geleceği bilemeyiz. İlk olarak adım atmaktan başka elimizden bir şey gelmez. Yani, eğer o işi keyifle yapıp yapamayacağını öğrenmek istiyorsan."

Seungwoo beş yıl sevdiği bir işte, beş yıl da sevmediği bir işte çalışmıştı. Hangi hayat daha iyiydi? Doğruyu söylemek gerekirse, ikinciyi seçerdi. Daha rahat ve özgür bir yaşama sahip olduğundan değildi. Sevmediği işi yaparken boşluğa düşmüş, boşluk hissiyatını yenmek için kendini Koreceye vermiş ve buralara kadar gelmişti. Hayat, tek bir olayı ele alarak değerlendirilemeyecek kadar karmaşık ve kapsamlıydı. Sevdiğiniz işi yaparken mutsuz olabilir, sevmediğiniz işi yaparken önünüze çıkan başka bir fırsatla mutsuzluğu yenebilirdiniz. Yaşam çözümü zor ve çok yönlüydü. İş, yaşamın merkezinde epey önemli bir rol oynasa da yaşamın içindeki mutluluk ve mutsuzluktan sorumlu değildi.

Minchul ne sonuca varması gerektiğinden emin olamayarak aklına gelen ilk fikri söyledi. "O zaman, üzerinde çok düşünmeyip herhangi bir iş yapsam da olur."

"O yol da fena değil." dedi Seungwoo. "Herhangi bir işi yapmayı deneyip beklenmedik bir keyif alabilirsin. Tesadüfen başladığın bir iş olmasına rağmen hayatının geri kalanında da onu yapmak istediğini fark edebilirsin. Denemeden önce asla bilemezsin. Bu yüzden ne yapmak istediğini şimdiden bulmaya çalışmak yerine böyle düşün. Ne tür bir iş olursa olsun, başladığın zaman öncelikle tüm içtenliğinle yap. Bu daha önemli. Yüreğini ortaya koyarak ufak deneyimler biriktirmek daha mühim."

Seungwoo, gözlerini kocaman açmış, söylenenleri kendine tekrarlayan Minchul'a bakarak, "Otuzunu geçmiş yetişkinlerin bile yapamadığı şeyi bu ortaokul öğrencisinden mi istedim?" diye düşündü ve hemen şu anda yapabileceği bir iş önermeye karar verdi.

"Sonuçlandıralım. Şimdi, senin şu anda yapman gereken şey yazı yazmak, değil mi? Başka bir şey düşünmeyip yazı yazmaya odaklan."

Minchul iç çekti.

"Yazmaya başlarsan belki sürekli yazmak isteyeceksin."

"Bence öyle olmayacak."

"Bilemezsin. Gelecekte ne olacağına şimdiden karar verme."

Minchul somurtarak Seungwoo'ya baktı.

"Sizinle konuşunca kafam daha da karıştı. Toparlayamıyorum. İyi olduğum işi mi, sevdiğim işi mi yapmam gerek? Yazının konusu bu ama nasıl sonuçlandıracağımı bilemiyorum."

"Bilmiyorsan, bilmediğini söyle, yeter."

"Net bir sonuca varmasam da olur mu?"

"Zorla bir cevap yaratmaya çalışırsan içinden geçenleri hakiki bir şekilde yansıtamazsın. Yüreğini yanlış yorumlar ve kendini aldatırsın. Yani, o yüzden, sadece dürüstçe yaz. Şu anda ölçüp tartıyorsun, değil mi? O halde ölçüp tarttığından bahsetsen yeter. Bir türlü doğru cevabı bulamamaktan yakınmak da bir yöntemdir. Üstelik, sen yazı yüzünden değil, yaşam yüzünden bu sorular üzerine kafa yoruyorsun. Asıl bu yüzden aceleyle yanıt vermemen gerekir."

Minchul kafasını kaşıyarak, cevap verdi:

"Evet, ne demek istediğinizi anlıyor gibiyim."

"İçinin rahatlaması çözüme ulaşmak demek değildir. Anlaşılmaz ve boğucu hissettirdiğinde o ruh haline göğüs gerip sürekli düşünmeye devam etmen gereken zamanlar da vardır."

"Bu ruh haliyle sürekli düşünmek..."

"Aynen öyle!"

"Yalnız, düzgün yazmak için ne yapmam lazım? Annem 'Düzgün yaz, öyle ver.' dedi."

Seungwoo masanın üzerinde duran kalemi kaldırarak konuştu:

"Az önce dedim ya: Dürüst bir şekilde yaz. İçtenlikle yaz. Dürüst ve içten. Bu şekilde yazılmış bir yazı, düzgün bir yazıdır."

KAHVE YAPARKEN SADECE KAHVEYE ODAKLANMAK

Minjun, kahvenin yapım süreci hakkında daha fazla bilgi sahibi olursa daha güzel kahveler hazırlayabileceğini düşündüğü için, yoga dersi bitince eve dönüp duş alıyor ve her gün Goatbean'e giderek kahve kavurmayı öğreniyordu. Jimi ve çalışanların sabah kahvesini yapmak Minjun'un göreviydi ve herkesin damak tadına göre ayrı ayrı hazırlıyordu. Goatbean, kahve yapmak için kitabevine kıyasla daha uygun bir mekândı çünkü istediği çekirdeği anında kullanabiliyor, ellerinde yoksa bile Jimi'nin huyuna giderek temin etmesi için onu ikna edebiliyordu.

Her gün uğrayarak kahve hazırlamasının en büyük sebebi, Goatbean çalışanlarının kahve tadına ciddiyetle yaklaşmalarıydı. Espriler yapıp gülüşseler de Minjun fincanı uzattığı anda ciddileşiyorlar, kahvenin kokusunu içlerine çekip, aldıkları yudumun boğazlarından geçerken bıraktığı hissiyata kadar tüm sürece hassasiyetle yaklaşıyorlardı. Minjun sayesinde kavurdukları çekirdeklerin tadının nasıl olduğu ve nasıl olması gerektiği konusunda fikir sahibi oluyorlar, hazırladığı kahvelerin tadı inceden değiştiği zaman hissettikleri farkı belirtmeyi de ihmal etmiyorlardı. Jimi, Minjun'un omzuna hafifçe vurup, "Bu ince nüansı tesadüfen değil, pratikle yakalayabildiğine göre sen artık olmuşsun!" demişti.

Minjun artık sarsılmaya bir son vermeye karar vermişti. Sarsılmak istemiyorsa, sarsılmayan bir şeye tutunması gerektiğini öğrenmişti. O yüzden kahveye tutunmuştu. Zihnini boşaltmış, yüreğini açmış ve kahveye odaklanmıştı. Sarsılmayan herhangi bir şeye tutunup elinden geldiği kadarını yapmak...

Söylemeye bile utandığı bu sıradan düşünce Minjun'a büyük bir güç veriyordu.

Minjun kelimenin tam anlamıyla, elinden ne geliyorsa o kadarını yapıyordu. Buna rağmen becerileri gelişmiş, kahvelerin tadı güzelleşmişti. Bu hızla ve bu anlayışla büyümek yeterli değil miydi? Dünyanın en iyi baristası olsa ne faydaydı? Tüm hayatı baştan aşağı değişmişken en iyisi olduğunu söyleyen övgüler alsa ne yazardı? Bir an, uzanamadığı ciğere murdar diyen kedi gibi hissetse de durumun bu olmadığı sonucuna vardı. Sadece hedeflerini düşürmesi, hayır, hedefleri tamamen ortadan kaldırması gerekiyordu. Amaç belirlemek yerine, o gün için yaptığı her işte gayret gösterecekti. En iyi kahve tadı... Sadece elinden gelenin en iyisine odaklanmaya karar verdi.

Artık geleceği hayal etmiyordu. Ona göre şimdiki zamandan geleceğe uzanan mesafe, 'dripper'a birkaç kez su döktüğü süreyle sınırlıydı. Minjun'un kontrol edebileceği gelecek o kadar ediyordu. Ardından benzer uzunluğa sahip bir gelecek daha ortaya çıkıyor ve böyle tekrarlıyordu.

Sadece o kadarlık bir geleceği dört gözle bekleyerek elinden geleni yaptığı gerçeğinin, cesaretini kırdığı da oluyordu. O anlarda sırtını dikleştiriyor ve iki üç saatlik, o da yetmezse bir günlük geleceği düşünerek resmi genişletiyordu. Minjun artık geçmişi, bugünü ve yarınını kontrolün mümkün olduğu süre içinde değerlendirmeye karar vermişti. Bundan daha fazlasını hayal etmenin gereksiz olduğunu hissediyordu. Bir sene sonra nasıl bir hayat yaşayacağını bilmek, insan kabiliyetinin ötesindeydi.

Bir gün bu düşüncelerinden Jungseo'ya bahsetmişti. O, anında anlayıp fikirlerini bir adım öteye taşımıştı.

"Kahve yaparken sadece kahveye odaklanıyorum demek yani bu..."

"Öyle gibi..."

"Sizin bahsettiğiniz şey gelişimin temeli: Tam olarak şu anda var olabilmek. Yaptığınız şey bu."

"Gelişim mi?"

"Herkes 'anı yaşa' der ya... Söylemesi kolay, anı yaşamak ne demek ki? Esasen anı yaşamak, şu anda yaptığımız şeye tüm kalbimizi vermemiz demektir. Nefes alırken sadece soluğumuza, yürürken sadece adım atmaya, koşarken sadece koşmaya odaklanmak demektir. Her seferinde tek bir şeye odaklanmak yani. Geçmişi ve geleceği unutmak."

"Ya..."

"İçinde olduğu anı yaşayan kişinin tutumu hayata karşı olgun bir tutumdur."

"Öyle mi?"

"Elbette."

Düşüncelere dalmış Minjun'u izlerken, aniden teatral bir tonla, "*Seize the day.*[9]" dedi Jungseo.

Gülerek, "*Carpe diem!*[10]" diye karşılık verdi Minjun.

"Mr. Keating[11] diyor ya, 'Kendi yürüyüşünüzü bulun.' Kendi adımlarınız, hızınız ve yönünüzü. İstediğiniz gibi!"

Minjun o gün Jungseo sayesinde teselli bulmuştu. Belki de Minjun'un yakın geleceği hayal etmesi, uzak geleceği çizememesinden kaynaklanıyordu ve bu son çare olarak seçilen bir yaklaşımdı. Ancak Jungseo bu tutumun temelinde dinin yattığını söylemişti. Kim bilir, belki de dediği gibi, Minjun biraz olgunlaşmıştı. O halde bu, şimdiye dek geçirdiği zor zamanların anlamsız olmadığı manasına mı geliyordu? Emeklerinin boşa gitmediği fikri Minjun'a umut vermişti.

Jungseo, birkaç gün önce yeniden izlediği Ölü Ozanlar Derneği'ne övgüler yağdırırken birden konuyu değiştirip

---

9 Seize the day: İngilizce 'anın tadını çıkar' anlamında.

10 Carpe diem: Latince, 'anı yakala'.

11 1989 yılı yapımı 'Ölü Ozanlar Derneği' filminin başkarakteri. Geleneksel bir kolej eğitimi veren okulda öğrencilere yeni ufuklar açmayı ve farklı bakış açıları geliştirmeyi öğretmeyen çalışan bir hocadır.

Minjun'un becerilerini geliştirmesine ne kadar sevindiğinden bahsetmiş ve taze demlenmiş kahvesinden bir yudum aldıktan sonra eklemişti:

"Demek ki o yüzden kahvelerinizin tadı güzelleşti! Temizlik yaparken sadece temizliğe odaklansanız ev nasıl da pırıl pırıl olur, düşünsenize... Tek bir toz kalmaz. Kahve de öyle... Sadece ona odaklandığınız için tadının güzelleşmesi son derece doğal. Bu bir fincan kahvenin, 'geçmişinizden bugününüze uzanan yaşamınızın eseri olduğu' sözü kafamda çınlayıp duruyor. Bu fikir öyle hoşuma gitti ki... Ayrıca, kahveleriniz gerçekten çok lezzetli."

Jungseo'yla konuştuktan sonra kendine olan güveni artmıştı. Eskisinden daha az sarsılmasının sebebinin kahveye tutunması olduğunu söylese de aslında kahvesinin tadını güzelleştirenin Jungseo, Youngju, Jimi gibi insanlar sayesinde olduğunu fark etmişti. Yani, az önce demlediği kahvenin tadı, Minjun ve diğerlerinin işbirliğinin sonucuydu. Goatbean çalışanları ve kitabevindekilerin Minjun ile beraber hazırladığı kahvenin tadıydı bu. Minjun, içine nezaketin karıştığı kahve tadının asla kötü olamayacağını düşünmüştü.

Bugünden itibaren kitabevinde elle demlediği filtre kahvelerin satılmasına karar verilmişti. Öncelikle üç farklı aromayla başlayacaklardı. Ayda bir defa aromaları değiştirmek iyi bir fikir olsa da Youngju'nun son zamanlarda ağzına pelesenk ettiği gibi, işleri sağlama almak öncelikli hedefti. Hyunam-Dong Kitabevi'ndeki kahvelerin çok güzel olduğu söylentisinin yayılmasını, bunu duyup gelen müşterilerin "Duyduğum kadar varmış!" demelerini umuyordu. Hazırladığı kahvelerin kitabevini güzelleştirmesini ve kahve kokusunun insanların kalplerinde sıcacık bir iz bırakmasını diliyordu.

İlk defa kahve yaparken bir konu hakkında umutlanmıştı. Yavaş yavaş değiştiğini hissediyordu.

O ADAM KİM?

Dört kişi bir masada toplanmıştı. Seungwoo ile Minchul beraber otururlarken Jungseo aralarına katılmış, bir süre sonra Minjun elinde fincanla karşılarına yerleşmişti. Seungwoo düzelti yapıyor, Jungseo örgüyle uğraşıyor, Minjun Jungseo'nun kahve değerlendirmesini dinliyor, Minchul ise Jungseo'nun örgü örüşünü izliyor ve üçüyle de dönüşümlü olarak konuşuyordu.

Jungseo, Seungwoo'ya, yaptığı düzelti karşılığında Youngju'dan ne alacağını sordu. Minchul ise Minjun'a, Youngju orada öyle çalışıyorken kendisinin burada oturmasının uygun olup olmadığını gerçekten merak ettiğini söyledi. Seungwoo, Minchul'dan yazdıklarını göstermesini istedi ve Minjun, Jungseo'ya şu an içtiği kahvede en baskın tadın ne olduğunu ve beğenip beğenmediğini sordu. Dörtlü muhabbet ederken Sangsu kasanın arkasında rahatça oturmuş kitap okuyordu.

Youngju satışları denetliyor ve bugün temin ettiği kitapları nereye koyacağını düşünüyordu.

Minjun, kalkmak için iki elini masaya koyduğu sırada kitabevinin kapısı açıldı ve bir adam içeri girdi. Bir şeyler arıyormuş gibi dikkatle etrafı tarıyordu ve bakışlarının durduğu yerde Youngju vardı. Onu ilk bakışta tanımış gibi görünmesine rağmen kapının önünde dikilerek Youngju'yu izlemeye devam etti.

Adamın gözlerine yansıyan samimi duygular, aralarında yakın bir ilişki olduğunu gösteriyordu. Minjun, arkadaş olup olmadıklarını düşünerek Youngju'ya bakarken, rafı düzenlemekte olan Youngju adamın varlığını fark etti ve elindeki kitabı bıraktı. Minjun, Youngju'nun yüz ifadesini görünce tekrar yerine oturdu. Adamın aksine, Youngju'nun ifadesi kararmıştı.

Kalkmaya yeltenen Minjun'un tekrar oturduğunu gören diğerleri de Youngju'ya baktı. Bunun üzerine Seungwoo da elinde kalemle Youngju ve adamı izledi. Youngju ne mutlu ne de üzgün bir ifadeyle adamla konuşuyordu. Derken yavaşça dönüp onlara doğru yürüdü. Yüzünün rengi solmuştu, bunca zamandır saklamaya çalıştığı yorgunluk açıkça seçiliyordu. Onlara doğru yaklaşırken yüzüne bir tebessüm kondursa da, Minjun'la konuşmaya başlayınca gülümsemeyi beceremedi.

"Bay Minjun, ben biraz çıkacağım."

"Tabii."

Arkasını dönen Youngju'yu durduran kişi Seungwoo oldu. Ayağa kalkıp seslendi:

"Bayan Youngju."

Youngju ona döndü.

"Bayan Youngju, iyi misiniz?"

Seungwoo'nun endişeli yüz ifadesini görünce duygularını saklamayı beceremediğini anlayan Youngju, belli belirsiz gülümseyerek cevapladı:

"Evet, iyiyim."

Youngju çıktıktan sonra herkes işine döndü. O adamın kim olduğunu da, Youngju'nun yüzünün neden öylesine solduğunu da bilemeyecekleri için, durumla alakalı konuşmadılar. Minjun yerine dönmüş kahve hazırlıyor, Seungwoo ciddi bir ifadeyle cümlelerin derinine iniyor, Jungseo ördüğü çantaya ip ekliyor ve Minchul, Jungseo'yu saatlerce izleyebilirmiş gibi bakıyordu.

Kapı açılınca dördü de başını kaldırarak gelen kişinin Youngju olup olmadığını kontrol etti. İki saattir dönmemişti. Sabırsızlanan Jungseo, Minjun'a yaklaşarak "onu aramasını" söylese de, Minjun başını sağa sola sallayarak biraz daha beklemeyi önerdi.

Youngju, kapanışa yirmi dakika kala aynı yüz ifadesiyle döndü. Herkes gözlerinin biraz şişmiş olduğunu fark etmişti. Zoraki gülümseyerek onlara yaklaştı.

"Hepiniz beni mi bekliyordunuz? Sağ olun, cidden. Herhangi bir sıkıntı yoktu değil mi Bay Minjun? A, Bayan Jungseo, çantayı çoktan bitirdiniz mi? Gerçekten bana vereceksiniz değil mi? Minchul! Sen neden hâlâ eve gitmedin? Hemen dönüp dinlenmen lazım. Bay Seungwoo, gerçekten özür dilerim. Daha sonra mutlaka yemek ısmarlayacağım; bu kez kesin. Hepinize çok teşekkür ederim. Çabucak etrafı toparlayıp gideyim."

Dördü de onu kaygıyla izleyip etrafı toparlamasına yardım etti. Dağılmış kitapları düzenleyip, pencereleri kilitleyip, masa ve sandalyeleri düzelttiler. Etrafı hızlıca toparlayıp gideceğini söyleyen Youngju ifadesizce oturmuş, ağır ağır masanın üstündeki eşyalara çekidüzen veriyordu. Dizüstü bilgisayarını kapayıp kalemleri yerine koydu ve donuk gözlerle not defterine baktı. Youngju bugün olanları düşünüyor ve ağlayacak gibi oluyor, bir anlığına gözlerini kapatıp tekrar açıyor, bakışları sertleşiyor ve tekrar ağlamaklı oluyor, ardından yine ifadesini kontrol altına alıyordu. Minjun, kendi başına savaş veren Youngju'ya yaklaşarak yanına oturdu.

Kendisi yokken pek bir şey olmadığını, bir müşterinin seçici davrandığını ancak Sangsu'nun durumu kolayca idare ettiğini söyledi. Youngju başını sallayarak, "Sevindim..." dedi. "Burada bulunmazsam işler karışır sandığım için her gün geliyordum ama anlaşılan artık buna gerek yok."

"Siz yoksanız karışır tabii ki... Kafanızı dağıtmak için çıkmak isterseniz gidin elbette ama böyle düşünmeyin."

Hafifçe güldü Youngju.

Jungseo, Minchul ve Sangsu sessizce kitabevinden ayrıldı. Seungwoo zaten bitirdiği düzenlenmiş metni tekrar tekrar okuyor, ara sıra Youngju'ya bakıyordu. İşleri bitiren Minjun tekrar Youngju'nun yanına oturunca, sanki onu beklemişçesine konuşmaya başladı:

"Az önce kitabevindeki ilk günümü düşünüyordum. Hep aklım bir karış havada yaşamıştım ama o gün gerçekten kendimde değildim. Daha kitapların yarısını bile temin etmemiştim. Onca zaman sadece dükkânı açmaya odaklanmıştım. Henüz adını ne koyacağımı bile bilmiyordum... Kitabevini açtıktan sonra aceleyle Hyunam-Dong Kitabevi'nde karar kıldım. Başlarda modası geçmiş bir isim koyduğumu düşünüp biraz pişman olmuştum ama şu anda seviyorum. Kulağa çok uzun zamandır Hyunam-Dong Mahallesi'nde bulunan bir kitabevi gibi geliyor çünkü." Bir an duraksadı. "Sevdiğim işi yaparak sadece kitap okumayı ve dinlenmeyi planlıyordum... Bir veya iki yıllığına bile olsa sadece dinlenmek istemiştim. 'Para kazanamasam da olur...' diye düşünmüştüm."

"Para kazanmayı önemsemediğinizi, yarızamanlı olmama rağmen yüksek maaş önerdiğinizde anlamıştım. Ama şimdi ne kadar yoğun olduğunuza baksanıza... Dinleniyor gibi görünmüyorsunuz."

"Tam olarak ne zamandı hatırlamıyorum ama siz işe girdikten sonraydı. Kitabevi işletmeye devam etmek istediğimi hissetmiştim. O yüzden telaşlanmaya başlamıştım. 'Ne yaparsam bu işe devam edebilirim?' diye düşünmekten geceleri uyuyamıyordum."

"Devam edebilmenin bir yöntemini buldunuz mu?"

"Hayır, henüz bulamadım. Ama biraz korkuyordum. Yoğunlaşmaya başlayınca aklıma eski günler geldi çünkü... Eskiden çok yoğun bir hayat yaşıyordum ve o meşguliyetten nefret ettiğim için her şeyden vazgeçmiştim. Gerçekten her şeyi çöpe attım. O şekilde yaşamaktan o kadar nefret ediyordum ki ne varsa bir kenara attım. İçimden geldiği gibi, kurtuldum her şeyden."

Youngju'nun sözleriyle biraz sarsıldığını hisseden Minjun, başını kaldırıp yüzüne baktı. O sırada Seungwoo sağ omzuna sırt çantasını asmış halde ikisine doğru yaklaştı ve hiçbir şey söylemeden kâğıdı Youngju'ya uzattı. İyi olup olmadığını sorarsa, 'iyiyim' diyeceğini hissettiğinden hiçbir şey sormamaya karar vermişti. Youngju kâğıdı alıp ayağa kalktı.

"Teşekkür ederim Bay Seungwoo. Ancak ben bugün..." dedi Youngju, özür dilercesine.

"Biliyorum. Dert etmeyin."

Kâğıt Seungwoo'nun yazısıyla doluydu.

"Teşekkür ederim. Sahiden."

İfadesi çok daha karmaşık bir hal aldı. Gözlerinin kenarları kızarmıştı ve üzgün görünüyordu. Seungwoo, nedense gözlerindeki bakışa aşina olduğunu hissetti. Şimdi anlıyordu. Onunla tanışmadan önce, yazılarında hissettiği hüzündü bu... Youngju'nun neşeli tavrına tezat düşen hüzünlü yazıları... Üzüntüsünün bugünkü durumla ilgili olduğunu sezdi. O adam kimdi? Bugün ne olduğunu ve olan şeyin Youngju için ne anlam ifade ettiğini bilme arzusunu yenerek, sessizce baktı. Ardından tek kelime etmeden, başını eğerek veda edip arkasını döndü.

"Bu arada, Bay Seungwoo..."

Kararlı bir ses tonuydu. Seungwoo ona döndü.

"Az önceki adam. Kim olduğunu merak etmiyor musunuz?" diye sordu Youngju, kararlı ses tonuna hiç uymayan bir ifadeyle.

Duygularını bastırarak konuştu Seungwoo:

"Merak ediyorum."

"Eski kocamın arkadaşıydı."

Seungwoo şaşkınlığını gizlemeye çalışarak baktı.

"Hem eski eşimin selamını iletmek için hem de nasıl olduğumu sormak için gelmiş."

"A... Peki..." dedi Seungwoo, bakışlarını yere çevirerek.

Youngju, Seungwoo'nun tekrar veda edip kendisinden uzaklaşmasını izledi. Kapıyı açıp çıktığı anda, tüm gücü tükenmişçesine kendini sandalyeye bıraktı.

Minjun hiçbir şey demeden yanında oturuyordu.

GEÇMİŞİ ARDINDA BIRAKMAK

Youngju eve döndükten sonra zahmetli bir görevin üstesinden geliyormuşçasına duş alıp giyindi ve yatağına uzandı. Hem fiziksel hem de zihinsel olarak son derece yorgun olsa da uyuyamadı. Eski eşi Changin'in yüzü devamlı gözlerinin önünde beliriyor ve kayboluyordu.

Yataktan kalkıp yanındaki kitabı alarak salona gitti. Pencerenin kenarına oturup dün gece okuduğu son sayfayı açtı ancak bir türlü algılayamadığından, baştan başlamaya karar verdi. Zar zor birkaç cümle okuduktan sonra kitabı kapatıp bacaklarını kendine çekip dışarıyı izlemeye başladı. Arkadaş gibi görünen bir adam ve kadın sohbet ederek yürüyordu. Onları izlerken bugün Taewoo ile yaptığı konuşmayı düşündü. Ardından Changin'in yüzü tekrar zihninde belirdi. Düşünmeyi bırakmak için kendini zorlamak üzereydi ki artık buna gerek kalmadığını hatırladı. Aklına geldiğinde düşünmesi için kendisine izin vermeliydi... Ne de olsa Changin'den izin almıştı.

Changin'in hem üniversite hem de iş arkadaşı olan Taewoo, Youngju ile ilk kez şirkette tanışmıştı. Teknik olarak Youngju ve Changin'in ilişki kurmasını sağlayan kişi Taewoo'ydu. Bekleme odasında kahve içerlerken Changin uğrayınca onu Youngju ile tanıştırmıştı. Eğer Changin o gün Youngju'ya dikkat etmeseydi, muhtemelen yeni başlayan projede tekrar karşılaştıklarında o kadar pozitif bir yaklaşım sergilemezdi. Changin ona her adım atışında, bir kadına "yemek yiyelim" diye telefon etmesinin, "beraber olmak istediğini" söylemesinin kendisi için bir ilk olduğunu itiraf etmiş, bunlardan bahsederken utandığını gören Youngju onun ne kadar sevimli olduğunu düşünmüştü. Çok geçmeden çıkmaya başlamışlar ve bir senelik ilişkilerinin ardından evlenmişlerdi.

Birbirlerine benziyorlardı... İkisinin de geçmişte yaşadığı başarısız ilişkiler benzer gidişatlar izlemiş ve benzer sebeplerle sona ermişti. İşi önceliğe koydukları için kendilerinden bıkıp onlardan ayrılan eski sevgililerinden bahsederken gülüşmüşler, sırf meşgul oldukları için suçluluk hissetmemeleri gerektiği düşüncesinde hemfikir oldukları için sevinmişlerdi. Changin, buluşmayı son anda iptal edip şirkete dönmesi gerektiğinde ona hiç kızmamıştı. Youngju buna sinirlenemeyeceğini düşünüyordu çünkü kendisi de aynısını yapardı. Son derece sorunsuz bir ilişkileri vardı ve birbirleri dışında onları anlayacak kimsenin olmadığı düşüncesiyle evliliğe adım atmışlardı.

Youngju ve Changin, kimin daha hızlı veya yavaş olduğu konusunda boş yere tartışmaya girmelerine gerek kalmadan, başarıya giden yolu beraber koşmuşlardı. Evdeki mutfaktan çok, şirketin kafeteryasında karşı karşıya geliyorlardı. Birbirlerinin akıllarından neler geçtiğini bilmeseler de hangi projeyi ne derece başarıyla yönettiklerini biliyorlardı. İletişim eksikliği olsa da güven eksikliği yoktu. İki çalışan olarak birbirlerini olağanüstü buluyorlardı. Partner olarak birbirlerini seviyor ve saygı duyuyorlardı. Hal böyleyken ayrılmaları için hiçbir sebep yoktu. Ta ki Youngju değişene dek...

Youngju, o günlerde yaşadıklarını dramatize etmek istememişti. Ne de olsa tükenmişlik sendromu yüzünden altüst olan tek ofis çalışanı kendisi değildi. Bir gün birdenbire, kelimenin tam anlamıyla birdenbire, uyandığında şirkete gitme fikrinin dehşet verici bir hal aldığını tecrübe eden sadece kendisi olamazdı. Bir gün toplantı esnasında kalbinin sıkıştığını hissetmişti. Konuşurken aniden zihni bulanıklaşmış ve bacakları güçsüzleşmişti. Bu semptomlar birkaç kez daha tekrarlamış ve bir gün boğazını sıkıyorlarmış gibi hissettiği için aceleyle şirketten çıkmak zorunda kalmıştı.

Proje yüzünden stresli olmasına, çok yorgun olmasına verip bu semptomlara birkaç ay boyunca katlanmıştı. Derken bir gün evden çıktığında sebepsiz yere ağlamaya başlamış ve işe gidememişti. Changin, Youngju'nun o halini görünce şaşkınlığa uğramış, kendini iyi hissetmiyorsa doktora görünmesini söyleyerek tek başına şirkete gitmişti. Youngju o gün uzun zaman sonra aylık izin alıp hastaneye gitmiş, doktor en son ne zaman yıllık izne çıktığını sorduğunda, tatildeyken bile çalıştığını itiraf etmek istemediği için "hatırlayamadığı" yanıtını vermişti.

Doktor, "öncelikle gerginliğini azaltacak bir ilaç yazacağını ve ilerleyişi takip edeceklerini" söylemişti. Ardından nazikçe Youngju'ya bakmış, "sinirlerinin çok uzun zamandır gergin olduğunu ve kendisi bunu fark edemediğinden vücudunun ona haber verdiğini, mümkünse birkaç gün izne çıkmasını" söylemişti. Youngju bunun üzerine doktorun karşısında omuzları sarsıla sarsıla ağlamaya başlamıştı. Doktorun sözlerinden dolayı değil, yumuşak bakışı yüzünden... Youngju uzun zamandır şefkatten uzak yaşıyordu...

Changin açısından bakıldığında Youngju'nun aniden değişmesi kafa karıştırıcı olmalıydı. Kimsede görülmemiş bir özgüvenle dolup taşan Youngju'nun bir gecede yolunu kaybetmiş çocuğa dönmesi şoke ediciydi. Youngju, yanında kalmasını ve kendisini dinlemesini istemişti fakat Changin meşguldü. Tek söylediği "şimdi işi olduğu, daha sonra vakit ayıracağı" idi. Youngju onu anlasa da gücenmişti. Changin ona değer veriyor olsa da şefkatli değildi. Aslında aynısı Youngju için de geçerliydi. Ne de olsa birbirlerine şefkat göstermek için evlenmemişlerdi.

Youngju'nun tek başına düşünüp tek başına karar vermekten başka çaresi yoktu. Yavaş yavaş işlerden çekildi, mümkün olduğunca yıllık izin aldı ve fırsat buldukça geçmişini düşündü. Doktorun da dediği gibi, uzun bir süre boyunca gergin bir hayat sürmüştü. Acaba ne zaman başlamıştı? Lise birinci sınıf yıllarına dayanıyor olmalıydı. Kitap okumayı ve arkadaşlarıyla vakit geçirmeyi severken, liseye geçtikten sonra değişmişti. Ailesinin işinin bir gecede mahvolması da bir sebep sayılabilirdi ancak en büyük neden, işler toparlanana kadar geçen üç yıl süresince anne babasının tüm kaygılarını kendine çekmiş olmasıydı. Bu başarısızlıkla umutsuzluğa düşüp çaresizce çırpınan anne babasının huzursuzluğu, onu bütünüyle ele geçirmiş ve kaygıyla savaşan bir çocuğa dönüşmüştü. Ufak bir hata yaparsa kendisinin de başarısız olabileceği düşüncesi deli gibi ders çalışmasına sebep olmuş ancak çalışırken bile kaygıyla mücadele etmeye devam etmişti.

Lise günlerini, arkadaşıyla vakit geçirmek için evine doğru koşarken korkuya kapılıp kütüphaneye geri döndüğü günlerini düşündü. Üniversite yıllarında da durum aynıydı. Hiçbir zaman arkadaşlarıyla gönlünce eğlenememişti. Neşeli tabiatını sevip ona yaklaşsalar da kendilerine ayıracak zamanı olmadığını anlayan arkadaşları, giderek araya mesafe koymuş ve nihayetinde tamamen uzaklaşmışlardı.

Her daim önde olmaya çabalamıştı. Hayır, onun durumu için çaba harcamak doğru bir ifade olmazdı. O, hem okul hem de iş hayatında, bunun için gayret göstermese de çok çalışabilmişti. Sahiden de dinlenmek nedir bilmeyen bir insan gibi yaşamıştı.

Kocası işe gidip kendisi evde tek başına kalınca, bundan sonra nasıl bir hayat süreceğini düşünmeye başladı. İlk olarak istifa etmeye karar verdi ve birkaç gün sonra kararını eşine bildirdi.

Eşi, bunu beklenmedik bulsa da hemen kabul etti. Ancak Youngju için bu hâlâ yeterli değildi. Onun da işten ayrılmasını istiyordu. Eşi çalışmaya devam ederse geçmişiyle yaşıyormuş hissiyatına kapılacağını, onu her gördüğünde kalbinin sıkışıp, canının acıyacağını düşünüyordu. Kendisi uğruna eşinin de işini bırakması gerektiği konusunda ısrar etmiş ve tabii ki o, ısrarlarını görmezden gelmişti. Görüşleri birkaç ay boyunca birbiriyle çatışmış ve Youngju, bir gün boşanmak istediğini söylemişti.

Changin'i ve kendisini tanıyan herkes tarafından tenkit edildi. İnsanlar, "Dünyada hangi koca böyle saçma sapan bir isteği kabul eder?" deyip "işten kendi başına ayrılmasını, bir yerlere giderek seyahat ettikten sonra geri dönmesini" söylediler. Youngju, herkesin Changin'in tarafını tutmasını anlıyordu. Haksızlık ettiğini kabul ediyordu. Hem kendisine hem de Changin'e...

Özellikle annesi şiddetle karşı çıkmıştı. Milletin ne diyeceğinden endişelenip her gün evlerine girip çıkıyordu. Damadına kahvaltı hazırlarken huzursuzluktan yerinde duramıyor, Youngju'ya bakarak hayatı boyunca etmediği hakaretler ediyordu. Youngju'ya "kendine gelmesini" söylemiş, "Senin dışında hangi kadın eşi çok çalıştığı için ondan ayrılmak ister?" diyerek bağırmıştı. Annesinin son sözleri, böyle pervasız davranacaksa onunla bir daha görüşmeyeceği ve fikrini değiştirirse iletişime geçmesi yönündeydi. O günden sonra annesine ulaşamamıştı.

Boşanma prosedürleri zorluk çıkmadan hallolmuş, meşgul eşi yerine her şeyi halletmişti. Changin, Youngju 'yaz' dediğinde yazmış, 'imza at' dediğinde atmış, çağırdığında gitmişti. Mahkeme günü gelip çattığında bile başına gelenleri saçma bir şaka olarak görmeye çalışmıştı. Sonuna kadar seyirci konumunda kalmaya kararlı görünen Changin, boşanma işlemleri tamamlandıktan sonra, duygudan yoksun gözlerle sonunda konuşmuştu:

"Yani, sen şimdi mutlu olmak için beni terk ediyorsun, öyle mi? İyi yaptın! Mutlu ol. Gerçekten mutlu olmak zorundasın. Ben senin yerine mutsuz yaşayacağım. Birinin benimle olduğu için mutsuz hissedebileceğini nasıl düşünemedim? Mutsuzluğun kaynağı olduğum gerçeğini nasıl bunca zaman boyunca fark edemedim? Beni unut. Benimle geçirdiğin tüm anları unut. Beni düşünme; beraber olduğumuz günleri hatırlama. Ben seni unutmayacağım. Tüm hayatımı seni suçlayarak yaşayacağım. Beni sefil hale düşüren kadın olarak hatırlayacağım seni. Bir daha karşıma çıkma! Birbirimizi asla görmeyelim!"

Changin sözlerinin sonuna yaklaştığında, neler olduğunu sonunda idrak edebilmiş gibi ağlamaya başlamıştı. Boşandıklarından bu yana o günü düşünerek ilk kez kendini tamamen bırakıp ağlamaya başladı. Bunca zaman boyunca hissettiği suçluluk yüzünden bir kez olsun içinden geldiği gibi ağlayamamıştı. Duygularını özgür bırakamadığından hep kendini sıkarak ağlamıştı. Changin unutmasını söylediği için unutması gerektiğini düşündüğü zamanlardı. Öyle kötü hissetmişti ki hakkıyla üzülememiş, öyle büyük bir hata yapmıştı ki dile getirememişti. Ancak Changin bugün Taewoo'yu göndererek, Youngju'ya artık istediği kadar hatırlayabileceğini, istediği kadar ağlayabileceğini söylemişti.

"Tesadüfen gazetede yazını gördüm." dedi Taewoo.

Kitabevinin yakınlarındaki bir kafede oturuyorlardı.

"Changin'e okumasını söylediğimde pek bir şey demeyip okudu. Halbuki siz ayrıldıktan sonra ne zaman senden bahsedecek olsam öfke saçardı. Zaman buldukça köşe yazılarını okumuş olmalı. Kitabevinin *Instagram* sayfası ve blogda paylaştıklarını da okuduğunu söyledi. Artık biraz sakinlediğini düşünüp rahatladım. Birkaç gün önce de seninle görüşmemi istedi. 'Buluşup sözlerimi ilet.' dedi. O da çok hata yapmış. Sonraları düşününce, sen zor zamanlar geçirirken neyin olduğunu hiç sormadığını fark etmiş. Yakında kendine gelirsin diye düşünmüş. Aslında biraz irrite olmuş. Sen işe gitmeyip projeyi de bıraktığın için insanlar sürekli ona laf ediyormuş. Şirkette yaşadığı stresi sana yansıtmamakla bile senin yanında olduğunu düşünmüş ama sonraları yanıldığını anlamış."

"Onun yerinde olsam ben de öyle hissederdim." demişti Youngju. "Birdenbire değiştim çünkü... Eğer Changin de benim gibi davranmış olsaydı ben de rahatsız olurdum. Hata bendeydi. Changin yanlış bir şey yapmadı. Böyle ilet lütfen."

"Öyle davranır mıydın davranmaz mıydın, bilemezsin." demişti Taewoo, gülümseyerek. "Changin yazılarını sevmiş."

Önünde duran fincandan bir yudum içtikten sonra Youngju'nun gözlerine baktı.

"Ama yazılarında nedense üzgün görünüyormuşsun. Sevdiğin işi yaptığın için mutlu olmalıymışsın ancak yazdıklarında mutluluk izi yokmuş. Eskiden özgüvenle dolup taşan Youngju'nun yok olmasının sebebi kendisiyse bunu kabul edemezmiş. O yüzden tahmin ettiğinden daha iyi halde olduğunu sana söylememi istedi. Arada sana kızsa da artık acı çekmiyormuş. Aslında bunu söylemeli miyim bilmiyorum ama..."

Taewoo bir an duraksamış ve devam etmişti:

"İkinizi iyi birer partner olarak görüyormuş. Partnerler sadece hedefleri bir olduğu müddetçe birlikte ilerleyebilirmiş. Hedefleriniz yüzünden birbirinizin yanında olmuşsunuz. Bir kişinin hedefi değişirse yolları ayırmaktan başka çare olmazmış. Seni çok sevseymiş senin ardından gidermiş. Bunu yapamadığı için üzgün olduğunu söyledi. Ama onu kolayca terk edebildiğine bakılırsa sen de onu pek sevmemiş olmalıymışsın. İkiniz de birbirinizi partner olarak gördüğünüz için yollarınızı ayırmak mümkün olmuş. Bunları söylememi istedi."

Youngju hiçbir tepki vermedi.

"Boşandıktan sonra onunla alakası olan herkesle iletişimini kesmişsin. Artık buna gerek yokmuş. Şu an önünde oturan benimle de iletişimde kalmanı istiyormuş. Bunu söylediğinde epey sinir oldum. Ben de fikirleri olan bir adamım, benimle görüşüp görüşmeyeceğin ona mı kalmış!"

Youngju belli belirsiz gülümsedi.

"Youngju."

"Hım..."

"O zamanlar için özür dilerim."

Youngju kan çanağına dönmüş gözlerle Taewoo'ya baktı.

"O zamanlar senin çok üstüne gittim. Changin'i bir kenara atmak senin için kolaymış gibi göründüğünden çok kızgındım. Evli olduğunuz için her ne olursa olsun beraber üstesinden gelmeniz gerektiği gibi bir önyargıda bulunmuştum. Changin'i senden daha çok düşündüğümü ancak sonraları fark edebildim. O zamanlar senin canının ne kadar yandığını dikkate alamadım. Geç de olsa, özür dilerim."

Youngju elinin tersiyle gözyaşlarını silerek başını kaldırdı.

"Changin yaklaşık üç yıl sonra seni tekrar görmek istediğini söyledi. ABD'ye gitti ve üç sene sonra dönecek. Hâlâ işinde başarılı. İş insanı olmak için doğduğunu söylüyor. Sen gittikten sonra sağlık kontrolünden geçmiş ve bir sorun yokmuş. Mental olarak da kuvvetliymiş. Yalnız üç yıl sonra buluşmak için bir şartı varmış: İkinizden birinin sevgilisi varsa ya da evlenmişseniz görüşmemeliymişsiniz. Doğru olmazmış. Ayrıca en önemlisi, eğer hayatında biri yoksa bile tekrar beraber olmayı beklememeliymişsin. Kesinlikle öyle bir niyeti yokmuş. Ona yaptıklarına hâlâ anlam veremiyormuş."

Youngju, Changin'in kadınlarla arasına mesafe koymada epey becerikli olduğunu anımsayınca tebessüm etti.

Taewoo'ya, kitabevini nasıl açtığı ve nasıl işlettiğiyle ilgili şeyler anlattı. Çocukluğundan beri bunun hayalini kurduğunu söyledi. En sevdiği şeyin kitap okumak olduğu, bol bol güldüğü ortaokul günlerine geri döndüğünden, o noktadan itibaren her şeye yeniden başlamayı düşündüğünden bahsetti.

Changin'den ayrılır ayrılmaz kitabevi açacak yer aramıştı. On mahalle arasında Hyunam-Dong'u seçmesinin sebebi, ismindeki "hyu" hecesinin Hancada '*shil hyu*'dan gelmesiydi. Bunu öğrendikten sonra kalbi Hyunam-Dong'da kalmıştı. Oraya daha önce hiç gitmemiş olmasına rağmen uzun zamandır tanıdığı insanlarla dolup taşan bir yermiş gibi hissetmişti. Asıl planı yavaş yavaş soruşturmak olsa da hedefi kafasında oturunca işleri ışık hızında ilerletmişti. Kovalarcasına emlakçıları dolaşmış, satılık mülkleri kontrol etmiş ve çok geçmeden Hyunam-Dong Mahallesi'ndeki bina ile karşılaşmıştı. Tek katlı bir ev olan bu yeri önceki sahibi kafe olarak kullanmış, işler battıktan sonra terk edilmiş bir alan olarak kalmıştı. Youngju görür görmez binayı beğenmişti. Onarılması gereken pek çok yer olsa da bu, her köşesine elinin değeceği anlamına geliyordu. Yaşamını yeniden inşa ettiği gibi binayı da yeniden inşa etmeye karar vermişti.

Ertesi gün binayı satın almış, yakınlarda güzel manzaralı bir 'officetel[12]' bulmuştu. Tüm bunları yapabilmesi, üniversiteden mezun olduğu andan itibaren hiç dinlenmeden çalışmasının ve eski eşiyle yaşadıkları daireyi satmalarının sonucuydu. İç tasarım iki ay sürmüştü. Firma seçme, tasarımı kararlaştırma, malzemeleri kontrol etme işlerini tek başına halletmişti. Dükkânı açtığı ilk gün sandalyeye oturup pencereden dışarı baktığı an, üstlendiği her şeyin ağırlığını en sonunda hissetmiş ve ağlamıştı. Her gün ağlayarak kitapları getirtmiş, müşterileri karşılamış, kahve hazırlamıştı. Bir süre geçip kendine geldiğinde Hyunam-Dong Kitabevi'ne uğrayan müşteriler çoğalmış

12 Officetel: Konut ve ticari birimlere sahip bina.

ve o da ortaokul zamanlarındaki gibi her gün kitap okumaya başlamıştı. Dalgalar arasında oradan oraya savruluşların sonunda, içinde olmaktan mutluluk duyduğu bir yere varmıştı.

Çalışırken yavaş yavaş takatini geri kazansa da Changin'e karşı duyduğu suçluluk gitgide artmıştı. İlişkilerini tek taraflı ve bencilce bitirişi, üzgün olduğunu ona söyleyemeyişi, onu beklemeyişi, bir daha aramayışına dair suçluluk çekiyordu. Changin, Youngju'ya bir daha birbirlerini asla görmemelerini söylemiş olsa da gidip özür dilemesi gerektiğini düşünüyor fakat korkuyordu. Changin'in beklediği şey bir özürden farklıysa, ne yapmalıydı? Ancak Taewoo aracılığıyla ilettiği mesaj açıktı:

"Ben senden özür diledim. Bu yüzden sen de benden dileyebilirsin ve bizim için bu kadarı yeterli."

Youngju şu anda içinden geldiği gibi Changin'i düşünüyordu. Geçmişi yeniden canlandırıyordu. Sıkıca bastırdığı düşünceler ve duygularını serbest bırakıyordu. Geçmişin görüntüleri ve hatıraları yüreğini parçalara ayırsa da artık dayanabileceğini hissediyordu. Bunca zaman duygularını dizginlemek adına çok fazla enerji harcadığına bakılırsa, hepsi hâlâ derinlerinde varlığını korumuş olmalıydı. Bundan sonra geçip gitmelerine izin vermeliydi. Bir süre daha ağlaması gerekiyorsa, ağlamalıydı. Ardında bırakmaya devam ettikçe, geçmişini düşünse de artık gözyaşı dökmediği günler gelecek ve o zaman ellerini uzatarak şimdiki anını kucaklayacak, tüm gücüyle ona sıkıca tutunacaktı.

HER ŞEY YOLUNDA

Neyse ki dün yaşanan olaydan sonra dükkândaki atmosfer değişmemişti. Her zaman olduğu gibi, müşteriler akın ettiğinde biraz telaşlanmış ve aralık yakaladığında oturup meyve tabağını hazırlamıştı. Bunlar dışında da birkaç ufak sahne yaşanmıştı. Öğlene doğru işe gidip açılış hazırlıklarını yaptığı sırada Heeju geldi. Açılış saatinden önce uğramazdı.

Youngju şaşırıp, ne olduğunu sorunca, gözlerini devirip yanıt vermeden suratını inceledi. Kitabevinin açıldığı ilk günlerde onu defalarca gözyaşları içinde yakalayan Heeju, artık iyiye gittiğini düşünmüş ancak Minchul ile konuştuktan sonra endişelenip ne durumda olduğunu görmeye gelmişti. Youngju, Heeju'nun ısrarcı gözlerine bakarak neşeyle gülümseyince, biraz rahatlayıp kitap kulübüyle alakalı birkaç fikir öne sürdükten sonra, "kendisini iyi hissetmezse aramasını" söyleyerek ayrılmıştı.

Öğlenden sonra Jungseo da kısa süreliğine uğradı. Hazır dışarı çıkmışken Youngju'nun sevdiği '*cheesecake*'ten aldığını söyledi. Youngju, "Ne gerek vardı?" deyip teşekkür etti.

"Bir şeyler yemek isterseniz diye aldım." dedi ve çıktı.

Youngju farkında olmasa da bugün ona en çok yardım eden kişi Sangsu'ydu. Hiç belli etmeden, kendi yöntemleriyle Youngju'nun nefes alabilmesini sağlamıştı. Müşteri soru sormak için Youngju'ya yaklaştığında Sangsu ona bakılana dek gözlerini ısrarla müşteriye dikiyordu. Göz teması kurduklarında, müşteri biraz tereddüt edip yaklaştığı anda, yazı dilini günlük konuşma dili haline getirerek müşterinin dikkatini tamamen kendine çekiyordu. Sangsu'yla konuşan her müşteri, elinde bir, iki kitapla dükkândan ayrıldı.

Youngju, Sangsu sayesinde birkaç gün sonra gerçekleşecek söyleşi sorularını sakince gözden geçirebildi. Bu söyleşide ilk defa film gösterimi yapılacaktı. Akşam yedi buçuktan dokuza dek film izlenecek, saat ona kadar film ve uyarlandığı roman üzerine konuşulacaktı. Bir film eleştirmeni gelip anlatımı üstleneceği için Youngju dinleyici pozisyonunda eşlik edecekti.

Söyleşiden sorumlu olacak film eleştirmeniyle telefonda görüşmüş, onunla konuştuktan sonra içinin rahatlayabileceğini hissetmişti. Telefonun ötesindeki ses tonu hoş, konuşma becerisi iyiydi ve hepsinden önemlisi, sevdiği bir konudan bahsederken mutlu olan birine benziyordu.

Yine de, her ihtimale karşı romandan yola çıkarak birkaç soru seçti. Filmi izlerken ara ara film ve kitabı karşılaştıran sorular hazırlamayı da planlıyordu. Soruları okuyor ve cümleleri düzeltiyordu. Değiştirdiği yerler tükenmezkalemle işaretlenmişti. Minjun birden yanında belirip soru listesine baktı. Ardından şaşkınlıkla sordu:

"Bunlar söyleşi soruları mı?"

Aniden Minjun'un sesini duyunca başını çevirip, "A, evet." dedi.

"Kitabın ismi *Fırtınadan Sonra* mı?"

Minjun'un neden şaşırdığını anlayıp, gülerek cevapladı:

"Doğru bildiniz!"

İnanamıyormuş gibi gözlerini kocaman açarak, sordu Minjun:

"Yazar bizzat gelecek mi?"

"Bu kez yanıldınız! Kitabevimiz henüz o düzeyde değil."

"O zaman..."

"Film eleştirmeni gelecek."

"Tabii ya... Yazarın kendisi nasıl gelsin?"

Minjun, yanına oturarak ona dikkatle baktı.

Yazı dosyasını açarken, "Hirokazu Koreeda'nın filmlerini izlemiş miydiniz?" diye sordu Youngju.

Gözleri biraz şiş olsa da düne nazaran iyi görünüyordu. Minjun rahatlamış bir ifadeyle yanıtladı:

"Tabii ki. Neredeyse tüm filmlerini..."

"Sadece kitaba bakarak yargılayacak olursam, neden başyapıt olarak görüldüğüne pek anlam veremedim."

"Filmlerini daha önce hiç izlemediniz mi?"

Youngju başıyla onayladı.

"O zaman siz bu kitabın filmini de izlemişsinizdir."

"Geçen sene izlemiştim."

"Nasıldı?"

"Nasıl desem, olmak istediğim gibi bir yetişkin olabildim mi diye düşündüren, hayallerin peşinden koşulan bir yaşam üzerine kafa yormaya iten bir filmdi."

Düzelttiği yerleri bilgisayara geçirirken sordu Youngju.

"Sonuç neydi?"

"Yanlış hatırlamıyorsam adamın annesi, mutluluğu ancak bir şeyden vazgeçtiğimizde yakalayabileceğimizi söylüyordu. Adam uzun zamandır romanını yazamamıştı, değil mi?"

Youngju hafifçe başını salladı.

"Adam yazamadığı süreçteyken bile roman yazma hayalinin peşinde koşuyordu. Mutlu olamamasının sebebi buydu. Bir bakıma annesinin bu sonuca varmasını doğal karşıladım. Oğlu hayali yüzünden mutsuzluğa sürüklenmişti ne de olsa. O sahnede adama acımaktan ziyade annesine hak vermiştim. Doğru, hayaller insanı perişan edebilir."

Youngju yazmayı bıraktı.

"Gerçekleştiremeyeceği bir hayali kovaladığı için hiçbir gününden tat alamadığını da söylemişti. Bu da doğru. Yine de eğer hayallerimizin peşindeyken mutlu olabiliyorsak, bu onu peşinde koşmaya değer kılmaz mı?"

Youngju bir an Minjun'a baktıktan sonra tekrar yazmaya koyuldu. Minjun:

"Sanırım kişiden kişiye değişir. Değerlerimizi hangi noktaya koyduğumuza bağlı. Hayali uğruna her şeyi ortaya koyan insanlar var ama sanırım buna yeltenmeyenler çoğunlukta."

"Siz hangi taraftasınız?"

Minjun son birkaç yılını düşünüp yanıtladı:

"Zannediyorum ki ben ikinci taraftayım. Tabii ki hayallerimin peşinden koşarken mutlu olabilirim ama hayalimden vazgeçersem keyif alma ihtimalim daha da yüksek değil mi? Ben keyif alarak yaşamak istiyorum."

"Bu yüzden mi birbirimizi anlayabiliyoruz acaba?" dedi Youngju, gülerek.

"Siz hayalinizi gerçekleştirdiniz ama..."

"Doğru. Bana bu kadarına sahip olmak da yetiyor."

"O halde birbirimizi anlamadığımızda anlaşalım."

Youngju sırıtarak omzunu silkti.

"İçinde keyif barındırmayan hayalleri ben de sevmiyorum. Hayaller mi, yoksa keyif alabilmek mi? Birini seçmek zorunda olsam ben de keyfi seçerdim. Ancak hayal kelimesini duyduğumda bile kalbim hâlâ pır pır ediyor. Bir hayale sahip olmadan yaşanan hayat gözyaşları olmadan yaşanan hayat kadar ruhsuz olurdu. Gerçi Hermann Hesse'nin yazdığı *Demian* adlı kitapta şöyle diyor: 'Sonsuza dek süren hiçbir hayal yoktur. Herhangi bir hayalin yerini yeni bir hayal alır. O yüzden hiçbir hayal saplantı yapılmamalıdır.'."

Yavaşça kalktı Minjun.

"Keşke öyle bir hayat yaşamama izin verilseydi!"

"Nasıl bir hayat?"

"Bir kereliğine olsun, akıp gittiği gibi yaşayabileceğim bir hayat... Sonrasında da hayalimi kovaladığım bir hayat. Son olarak, özlemini çektiğim, bana en çok uyacak hayat; keyif dolu olan."

"Ne hoş olurdu... Yalnız, Bay Minjun..."

Minjun, kafeye doğru yürüyen müşteriye bakıp, başını Youngju'ya çevirdi.

"Söyleşi için gelecek film eleştirmeni, sizinle aynı okul, aynı bölüm, aynı dönemde okumuş."

Minjun'un gözleri büyüdü.

"Öyle mi? İsmi neymiş?"

"Yoon Sungchul."

Minjun, bunun nasıl mümkün olabileceğini düşünürken, aniden bir ayrıntıyı fark edip sordu:

"O kişinin okulu ve bölümünü nereden biliyorsunuz?"

"Hirokazu Koreeda'nın kitabıyla söyleşi yapmayı kendisi teklif etmişti. Bilgileri de yolladığı teklif yazısında geçiyordu."

"Yani ne bulduysa yazmış, ha!" dedi Minjun, gülerek.

"Evet, epey detaya girmiş."

Youngju yazıdaki detayları görünce kendini gülmekten alamamış, ardından teklif için teşekkür eden bir yanıt yollamış ve programı ayarlamışlardı. Youngju nedense ismini bile yeni öğrendiği film eleştirmeni Yoon Sungchul'a güven duyuyordu. Hirokazu Koreeda'ya dair bilgi ve ilgisi yüksek görünüyordu. Üstelik yazdıklarını okuduğu anda ne kadar samimi biri olduğunu anlamıştı. Teklifi bile böylesine içtenlikle yazan bir kişiye her konuda güvenip, işini emanet edebilirdi.

"Bay Sungchul'u tanıyor musunuz?"

Minjun neredeyse kasanın önüne varmış müşteriye doğru ilerlerken yanıtladı:

"Evet, çok iyi tanırım."

İZİN VERMEK

Youngju kaldırım tabelasını içeri alıp kapıyı kapattı. Romanlarla dolu kitaplığın önünde duran Seungwoo'ya bir an baktıktan sonra ona doğru yürüdü. Seungwoo, yanına yaklaşan Youngju'ya az önce raftan aldığı kitabın adını gösterdi. Nikos Kazancakis'ten *Zorba.*[13] İlk tanıştıklarında Youngju'nun bahsettiği romandı. Seungwoo kitabı yerine koyarken konuştu:

"Söyleşi esnasında Kazancakis'ten bahsetmiştiniz. O gün eve dönünce kitabı tekrar okudum. Dürüst olmam gerekirse ilk defa okuduğumda pek etkilenmemiştim. Sonunu getirmemin tek sebebi herkesin kitaptan övgüyle bahsetmesiydi."

Seungwoo önündeki kitapları incelerken Youngju'ya döndü.

"Ancak, kitabı bana tekrar okutan kişi yüzünden midir bilmiyorum ama ikinci okuyuşumda daha çok hoşuma gitti. İnsanların Zorba denilen karakteri neden sevdiğini anladım. Düşünüyorum da doğduğumdan bu yana bir kez bile Zorba gibi olmadım. Benim gibi insanlar Zorba'ya hayran kalan taraftadırlar."

Youngju ve Seungwoo birbirine baktı.

"Siz de o insanlardan birisinizdir." diye ekledi Seungwoo.

---

13 Yunan Yazar Nikos Kazancakis'in bu çok okunan romanında, kitaplarda kaybolmuş ve sürekli hayatı sorgulayan 'Patron' karakteri ile anı yaşayan ve hayattan keyif almasını bilen 'Zorba' karakterinin macerası anlatılır. Alexis Zorba, çok sevindiğinde de çok üzüldüğünde de dans eden bir karakterdir.

Seungwoo, Youngju'yu arkasında bırakıp yürümeye başladı ve müşteriler için konulmuş iki kişilik koltuğa oturdu. Youngju onu takip edip yanına yerleşti. Seungwoo, lambadan yayılan ışığın usulca aydınlattığı koltuğa kendini bırakınca, son zamanlardaki tüm endişelerinin bir anda yok olduğu hissine kapıldı.

"Kitabı okurken meraklandım. Zorba karakteri aracılığıyla nasıl bir değişim yaşadınız veya bir değişime uğramaksızın sadece hayran mı kaldınız?"

Youngju, Seungwoo'nun bunu neden sorduğunu tahmin edebiliyordu. Görünüşte özgür ve mutlu bir yaşam sürüyor görünürken, aslında kendi yarattığı çerçeveye sıkışan ve hareket edemeyen bir insan olduğunu fark etmiş olmalıydı. Hemen o çerçeveyi kırıp, "tıpkı Zorba gibi özgürce yaşa" diyor olmalıydı. Dünden farklı bir yaşam, çerçeveler içine kilitlenmemiş, geçmişe ve düşünceler arasına hapsolmamış bir yaşam...

Tekdüze bir ses tonuyla yanıtladı:

"Zorba benim için onlarca özgürlük çeşidi arasından biri sadece. Bu dünyada birbirinden farklı özgürlükler olsa da benim en sevdiğim özgürlük Zorba... Ancak hiçbir zaman onun gibi yaşamak istemedim. Bunun için cesaretim de yok. Ben de o romanın anlatıcısı olmak için doğmuş bir kişiyim. Zorba gibi insanlara hayran kalmakla yetinen bir kişi yani."

Seungwoo yavaşça başını salladı.

"Yine de birine hayran kalınca onun ardından gidip, o kişinin küçücük bir parçası bile olsa örnek almak istemez miyiz?"

"Doğru... Benim de örnek aldığım bir şey var aslında. Romandaki o sahneyi siz de sevmişsinizdir diye düşünüyorum."

Seungwoo başını çevirip baktı.

"Dans sahnesi mi?"

"Evet, dans sahnesi. O bölümü okuduktan sonra ben de öyle bir hayat yaşamaya karar vermiştim. 'Hayal kırıklığına uğrasam da yenilgiye uğrasam da dans edeceğim, düşünmeyeceğim! Güleceğim. Tekrar tekrar güleceğim!' demiştim."

"Başarabildiniz mi?"

"Yarı yarıya... Ancak sonuçta ben Zorba olarak doğmadım. Güldükten sonra ağlayıp, dans ettikten sonra yıkıldım. Yine de tekrar ayağa kalkıp dans etmeye devam ettim. Bu şekilde yaşamaya çalışıyorum."

"Hayran olunası bir yaşam..."

"Öyle mi dersiniz?"

"Kulağa öyle geliyor."

Hafifçe güldü.

"Neden? Benim boğucu bir yaşamım olduğunu mu düşünmüştünüz? Geçmişe hapsolduğum için..."

Seungwoo başını sağa sola salladı. "Hayır. Hepimiz geçmişe hapsolmuş halde yaşıyoruz. Sadece düşüncelerinizin benim avantajıma değişmesini ummuştum."

Bir süre sessiz kaldıktan sonra, "Nasıl?" diye sordu.

"Zorba gibi."

"Zorba gibi..."

"Kolayca severek."

"Kolayca mı?" diye gülerek sordu.

Seungwoo ciddiyetle yanıtladı:

"Yalnızca *beni* kolayca severek..."

Aralarına bir sessizlik hâkim oldu. Seungwoo sessizliği kırıp konuştu:

"Sormak istediğim bir şey var; sorabilir miyim?"

Seungwoo'nun ne soracağını biliyormuş gibi başını salladı.

"O gün eski eşinizin arkadaşı size bir rahatsızlık vermedi değil mi?"

Eski eşiyle alakalı olacağını tahmin etse de böyle bir soruyu öngörememişti. Ufak bir kahkaha attı.

"Hayır. O öyle biri değil. Hem benim de arkadaşım."

"Sevindim. O gün hiç iyi görünmüyordunuz da..."

"Evet, neden öyle düşündüğünüzü anlıyorum." dedi neşeli bir sesle.

Bunun üzerine Seungwoo bir şey demeden arkasına yaslandı. Ardından tekrar doğrulup konuştu:

"Merak ettiğim bir şey daha var."

"Yine mi cevap vermeliyim?"

Yeniden şen şakrak bir ses tonuyla karşılık vermişti. Seungwoo onun bu ruh halinin içten olup olmadığını anlayamayarak sordu:

"O kişinin kim olduğunu bana neden söylediniz?"

Bakışları buluştu. Gözlerindeki ifade, eski kocasının varlığını açığa çıkardığı andaki gibi üzgün ve muğlak bir hal aldı. Seungwoo, onun az önceki neşesinin gerçek olmadığından emin oldu.

"Yalan söylemek istemediğim için..."

"Ne yalanı?"

"Bazen, bir şeyi söylemediğimiz gerçeğinin kendisi bir yalana dönüşür ya... Söylememiş olmamız genelde mühim değildir ancak kimi zaman bir soruna dönüşebilir."

"Kimi zaman..." diye uysalca sordu Seungwoo.

"Karşımızdaki kişi belirli bir duyguyu kucakladığı zaman."

Seungwoo sırtını yeniden koltuğa yaslayıp tekrarladı:

"Belirli bir duygu..."

Tekrar bir sessizlik ve tekrar Seungwoo konuştu:

"Sizinle tanışmadan önce yazılarınızı okumuştum."

"Öyle mi?" dercesine başını çevirip Seungwoo'ya baktı.

"Yazılarınızı okurken nasıl biri olduğunuzu merak etmiştim. Sizinle tanıştıktan sonra tahmin ettiğimden farklı olduğunuzu gördüm. O gün yazılarımla benzeyip benzemediğimi sormuştunuz. Aynısını ben de size sormak istemiştim. Bana kalırsa benzemiyorsunuz. 'Siz ne düşünüyorsunuz?' demek istemiştim."

"Keşke sorsaydınız..."

"Şaşıracağınızı düşündüm. Benzemediğinizi ağzımdan kaçıracakmış gibiydim. Afalladığınızı görmek istemedim. Sanırım belirli bir duyguyu kucaklamaya o gün başlamıştım."

Bir süre tek söz etmeden ona baktı, sonra başını pencereye doğru çevirdi. Seungwoo onu izlemeye devam ediyordu.

"Yalnız artık fikrim değişti. Yazılarınızla benziyor gibisiniz. Hayır, kesinlikle benziyorsunuz. Epey... Yazılarınız hüzün taşıyor."

Hafifçe güldü Youngju.

"Öyle mi?"

"Ancak yüzünüz gülüyor. İçi bilinmeyen, o yüzden daha da merak uyandıran bir insansınız."

Kış neredeyse sona ermişti. Paltolar sıcak hissettiriyor, insanlar sahip oldukları en hafif ceketi giyiyor ya da ellerinde taşıyorlardı. Sadece tişörtle çıkılınca üşüten ancak soğuk olmayan bir aralıktı. Youngju ve Seungwoo'nun oturduğu koltuğun arkasındaki pencereden görülen insanlar ince giyinmişti. İşlerini bitirmiş eve gidiyorlar, yürürken kayıtsız gözlerle bir anlığına kitabevine bakıyorlardı.

"Bayan Youngju."

"Efendim..."

"Sizden hoşlanmaya devam edeceğim."

Youngju hızla başını çevirip Seungwoo'ya baktı.

"Neden eski eşinizden bahsettiğinizi biliyorum. Sizden uzaklaşmamı istiyorsunuz değil mi?"

"Sözlerimin arkasındaki niyet o değildi."

Daha da kararlı bir ses tonuyla devam etti Seungwoo:

"Bayan Youngju, ne kadar evli kaldınız?"

Şaşkınlıkla Seungwoo'ya baktı. Adam, gözlerini kendisinden ayırmıyordu.

"Benim de altı yıl beraber olduğum bir kız arkadaşım vardı. Evlenmedik ancak epey uzun bir süre birlikteydik..."

Youngju'nun karmaşık duyguları yüzüne yansıyordu.

"Ondan değil... Eski kocamı gündeme getirmemin sebebi sadece... Biraz daha kolay vazgeçebileceğinizi düşünmemdi."

"Vazgeçmedim. Daha önce evlenmiş olmanızın ne önemi var?"

"Daha önce evlendiğim için sizinle beraber olamayacağımı filan düşünmedim. Doğru, boşanmış olmanın bir önemi yok. İnsanlar boşanabilir. Ancak, Bay Seungwoo."

Seungwoo, ifadesinde en ufak bir değişiklik olmadan bakmaya devam etti.

"Boşanmış olmamdan ziyade boşanma gerekçem daha mühim." dedi Youngju. "Evliliğini kenara atan suçlu bendim. O yüzden diyorum: Karşımdaki kişiyi çok incittim. Kafama göre ilişkimizi bencilce sonlandırdım. Onu sevmiştim. Kendimce kesinlikle sevmiştim. Ancak bir noktadan sonra o değil, kendi benliğim daha değerli hale geldi. Onu sevdiğim için kendi yaşamımdan vazgeçmektense, sevgimden vazgeçip hayatımı yaşamam gerektiğini düşündüm. Ben, en çok kendime önem veren ve şu anki yaşam biçimimi sürdürmeyi en üstte tutan bir kişiyim. Dahası kendim ve yaşam biçimim uğruna her an birini tekrar terk edebilecek biriyim. Yanınızda tutmak isteyeceğiniz biri değilim."

Yüzü iyiden iyiye kızarmıştı ve Seungwoo ifadesizce bakıyordu.

Boşanmasından tamamen kendini sorumlu tutuyor gibi görünüyordu. Son derece bencil bir insan olduğuna çoktan karar vermişti. Bu yüzden tekrar birini incitebileceğini düşündüğü için sevmek istemiyordu. Ancak Seungwoo hiç kimseyi yaralamayan, her daim fedakâr davranan ve başkalarını merkeze koyan biriyle daha önce hiç karşılaşmamıştı. O da aynıydı. Şimdiye dek yaşadığı tüm ilişkilerde karşısındaki kişiyi hep incitmiş, ona hep "bencil olduğu" söylenmişti. Elbette o da incinmiş, o da karşısındaki kişinin bencil olduğunu düşünmüştü. Herkes böyle bir hayat yaşıyordu ve belki Youngju bu gerçeğin farkındaydı.

Yine de görünüşe bakılırsa o günleri henüz atlatamamıştı. Birini terk ettiği, birinin kendisi yüzünden zarar gördüğü gerçeğini unutamıyordu. Kim bilir, belki de nasıl biri olduğunu keşfettiği için kendisini incitmişti. Seungwoo, Youngju'nun hislerini anlayabiliyordu. Böyle bir durum kendi başına gelmiş olsaydı, o da karşısındakini uzaklaştırmaya çalışabilirdi.

"Ne demek istediğinizi anladım…" dedi Seungwoo, söylemek istediklerini bastırarak.

Youngju, kendini toparlayıp, yanıtladı:

"Anlayışınız için teşekkurler."

"Yalnız... Sizden hoşlanmamdan rahatsız mı oluyorsunuz?"

Seungwoo'nun yumuşak bakışları Youngju'ya değdi. Youngju sanki bu mümkün değilmiş gibi başını sağa sola salladı.

"Elbette hayır. Yine de..."

"Bugünlük bu konuşmayı sonlandıralım."

Seungwoo, Youngju'ya bakmadan yerinden kalktı ve doğrudan kapıya yöneldi. Youngju onu izledi. Seungwoo kapının önünde bir an durdu ve dönüp baktı. Youngju'nun kendisini izliyor oluşunun hoşuna gittiği gerçeği canını acıtmıştı. Youngju'ya sarılmak ve nazikçe sırtını okşamak istedi. Herkesin incindiğini, herkesin beraber olup ayrıldığını, onun da sadece o insanlardan biri olduğunu, muhtemelen Youngju'nun çoktan bildiği bu gerçekleri söylemek istedi. Fakat duygularını bastırdı ve konuştu:

"Derslere devam etmek istiyorum. Bundan rahatsız olur musunuz?"

"Hayır, olmam tabii. Ben sadece..."

Youngju ona "Sizin için zor olmayacak mı?" dercesine baktı ve "Özür dilerim" dedi.

"Duygularım sizi zor durumda bırakmış gibi görünüyor." Kapıdan çıkamayıp, bir süreliğine öylece ayakta dikildi. "Bayan Youngju. Ben size evlenelim demiyorum. Sadece birbirimizden hoşlanmak için kendimize izin verelim diyorum."

Seungwoo sözünü bitirdikten sonra başını eğerek vedalaştı ve kapıyı açıp çıktı. Kitabevinin dışındaki lamba Seungwoo'nun yürüdüğü yolu aydınlatıyordu. Youngju, onun çıktığı kapının önünde bir süre durdu.

İYİ İNSANLAR

Minjun, Jimi'nin kahkahalar atarak güldüğünü ilk kez görüyordu. Sungchul, Youngju ve Jimi'nin tepkileriyle daha da heyecanlandığı için bir türlü susmak bilmemişti. Minjun, "Bu herif konuşmayı hep bu kadar sever miydi?" diye düşünerek geçmişi zihninde canlandırdı. Geçmişte de aynı olduğunu hatırlarsa "İnsanlar hiç değişmiyor işte!" diye düşünecek, geçmişte farklı olduğuna karar kılarsa "Zaman insanları nasıl da değiştiriyor..." diyecekti.

Jimi, bugün işe gitmediğini söylemişti. Yine de tek başına bir yerlerde gezmek de evde oturmak da istemediği için kitabevine geldiğini eklerken, her zamanki gibi sakin görünüyordu. O yüzden Jimi'nin verdiği haberle Minjun beklenmedik bir darbe aldığını hissetmişti.

"Boşanacağım."

Jimi kahvesini yudumladı. Ardından bir yudum daha aldı ve "içtikçe tadının derinleştiğini" söyleyerek iltifat etti. Minjun nasıl bir tepki vermesi gerektiği konusunda şaşkına dönmüştü. Nihayetinde onu kızgınmış gibi gösteren sert bir ifadeyle ayakta kalakaldı. Jimi, Minjun'a bir bakış atıp tekrar kahvesinden içtikten sonra konuştu:

"Yüz ifaden müthiş! Nasıl bir yaklaşım sergilemen gerektiğini bilemiyorsun değil mi? Ben de öyle... Ne hissetmem gerektiğini bilmiyorum. O yüzden hiçbir şey hissetmiyorum."

Minjun bir cevap veremedi. Dibi görünen fincana dikkatlice biraz daha kahve doldurmakla yetindi. Teşekkür eden Jimi'nin ses tonu her zamankinden pek de farklı değildi. Sesine ve şu anda Youngju'nun yanına oturmuş gülüşüne bakıldığında hiçbir sorun yokmuş gibi görünüyordu.

Film gösterimi başlamıştı. Söyleşiye katılan otuz kişi, dikkatlerini Hirokazu Koreeda'nın yönettiği *Fırtınadan Sonra*'ya vermişti. Minjun kafeyi toparladıktan sonra en arka sol tarafa oturup izlemeye başladı. Başkarakter Ryota'nın buhranının tekrar edişiyle biten bu film, izleyicilere bir soru yöneltiyordu: Olmak istediğimiz kişi olabilmiş miydik?

Minjun filmi daha önce izlemişti fakat bu defa Ryota karakterinin hayat karşısında son derece beceriksiz biri olduğunu düşündü. Yalnız başına yaşayan Ryota'nın evi darmadağınıktı ve bu sahnelerin klişe hissettirmemesinin sebebi, adamın yalnızca temizlik konusunda değil, hayatın bütünü karşısında beceriksiz olduğuna vurgu yapmasıydı. Adam, hayatında değer verdiği tek şey olan roman yazma konusunda bile beceriksizdi.

Minjun, film bittikten sonra Youngju ve Sungchul'un öne çıkarak sandalyeye yerleşmelerini izlerken, Ryota'nın niçin bu denli beceriksiz olduğunu düşünmeye devam etti. Elbette hayatını ilk defa yaşamasından kaynaklanıyor olmalıydı. Bir yazar olmanın hayalini de ilk defa kurmuş, sevdiği eşi tarafından da ilk defa terk edilmiş, biricik oğlu için ilk defa yetersiz bir babaya dönüşmüştü. Bu yüzden o kadar beceriksizce hareket ediyor, beceriksizce konuşuyor ve yalnız görünüyor olmalıydı.

Youngju sorular sorup Sungchul cevaplarken, Minjun aniden bu hayatın kendisi için de bir ilk olduğunu fark etti. Film izlediği zamanlarda son derece bariz şeyler birer farkındalığa dönüşürdü. Bu hayatı ilk defa tecrübe ettiği için düşüncelerle savaşıp endişelere kapılıyordu. İlk kez yaşıyor olduğu için hayatı böylesine değerliydi. İlk olduğu için yaşamımızın nasıl sona ereceğini de beş dakika sonra neyle karşılaşacağımızı da bilemiyorduk.

Sungchul, 'prompter'dan okuyan bir spiker edasıyla hiç duraksamadan konuşuyor, Hirokazu Koreeda'nın dünya görüşü ve bunun filme nasıl yansıdığını etkileyici bir dille izleyicilere açıklıyordu. Minjun, dostunun gözlerinin parıldayışını izlerken duygulandı. Sevdiği işi keyifle yapan bir kişiyi görünce hep gurur duyardı. Bu kişinin dostu olduğu gerçeği, onu kalbini acıtacak kadar mutlu ediyordu.

Söyleşiyi üstlenen film eleştirmeninin Yoon Sungchul olduğunu öğrendiği gün eve giderken telefon etmişti. Sanki onunla daha dün konuşmuşçasına rehberinde ismini bulmuş ve rahatlıkla arama tuşuna basmıştı. Sungchul telefonu açar açmaz, "Oğlum, neredesin sen?" demiş ve ikisi de gülmüştü.

Sungchul hemen o gün Minjun'a koşmuştu.

Gün doğana kadar Minjun'un odasında sohbet etmişler, beraber *soju* içerek görüşmedikleri bunca yılın yarattığı tuhaflığı üzerlerinden silkip atmışlardı. Sungchul, "o zamanlar iş bulamamasının aslında iyi bir şey olduğunu" söyleyerek nasıl filmler üzerinde çalışmaya başladığını anlattı. Minjun, "Bir yere bağlı bile değilken niye kendine film eleştirmeni diyorsun?" diye sordu.

Sungchul havalı bir edayla yanıtladı:

"Film eleştirisi yaptığım için film eleştirmeniyim diyorum herhalde..."

Ardından eskisi gibi boş konuşmaya başladı:

"Dinle... Tanınmış bir film eleştirmeninin yazdığı yazıyla benim yazdığım yazı arasında hiçbir fark yok."

"Öyle mi?"

"Tanınsınlar diye birbirlerine yardım ediyorlar ve gidip Go-Stop[14] oynuyorlar diyorum."

---

14 Go-Stop: 'Godori' olarak da adlandırılan, Kore'ye has bir kağıt oyunu.

"Bak sen..."

"Sırf geleneksel ve tarihi olan film dergilerinde eleştirmenlik yaptıkları için, filmleri benden daha iyi anladıkları ya da benden daha iyi yazı yazdıkları garanti edilemez. Okuyucular sırf o dergide çalışıyorlar diye yazılarının da iyi olduğuna inanıyor. Çevrelerinden birkaç kişi 'o eleştirmen iyi yazıyormuş' derse, hemen gerçekten iyi yazan bir eleştirmen gözüyle bakıyorlar. Söylentiler, metnin kendisinden önce geliyor, biliyor musun?"

"Hâlâ mı aynı şey? On milyonluk filmin on milyonluk olmasının sebebinin, aslında üç milyonluk film olduğu fikrinin ötesine bir adım da olsa geçemedin mi?"

"Sen bu dünyada mutlak standardın olmadığını söylüyorsun! Tabii ki herkes tarafından kabul edilebilecek iyi ve kötü yazılar var. Ama etraf birbirine benzeyen yazılardan geçilmiyor. Bir de benim yazıma bak. Düzgün yazılmış bir yazı diye buna denir."

"Kim diyor?"

"Ben diyorum! Sayısız eleştiri okuyan ben... 'İyi yazılmış yazıların hepsi birbirinin aynı' diyorum. Sen bekle. Bir şekilde ismimi duyuracağım. O zaman insanlar, yazı nasıl yazılırmış görecek!"

"Bunları konuşmak zorunda mıyız?"

"Yani diyorum ki ben filmleri eleştiren bir film eleştirmeniyim. Kimsenin beni pohpohlayıp adımı yaymasına ihtiyacım yok. Böyle düşünmem yeter. Yaşamak için bu yeterli değil mi?"

Sungchul kendi kendine gülmeye başlayıp Minjun'un yanağına vurarak, "Seninle böyle konuşmayı ne kadar özledim biliyor musun? Ya sen ne yaptın? Gerçekten baristalıkta devam edecek misin?" diye sordu.

"Muhtemelen..." dedi Minjun, bir yudumda bardağını bitirerek.

"İstediğin iş bu muydu?"

"Hayır."

"Yine de memnun musun?"

"Benim tek istediğim iş sahibi olmak, iyi bir şirkete girip iyi para kazanarak kendimi güvende hissederek yaşamak değil miydi? Ama görüyorsun ki olmadı. Bunu umut etmeye devam etmenin ne anlamı var? Ne işe yarar?"

"Artık çok mu geç?"

Minjun bir an düşünüp, cevapladı:

"Bilmem... Bunu bilemem ama artık bunu istemeyi istemiyorum. Şu anda memnunum. Yaşamak için bu yeterli değil mi?" Sungchul'un koluna vurdu. "Kahve yapmak da bir sanat. Yaratıcı bir iş. Aynı çekirdekleri kullansan bile bugün içtiğinin tadı dünden farklı oluyor. Isıya, neme, ruh halime, kitabevinin atmosferine göre değişiyor. Bunun ayarını yapabilmek iyi hissettiriyor."

"Bilge adam konuşuyor!"

"Kes!"

Sungchul uzun zaman sonra ilk kez gördüğü dostuna bakarak sordu:

"Zor olmadı mı?"

"Kolay değildi tabii. Yine de kolaymış gibi davrandım. Olmak istediğim yere ulaşamasam da bunun hayatımı başarısız kıldığını düşünmedim."

"Başarısız değilsin."

Minjun, ona bakarak güldü.

"O zamanlar başıma gelenlerin benim için ne anlam ifade ettiği konusunda aceleyle sonuca varmak istemedim sadece... Bu yüzden hayatıma dair derinlemesine düşünmemeye karar verdim. Onun yerine istediğim şeyleri yiyip, film izleyip, yoga yapıp, kahve içerek vakit geçirdim. Kendime değil, diğer şeylere ilgi gösterdim ve bir süre sonra dönüp kendime bakınca sahiden de başarısız olmadığımı gördüm."

"Doğru."

"Şimdi düşünüyorum da insanların çok yardımı oldu."

"Kimlerin?"

Minjun sırtını duvara yaslayıp Sungchul'a baktı.

"Etrafımdaki kişilerin... Ben bir şeyim yokmuş gibi davranınca etrafımdakiler de bir sorun yokmuş gibi hareket etti. Söylememiş olmama rağmen sanki anlamışlar gibi üzerime titreyerek teselli etmeye çalışıp ne kadar endişelendiklerinden bahsetmediler. Beni olduğum gibi kabul ettiklerini hissettim. Kendimi açıklamak için çırpınmadım ve o an olduğum kişiyi reddetmedim. Yaşım ilerledikçe de düşünmeye başladım."

Sungchul homurdanıp kahkaha attı.

"Gösterişçiye bak! Tamam, hadi, sorayım: Ne düşünmeye başladın?"

"Etrafının iyi insanlarla dolu olduğu bir yaşamın başarılı bir yaşam olduğunu... Toplumsal açıdan başarılı olamasam bile, o insanlar sayesinde her gün başarılı bir gün geçiriyorum."

Sungchul etkilenmişçesine derin bir iç çekti.

"Ooo! Ne güzel söz! Sonraları yazımda kullanırsam laf etme!"

"Kafası çalışmayan adam cümleyi nasıl hatırlasın."

"Vay be! İşte bu yüzden seninle buluşmamam gerekiyordu. Her neyse; beni çok iyi tanıyorsun."

"O halde biz birbirimiz için iyi birer insan mıyız?"

"Problem sensin. Ben iyi bir insanım zaten."

"Ben doğduğumdan beri iyi bir insandım."

Birkaç gün önce böyle sohbet ederlerken sarhoş olup söylediklerini tekrarlayıp duran Sungchul artık yoktu. Şu anda onun ağzından çıkan her cümle basit, net ve keskin, ifadesi ise tasasız ve mutluydu. Minjun onunla tanıştığından bu yana ilk kez arkadaşının yakışıklı olduğunu düşündü. Görünüşü yüzünden değil, ışık saçtığı için...

Minjun bakışlarını ondan çekip Youngju ve Jimi'ye baktı. Sungchul espri yaptığında gülüyorlar, ciddiyetle konuştuğunda başlarını sallıyorlardı. Youngju ve Jimi'nin dudaklarının ucunda beliren gülümsemeler, Sungchul'un etkileyici bir konuşma yapmasına güç veriyormuş gibi görünüyordu. O gülümsemeler Minjun'a zaman kazandırmıştı. Hayatı yavaş yavaş kabul etme zamanı, yalpalasa da hata yapsa da ilerleyebileceğine dair kendine inanabilmesini sağlayan zamanı...

Artık Minjun da onlara, sorunları olmasına rağmen hiçbir şeyleri yokmuş gibi davranan Youngju, Jimi ve çevresindeki insanlara aynı şekilde gülümsemek istiyordu. Son günlerde oldukça iyi hissediyordu. Gitgide filizlenen bir fikrin nihayet kendi kendine yeşerdiğini, geçmişteki Minjun ve şimdiki Minjun'un uzun zaman sonra yeniden bir araya geldiğini duyumsuyordu. Geçmişin Minjun'u bugünün Minjun'unu, bugünün Minjun'u da geçmişin Minjun'unu kabul etmişti. En sonunda hayatını bütünüyle kucaklayabilmişti.

Birlikte içtikleri günün ertesi sabahı erkenden uyanan Sungchul, Minjun'u sarsarak uyandırmış, gözlerini açmasını bekleyip, "Bir şey sorup gideceğim" demişti.

Minjun doğrulup, "Ne soracaksın?" diye karşılık verdi.

"Düğme iliğine ne oldu?"

"Düğme iliği..."

"Evet. Eskiden düğmeler yarattığını ama başarısız olduğunu söylemiştin ya... Şimdi ne oldu diyorum."

Minjun kendine gelmek için başını sallayıp ona baktı, bir süre düşündükten sonra cevap verdi:

"Basit: Üstümü değiştirdim... Giydiğim yeni gömlekte ilikler çoktan açılmıştı. İliğe uyacak düğmeler yaptım ve kolayca dikildi."

"Nasıl yani? Hepsi bu kadar mı?"

"Dünyanın bir yerlerinde, önce geniş ilikler açıp birinin gelmesini bekleyen insanlar da var. Kendilerini bulanların güzel düğmeler yapmasına yardım bile ediyorlar. Yüzüne bakınca ne düşündüğünü anlıyorum. 'Sistem aynıyken nazik birkaç kişinin birbirine yardım etmesinin ne manası var?' diyorsun, değil mi? O da doğru. Ama dün dedim ya: Zamana ihtiyaç var."

"Ne zamanı?"

"Biraz dinlenebileceğimiz zamana... Düşünebileceğimiz, rahatlayabileceğimiz, geriye bakabileceğimiz zamana."

Sungchul başıyla onayladıktan sonra kalkıp kapıya doğru yürürken Minjun sordu:

"Sen... Sen nasıl yaptın?"

"Neyi?"

"Notların hep iyiydi. Vizyona giren filmlerin hepsini nasıl izliyordun? O kadar meşgulken nasıl sevdiğin şeylerden kopmadan yaşayabildin?"

Parmağının ucuyla lavaboya tak tak vurarak, "Aptala bak!" dedi Sungchul. "Seviyordum çünkü... Başka bir sebebe ihtiyaç var mı?"

"Hepsi bu mu?"

Sungchul hafifçe güldü; ayakkabısını giydikten sonra ekledi:

"İşten çıkınca kitabevine geleceğim. Orası artık benim sığınağım."

Minjun gözlerini açmadan elini salladı.

TEST

Goatbean'e her zamankinden daha erken varan Minjun, tek başına oturmuş çekirdeklerle uğraşan Jimi'yi gördü. Jimi, onun içeri girdiğini fark edince yan masada duran öğütülmüş kahve çekirdeklerini uzatıp, "Bugün bunu kullan." dedi.

Minjun uysal bir yavru köpek gibi söyleneni yaptı. Jimi pek bir şey demeden yavaşça kahvenin tadına baktıktan sonra fincanı yanındaki masaya koydu. Minjun da kahvenin tadına baktı ve Jimi'nin hareketlerini izlemeye başladı. Belirli bir amacı varmış gibi görünmese de tamamen işe yaramaz da olmayan bir işle uğraşıyordu: Kahve çekirdeklerini karıştırmak.

"Şu çekirdek, bu çekirdek diye belirli bir standarda uyulmadan karıştırılırsa... Belki de daha önce hiç tadılmamış, çok lezzetli bir kahve yapılabilir."

Jimi başını kaldırmadan, kendi kendine konuşur gibi mırıldandı. Ardından, bugün Minjun'un normalden daha sessiz olduğunu sezerek, "Söylemek istediğin bir şey varsa söyle." dedi.

"Yok."

"Söyle işte..."

"Acaba benim yüzümden..."

"Ne?"

"Ben o gün demiştim ya..."

"Ha..." Jimi onaylamayan bir tavırla başını sağa sola salladı. "Yüzündeki mahzun ifadenin sebebi buymuş demek!"

Minjun'un ifadesi hissettiği suçlulukla karardı.

"Şöyle söyleyeyim: Senin sayende zorlu evlilik hayatıma objektif bir gözle bakabildim. O yüzden sana minnettarım.

Uzun zamandır sürüncemede kalan ilişkimi senin sayende sonlandırabildim."

Minjun'un ifadesi yine de yumuşamadı.

"Kucaklayıp yaşayamayacağım şeyi kucaklamaya çalışmam bir hataydı. İyi yaşamanın bitirmen gereken şeyleri bitirerek yaşamak anlamına geldiğini bu defa öğrendim. Ne kadar çok insan korktuğu için, 'başkaları ne der' diye endişelendiği için, 'ya pişman olursam' diye düşündüğü için bitirmeye cesaret edemeyip geçiştiriyor, biliyor musun? Ben de öyleydim işte ama artık özgür hissediyorum."

Jimi, Minjun'a döndü. Sırtının sol kısmını sandalyeye yaslayıp her zamanki gibi gülümsedi ve derin bir nefes aldıktan sonra olanları anlatmaya başladı.

"O gün seninle konuştuktan sonra evliliğimizi yeniden gözden geçirmek için biraz zamana ihtiyacım olduğunu fark ettim. O yüzden her gün şikâyet edip hakaretler yağdırmayı bıraktım. Eve gece üçte gelse bile ertesi sabah onu gülümseyerek karşıladım, kıyafetlerinden şüpheli parfüm kokusu yayılsa bile, evi ahıra çevirse bile hiçbir şey yokmuş gibi tebessüm ettim. Sadece onu gözlemlemeye karar verdim. Aramızdaki duruma da objektif bir şekilde yaklaşmaya çalıştım. Yaptığım tek şey buydu. Halbuki o, birden değişmeye başladı. Eve sabaha karşı gelmeyi bıraktı, beni hiç aldatmadığını, en azından buna yemin edebileceğini söyledi. İşten çıkıp geldiğimde evi temiz bulmaya başladım. 'Ne oluyor böyle?' diye düşündüm tabii. Her akşam onun hazırladığı yemekleri yerken öyle garip hissettim ki... 'Artık böyle mi yaşayacağız?' diye merak etmeye başladım. Belki de o soruyu sormasam şu anda da beraber yaşamaya devam ediyor olacaktık."

Jimi bir an duraksayıp, pencereden dışarı baktı. Jimi'nin en sevdiği mevsim pencerenin dışında gözler önüne serilmiş, bahar gelmişti.

"Hazırladığı yemeği yerken, 'Son zamanlarda bana neden nazik davranıyorsun?' diye sordum. Ben iyi davrandığım için o da iyi davranıyormuş! 'Geçmişte bana sıkıntı çektirmenin sebebi ben miydim o zaman?' diye tekrar sordum. 'Evet.' dedi. 'Sana iyi davranmadığım için bunca zaman boyunca bilerek mi kötü davrandın?' deyince bir an duraksadıktan sonra itiraf etti. Bir süredir rol yapıyormuş. Neden illa bu şekilde tepki vermesi gerektiğini sorunca, onun gururunu altüst ettiğimi söyledi. Bir gün onun tembel ve beceriksiz olduğunu söylemişim. Buna sinirlendiği için daha da yoldan çıkıyormuş gibi davranmış. Bunu duyduğum anda boşanmaya karar verdim. Bir saniyede her şey bitti."

Ilımış kahvesinden içti, gözleri kızarmıştı.

"Eskiden evlenmeye karşı olduğumu söylemiştim değil mi? Ben küçükken akrabalarım ne zaman bir araya gelse eşlerine saydırırlardı. Özetlemek gerekirse kendini koca sanan ama çocuklarıymış gibi yaşayan eşlerinin arkalarını toplamaktan bezmişlerdi. O çekici adam, evlendikten sonra bir gecede çocuğa dönüşmüş. Huyuna gidip yatıştırmaları gereken bir adama evirilmişler. Öyle gururluymuşlar ki duymak istemedikleri bir lafı ucundan işittikleri anda hemen keyifleri kaçar ya da öfkelenirlermiş. Dayanılacak gibi değilmiş. Bunları anlattıklarında da insanlar, 'Tüm erkekler böyle, herkesin kocası aynı. Uyum sağlayıp yaşa.' diyorlardı. Ben bunu istememiştim. 'Ne diye çocuğummuş gibi davranan bir adamla evleneyim, neden her şeyine uyum sağlamak zorunda kalayım?' diye düşünürdüm. Bu yüzden hiç evlenmemeye karar vermiştim. Tabii sonraları onunla tanışıp âşık oldum. Geçen sefer de söylemiştim değil mi? Ben üstelediğim için evlenmiştik fakat o akşam anladım: Demek ben de kendini koca sanan bir çocukla evlenmiş, bir çocukla yaşamışım... O anda, onunla yaşarken çok ama çok acı çekmiş olduğum gerçeği kafamda netleşti. Onun yüzünden acı çekmiştim. İçim yanacak kadar... Ama sonra öğrendim ki hepsini bilerek yapmış. Şimdi ben onunla yaşamaya nasıl devam edeyim? Bu nedenle ertesi sabah boşanmak istediğimi söyledim."

Az öncekinden daha sakin bir ifadeyle Minjun'a bakarak devam etti:

"Senin karşında ona hakaretler yağdırırken, küçükken gördüğüm o ablalar gibi davrandığımı hiç fark etmemiştim. Özür dilerim. Benim yüzümden evlenme fikri dehşet verici bir hal almamıştır değil mi?"

Minjun başını sağa sola salladı.

"Tek yaptığınız hakaret etmek değildi. Küfürlerinizin arasına o kadar da kötü bir insan olmadığını sıkıştırdınız."

Parlayan gözlerle, devam etti Jimi:

"O zamanlar o ablalar da öyleydi. Bir ton saydırdıktan sonra, 'eşleri gibisinin olmadığını' söylerlerdi."

Gülümsediler.

"Dinlediğin için teşekkür ederim. Şimdiye dek bir kez olsun şikâyet etmedin."

"Dinlemeye devam edeceğim. Konuşmak istediğinizde arayın."

Minjun elini telefonmuş gibi kaldırarak atmosferi yumuşatınca Jimi de başparmağını göstererek onay verdi.

Youngju'nun evinin önünde iki kadın oturuyordu. Ellerindeki poşete bakıldığında bile Jimi'nin atıştırmalıkları, Jungseo'nun da biraları aldığı anlaşılıyordu. İçeri girerek hep beraber hazırlığa koyulup tabakları taşıdılar ve atıştırmalıkları hazırladılar. Ardından sinyal almışçasına bir anda uzanıp gözlerini kapattılar. Youngju, "Mutluyum..." deyince ikisi de "Ben de..." diye yanıtladı.

Bir süre sonra doğrulup önlerindeki atıştırmalıkların tadını çıkarmaya başladılar.

Jimi, yuzu[15] aromalı pudingden bir kaşık alıp Jungseo'ya baktı.

"Yüzünü göremez olduk. Meşgul müsün?"

Vanilyalı pudingini yerken yanıtladı Jungseo:

"Mülakatlara gidiyorum."

Youngju:

"Mülakat mı? Yeniden çalışmaya mı başlayacaksınız?"

"Çalışmam gerek…" dedi Jungseo dramatik bir tonla. "Para işte, hep para!"

Başını duvara dayadı.

Jimi onayladı:

"Sorun hep para…"

Youngju:

"Yeterince dinlenebildiniz mi?"

Jungseo sırtını duvara yaslamış, trans halindeymişçesine puding yemeye devam ediyordu. Youngju'nun sorusu üzerine sırtını hızla duvardan çekip, zekâ parıltısı taşıyan gözlerle bakarak başını salladı.

"Dinlendim. Dinlenirken zihnimi kontrol etmenin yöntemlerini de öğrendim. Artık her ne olursa olsun kafaya takmayıp oluruna bırakabileceğimi hissediyorum."

Jimi kaşığını sallayarak, "Anlat, anlat!" dedi.

"Artık sinirlensem bile eskisi kadar sıkıntı çekeceğimi sanmıyorum. Sinirlendiğimde örgü örüp meditasyon yapsam yeter. Aslında zor olacak. Yine de üstesinden gelebilecek gibiyim. Şirkette çalışıp da birbirinden rezil insanlarla karşılaşmamak mümkün mü? Muhtemelen sözleşmeli işçi olmaya devam edeceğim ve beni küçümseyen insanlarla da karşılaşacağım ama o insanların benim için hiçbir önemi yok. Her şey iç huzurda. Huzurumu kendim bulmalıyım. Yapmayı sevdiğim şeylere

---

15 Yuzu: Greyfurt, limon ve ekşi mandalinanın karışımı.

devam ederek, sizin gibi güzel insanlarla görüşerek bu berbat dünyanın üstesinden geleceğim."

Jungseo lafını bitirince, Jimi ve Youngju alkışlayarak tezahürat yaptılar ve kendi stres atma yollarını paylaştılar. Youngju "yürüyüşe çıktığını ya da kitap okuduğunu", Jimi ise "laklak ettiğini ya da bütün gün uyuduğunu" söyledi. Jungseo, "karaokeye gitmekten hoşlandığını" belirtip aslında "çok iyi şarkı söylediğini" ileri sürdü. Youngju, "karaokeye gitmesinin üzerinden on yıl geçtiğini" söyleyince Jungseo şoke olmuş gibi bakıp, bu hafta sonu beraber gitmek için ikisinin de kafasını ütüledi. Hafta sonu tekrar bir araya gelmeyi kararlaştırarak biralarını tokuşturdular.

Jungseo birasını yere koyarak sordu:

"Yalnız, o yazarla ne oldu?"

Youngju gözlerini kırpıştırdı ve Jungseo'nun ne dediği hakkında hiçbir fikri yokmuş gibi davrandı. Hayır, anlamazdan gelmekten ziyade, Jungseo'nun "bunu nereden bildiğine şaşırıp, yanlış duyduğunu düşünerek farkında değilmiş gibi yaptığını" söylemek daha doğru olurdu. Jungseo aldırış etmeyip tekrar sordu:

"O yazar sizden hoşlanıyor ya..."

Youngju hiçbir yanıt veremeyince, bu kez Jimi atıldı:

"Kim? Hangi yazar? Kitabevine uğrayan yazar az mı? Onlar arasında hangisi? Youngju'dan mı hoşlanıyormuş?"

"Öyle görünüyordu. Youngju'nun beti benzi atmış halde kitabevine geri geldiği gün, yazarın yüzü onunkinden bile daha solgundu."

"Eski kocanın arkadaşının geldiği gün mü?" diye sordu Jimi, Youngju'nun yüzünü inceleyerek.

Youngju bakışlarını yere çevirdi ve bira kutusuyla oynadı. İfadesi kararınca Jungseo ve Jimi bakışarak konuyu kapatmakta anlaştılar.

Jungseo, modu değiştirmek için geçen hafta mülakatta yaşananları anlatmaya başladı. "Bir sene boyunca ne yaptınız?" sorusuna gururla, "örgü örüp meditasyon yaptığı" cevabını vermişti. Jungseo mülakatçıların hoşnutsuz ifadelerini taklit edince Youngju ve Jimi bir kahkaha patlattı. Atıştırmalıklarla karınlarını doyurduktan sonra hep beraber uzandılar. Ondan bundan konuşurlarken Jimi kolunu uzatıp Youngju'nun eline dokundu.

"Bugün için teşekkürler. Kafam dağılsın diye buluştuğunu biliyorum. Siz zor zamanlar geçirirken ben de sizin yanınızda olacağım."

Youngju hafifçe Jimi'nin elini sıkarak, "Her gün gelsen de olur..." dedi. "Bugün burada kalabilirsin de..."

"Benim de vaktim bol." dedi Jungseo, tavana bakarak.

"Ayrıca, o yazar..." Youngju duraksadı ve Jimi'ye baktı. "Bunu söyleyeceğimi hiç düşünmezdim ama... Benden daha iyi bir kadınla görüşmesi gerektiğini düşünüyorum. O yüzden aramızda bir şey olmadı."

"Ne?" diyen Jimi doğrulup Youngju'yu tutarak kaldırdı. "Ben de böyle bir şey duyacağımı hiç düşünmezdim! Artık böyle replikler dizilerde bile yok. Modası geçti... Ne demek senden daha iyi bir kadınla görüşmesini istiyorsun? Neden böyle düşünüyorsun ki? O adam seni tanıyarak senden hoşlanmadı mı?"

"Ben ilişki yaşanacak insan değilim."

Youngju umarsızca yanıtlayıp yeniden uzanmaya yelteniyordu ki Jimi onu tekrar doğrulttu.

"Neden değilmişsin? Zekisin, esprilisin, insanları teselli etmekte iyisin. Hem kendini bilmişlik taslamakta da fena değilsin. 'Onu bilmiyorum, şunu bilmiyorum' diyen insanlardan çok daha çekici bir özellik bu!"

Youngju, Jimi'nin elini hafifçe sıkıp tekrar bırakarak, "Aynı zamanda ne hissettiğini bile bilmeyen bir insanım." dedi.

Youngju, birkaç hafta önce Seungwoo'nun ona verdiği kitabı düşündü. Kent Haruf'tan *Sonbaharın Ruhları*... Seungwoo kitabı uzatarak, "Bu kadarlık bir ilişkimiz olsa nasıl olur dedim..." demişti. O gece tereddütle kitabı açmış, sabaha kadar tek oturuşta bitirmişti. Yaşlılığın yalnızlığı, kimsesizliği ve bunlar etrafında bir erkek ve kadın arasında başlayan şefkat dolu aşkın resmini çizen bir romandı. Yaşlılıkla ilgili bir kitabı kendisine neden verdiğini başlarda anlayamamıştı. Ancak altı çizili cümleleri tekrar okuyunca, Seungwoo'nun ne demek istediğini kavramıştı.

Kendisiyle vakit geçirmeyi ve konuşmayı sevdiğini, bu yüzden aşktan korkmamasını, yalnız hissettiğinde, tek başına kalmak istemediğinde kendisine gelmesini, ne zaman kapısını çalsa açacağını söylüyordu.

Seungwoo "bekleyeceğini" söylüyordu.

Jimi yere tak tak vurarak yavaşça tekrarladı:

"Nasıl hissettiğini bilmiyorsun..."

Çözüm bulamayan Jimi'nin yardımına Jungseo koştu:

"Öyle durumlarda test yapmanız gerekmiyor mu? Ne hissettiğinizi bilemediğinizde emin olmak için test yapabilirsiniz."

"Nasıl yapılıyor?" diye sordu Jimi.

"Bir düşünün. Siz üzgün olduğunuzda onun da üzgün olmasını mı istersiniz, yoksa hiçbir bağınız yokmuş gibi ilgisiz kalmasını mı? Ağlamak istediğinizde yanınızda olup beraber üzülsün mü istersiniz, yoksa umursamamasını mı? Güzel bir şey yaşadığınızda sizinle beraber sevinmesini mi tercih edersiniz, yoksa kayıtsız kalmasını mı? Böyle bir düşünce deneyi. Umarsız olmasını istemiyorsanız, siz de ona karşı bir şeyler hissediyorsunuz demektir işte..."

Youngju tebessüm etti. Bunun üzerine Jimi, gülünecek durumda olmadıklarını söyler gibi Youngju'nun koluna vurdu.

"Senin düşünmeye önem veren biri olduğun gerçeğini seviyorum ama bazen düşünceler insanı can sıkıcı biri haline de getiriyor çünkü senin gibi insanlar duygularından çok düşüncelerini önde tutuyorlar. Sonra da ne hissettiklerini bilmediğini söylüyorlar. Halbuki biliyorlar."

Youngju yeniden gülümsedi. Sahiden de ne hissettiğini biliyor muydu? Seungwoo'nun duygularını itiraf ederken kendisine nasıl baktığını düşündü. 'Sadece birbirimizden hoşlanalım.' deyişini hatırladı. Bunlar hoşuna gitmiş miydi, gitmemiş miydi? Onu heyecanlandırmış mıydı, heyecanlandırmamış mıydı? Belki de Jimi haklıydı. Ne hissettiğini zaten biliyordu. Ancak bu önemli miydi? Bir yanıt veremiyordu. Ne yapması gerektiğini bilemiyordu.

BENİ DAHA İYİ BİR İNSAN YAPAN MEKÂN

Bay Minjun, ilk tanıştığımızda bana ne dediğinizi hatırlıyor musunuz? Muhtemelen iki yıldan fazla çalışamayacağınızı söylemiştiniz. Daha ilk günden böyle söylemeniz, kendinizce geleceğinizi planlamak istemenizden kaynaklanıyordu. Derken beraber iki yılı doldurduk.

Kitabevini açtığım ilk sene ne olduğunu bile anlayamadan geçti. Neredeyse hiç müşteri olmadığı için yaptığım türlü hatalar pek fark edilmese de içinde sizin olmadığınız Hyunam-Dong Kitabevi son derece dayanıksızdı. O dönemlerdeki kitabevini merak ederseniz Minchul'un annesine sorun. Kitabevimizle ilgili bilmediği şey yoktur.

Öyle ki ilk birkaç ay boyunca müşteri çekmek için çaba bile harcamamıştım. Sanki müşteri benmişim gibi her gün beceriksizce dükkâna gidiyordum. Açılış ve kapanış saatlerine sıkı sıkıya bağlı kalarak kitabevinde sessizce oturup düşünüyor, kitap okuyor, sonra tekrar düşünüp tekrar kitap okuyordum. Her günümü, kaybettiğim ne varsa bir bir geri kazanıyormuşum gibi hissederek geçirdim. Başlarda tamamen boşluktaydım ancak bu duygu yavaş yavaş kayboldu. Derken bir süre sonra epey toparladığımı fark ettim. Sanırım dükkânı açtıktan yaklaşık altı ay sonraydı.

O günlerde kitabevine bir iş insanı gözüyle bakmaya başlamıştım. Bir rüyaymışçasına elde edilen mekân ve zamandı benim için. Bu yüzden bir rüyaymışçasına devam etme fikrini hep aklımın bir köşesinde tuttum. Ancak yine de bu mekâna farklı bir gözle bakmam gerektiğini fark ettim. Bu işe ne kadar devam edeceğimi, iki yıl mı, üç yıl mı süreceğini bilemesem de devam edebilmek için sağlam bir değişimin meydana gelmesi gerektiğini anladım. Ne de olsa kitabevi, kitaplarla alakalı her şeyin para ile değiştirildiği bir alandı. Değişim için gereken faaliyetleri gerçekleştirmenin dükkân sahibinin görevi olduğunu her gün kafama kazıdım ve kitabevini piyasaya tanıtmaya başladım. Hyunam-Dong Kitabevi'nin benzersizliğini kaybetmemek adına sürekli çaba gösterdim. Bu çaba hâlâ devam ediyor ve 'gelecekte' de devam edecek.

Siz burada çalışmaya başladığınızdan beri kitabevinde başka değişimler de meydana geldi. Sizin emeğiniz ve benim param arasında bir değişim oldu. Bu söylemim çok mu duygusuz oldu? Birbirimizden fazla uzakmışız gibi mi hissediyorsunuz yoksa? Mümkün değil! Biz tam da bu değişim sayesinde birbirimizi bulup beraber vakit geçirdik ve birbirimizin hayatlarını etkiledik. Kitabevi denilen bu alanla iki değişim birbirine kenetlendikçe daha fazla sorumluluk hissetmeye başladım. Para kazanmak adına çabalandığı gibi, para sağlamak için de çabalamak gerekiyordu çünkü... Sizinle çalışmaya başladıktan sonra yüreğimde bir arzu oluştu. Verdiğiniz emeklerin değerinin takdir edilmesini umdum. Bu yüzden 'bundan sonra' da daha fazla para kazanmak ve para sağlamak için çabalamaya devam edeceğim. Neden sürekli 'gelecekte olacaklar' hakkında konuştuğumu fark ettiniz mi?

Birinin benim için çalıştığı gerçeğine her zaman minnettar olmuşumdur. Siz olmasaydınız Hyunam-Dong Kitabevi bugün aldığı halini alamazdı. Kitap okumaya gelen ama kahvelerle cezp edilen müşterilere de sahip olmazdık. Gittikçe çoğalan devamlı müşteriler edinemezdik. Ancak sizin gelişinizden sonra kitabevinin değişmesi yalnızca hazırladığınız kahveler sayesinde olmadı. Özenli ve içten tavrınızı örnek aldığımı hiç söylemiş miydim? Sahiden söylüyorum. Aynı alanda, birlikte çalıştığım iş arkadaşımın, kendi işini sessizce, dikkatle yapan tavrı... Sadece sizin o halinize bakmakla bile güç buldum. Çalışmanızı birkaç gün izledikten sonra size tamamen güvenmeye başladım. Bu zor dünyada (!) kendime değil de bir başkasına güvenebileceğim gerçeğinin beni ne kadar mutlu ettiğini, size nasıl minnet duyduğumu biliyorsunuzdur değil mi?

Benim için çalışmanızı fazlasıyla takdir etsem de bir yandan kendiniz için çalıştığınızı düşünmenizi temenni ettim çünkü ancak bu şekilde işinizde anlam bulabilecektiniz. Geçmiş deneyimlerimin bana öğrettiği şey bu: "Başkaları için çalışıyor olsam bile kendim için de çalıştığımı unutmamalıyım. Bunu kendim uğruna yaptığım için üstünkörü yapmamalıyım. Bundan daha da önemlisi, çalıştığım anda da çalışmadığım anda da benliğimi kaybetmemeliyim. Çalışma hayatım tatmin edici de mutlu edici de değilse, her günüm anlamsız ve acı vericiyse, başka bir iş bulmam gerektiğini unutmamalıyım çünkü bana verilen tek hayatı yaşıyorum." Hyunam-Dong Kitabevi'nde günleriniz nasıl geçiyor? Burada benliğinizi kaybetmemişsinizdir, değil mi? Bu ihtimal beni biraz endişelendiriyor.

Neden bu konuda kaygılandığımı tahmin ediyorsunuzdur. Kendini kaybederek çalışan bendim çünkü... Sağlıklı bir zihniyetle çalışamadığım geçmişime dair çok fazla pişmanlık duyuyorum. Ben, işin bir merdiven olduğunu düşünmüştüm; zirveye ulaşmak adına çıktığımız bir merdiven... Ama iş denilen aslında yemek gibi bir şeydi. Her gün yenilen yemek... Vücudumu, kalbimi, zihnimi ve ruhumu etkileyen yiyeceklerdi. Dünyada alelacele yenilen yemekler de tadına vararak yavaşça yenilen yemekler de vardır. Ben artık sıradan yemekleri içtenlikle yiyen bir insan olmak istiyorum, kendi iyiliğim için.

Kitabevinde çalıştığım süre boyunca biraz daha iyi bir insana dönüştüm. Kitaplardan öğrendiklerimi kafamın içinde tartmakla kalmayıp, bu alanda uygulamak adına gayret gösterdim. Epey eksiği olan, bencil bir insan olsam da burada çalışırken biraz daha paylaşmaya, iyilik etmeye çalıştım. Evet, ben ancak paylaşmayı ve iyilik etmeyi kesin olarak aklıma koyduğum zaman paylaşabilen ve iyilik edebilen bir insanım. Keşke doğuştan cömert olabilseydik... Ancak gerçek öyle değil. Günlerimi burada geçirmeye devam ederken, "bundan sonra da" iyi bir insan olmak adına gayret göstereceğim. Kitaplarda okuduğum güzel hikâyelerin, kitapların içinden çıkıp hayatlarımıza dökülmesini sağlamak istiyorum. Kendi hayatım etrafında gelişen hikâyelerin de başkalarına anlatılabilecek güzel hikâyelere dönüşmesini umuyorum. Bu yüzden sizden bir ricam var.

İlk tanıştığımızda söylediğim lafı geri alıyorum. Bu kitabevini daha fazla işletmeye çalışacağım. Şimdiye dek birçok konuda fazla pasif davrandım. Çok çalışırsam eski halime dönmekten, bu alanı sadece çalıştığım alan olarak algılamaktan korktum. Ayrıca, dürüst olmak gerekirse, hâlâ ilk altı ay yaptığım gibi, buraya bir müşteriymişçesine gelip gitmek istiyorum. Bu düşünce ve duygularım birbirine karıştığı için ikilemde kalmıştım. Burayı işletmeye devam etme konusunda da tereddütlerim vardı ama artık tereddüt etmeyi bırakacağım. Burayı seviyorum, burada tanıştığım insanları, buraya gelmeyi seviyorum. Bu yüzden Hyunam-Dong Kitabevi'ni hayatta tutmak istiyorum.

Devam ettiğim süre boyunca düşünce ve duygularımı doğru bir şekilde dengelemeye çalışacağım. Yapabileceğime inanıyorum. Hayallerimin mekânı olan bu alanı uzun süre boyunca yaşatmak istiyorum. Kitabevi ve kitaplar hakkında düşünmeyi sürdürmek istiyorum. Bunları düşünürken sizin de yanımda olmanızı istiyorum. Ne dersiniz Bay Minjun? Birlikte daha fazla çalışmak ister misiniz? Hyunam-Dong Kitabevi'nin devamlı çalışanı olmak ister misiniz?

BERLİN

Minjun sanki bunu bekliyormuşçasına teklifi kabul etti. Karşılıklı otururlarken yeni bir sözleşme imzalandı. Youngju kollarını birbirine kavuşturmuş, Minjun'un imza atmasını izlerken,

"Yalnız, artık kolay kolay ayrılamazsınız." dedi.

Minjun sözleşmeyi Youngju'ya iterek cevapladı:

"Bilmiyorsunuz galiba, istifa etmek bugünlerde moda!"

Birbirlerine bakarak güldüler.

Youngju'nun yüreğinin hızla bir sonraki durağa koşmaya başlaması, Hyunam-Dong Kitabevi'nin sonunu hayal etmeyi bırakması ve bunun yerine dükkânının geleceğinin sorumluluğunu alması, Taewoo ile görüştükten sonra gerçekleşmiş olmalıydı.

Yüreği bir kez hızla koşmaya başlayınca bir, iki ve üçüncü planlarını uygulamaya geçirdi. İlk planı yanında güvenebileceği birini bulundurması, ikinci planı ise seyahate çıkmaktı. Bir aylığına Kore'den ayrılmayı düşünüyordu. Yurtdışındaki kitabevlerini gezerek dükkânını nasıl yeniden düzenleyeceğini kararlaştıracak, uzun süre varlığını korumuş ufak kitabevlerine uğrayacaktı. Onların ayakta kalmalarını sağlayan şeyin ne olduğunu bulmak istiyordu.

Ne kadar çabalarsa çabalasın istediği sonuca ulaşamama olasılığı da vardı. Seyahati aylar sürse bile geri döndükten bir sene sonra dükkânı kapatması gerekebilirdi. Ancak kitabevini sadece bir aylığına işletse bile, artık başarısızlığı düşünmek değil, umutlarını başarı ihtimaline yöneltmek istiyordu. Geleceğin Hyunam-Dong Kitabevi düne kıyasla biraz olsun değişebilecekse, bunun nedeni kitabevini işleten insanların kalplerinin değişmesinden ileri gelecekti. Dolayısıyla her şeyden önce Youngju'nun kalbinin, umuda doğru değişmesi gerekiyordu.

Ayrılmadan bir ay önce seyahat planını Minjun ve Sangsu'ya bildirdikten sonra haziran ayının etkinliklerini minimuma indirmeyi kararlaştırdılar.

"Minjun ve Sangsu haftada beş gün, sekiz saat, tam zamanlı. Etkinlik ve ders yok."

Jungseo ve Wooshik de vakit buldukça yardım edecekti. Jungseo online işleri üstlenecek, Wooshik işten çıktıktan sonra kitabevine gelerek ne yapılması gerekiyorsa o konuda yardımcı olacaktı.

Instagram ve bloğunda tatile çıkacağını duyurup, kitabevinin haziran ayı programını paylaşıp, telefonla görüşmeler yaptıktan sonra birkaç kitap ayırdı. Mümkünse tatildeyken de kitap incelemelerine devam etmek istiyordu. Seyahat içerikli kitaplar ve denemeler seçti. Okumanın en şaşaalı yolu kitapta geçen yere giderek o kitabı okumaktı. Bir okuyucu için, New York, Prag, Berlin'de olup orada geçen kitaplar okuyarak saatlerin akıp gitmesine izin vermek kadar romantik bir okuma yöntemi olabilir miydi?

Bir yandan çalışırken çıkacağı tatilin resmini çiziyordu. Bir ay boyunca, yabancı olduğu bir şehirde Google Haritalar'a bakarak kitabevleri bulmak, o kitabevlerinin kendine has büyüsünü keşfetmek, o büyüyü Hyunam-Dong Kitabevi'nde nasıl hayata geçirebileceğini hayal etmek, ardından başka bir kitapçı bulmak üzere etrafta dolaşmak, bir kafeye oturarak dinlenmek ve tekrar yürümek istiyordu. Bu seyahatin asıl amacı kitabevlerini ziyaret etmek olsa da ilk kez kendi başına tatile çıkacağı için heyecanlanıyordu.

Otobüs havaalanına doğru ilerliyor, Seul'un yaz gecesi, camın önünden hızla geçiyordu. Birden önünde annesinin yüzü belirse de gözlerini kapayarak onu zihninden sildi. Aslında Youngju, annesinin ona neden bu kadar kızdığını biliyordu. Annesi başarısızlıktan nefret ediyor ve korkuyordu. Ona göre boşanmak, bir kadın için en büyük başarısızlıktı ve kızının başarısız olması onu korkuttuğu için, başarısız olduğunu görmek istemediği için terk etmişti. Annesi, başarısızlık karşısında zayıf düşen biriydi ve işin özünde tek yaptığı, zayıf bir insanın yapacağı bir hareketi kızına karşı yapmış olmasıydı. Youngju annesine yanıldığını ve dünyanın değiştiğini söylemek de her şeyden önce, kızının hiçbir zaman başarısız olmadığını açıklamak da istemiyordu. Henüz annesine bir adım atmak istemiyordu.

Başını koltuğa yaslamış, dışarıyı izlerken telefonu titredi. Arayan Minchul'du. Utangaç bir tavırla, "mutlaka söylemesi gereken bir şey olduğu için aradığını" söyledi ve "üniversiteye gitmemeye karar verdiğini" açıkladı.

"Buna karar verdin demek... Aferin."

Klişe de olsa doğru bir deyiş olduğunu düşünerek "daha çok vakti olduğunu, gelecekte her şeyi yapabileceğini" de ekledi.

"Çavdar Tarlasında Çocuklar'ı da okudum."

Youngju heyecanla nasıl bulduğunu sordu ve Minchul "sıkıcı olduğunu" söyleyince hafifçe güldü.

"Sırf sıkıcı bulduğunu söylemek için mi okuduğunu anlattın?"

"Ondan değil" dedi Minchul, çekingen bir tonla. "Eğlenceli değildi ama tuhaf bir şekilde karakterin bana benzediğini düşündüm. Aslında her şeyimiz farklı, kişiliğimiz de davranışlarımız da... Yine de bana benziyordu. Dünyaya ilgisiz olması, hiçbir şeyden zevk almaması... Böyle hisseden tek ben değilmişim diye düşününce biraz rahatladım. Özellikle sonlara doğru, çavdar tarlasında çocukları yakalayan biri olmak istediğini söylediği yer. O yeri hatırlıyor musun?"

"Hatırlıyorum."

"Orayı okuduktan sonra karar verdim 'üniversiteye gitmeyeceğim' diye. Nedenini bilmiyorum ama öyle oldu. Mantıklı değil ama... Sanki bana, istediğim buysa bunu yapmamda sorun olmadığını söylüyormuş gibi geldi."

"Bilirim…" dedi Youngju, başını sallayarak.

"Gerçekten mi? Sahiden anlayabiliyor musun? Ben bile kendimi anlayamıyorum" dedi Minchul, şaşkınlıkla.

"Sahiden anlıyorum. Ben de kitap okurken buna benzer birçok karar aldım. Ne kadar mantıksız hissettirdiğini iyi bilirim."

"Ya... O zaman bana bir şey olmaz değil mi?"

"Ne konuda?"

"Mantıksızca seçim yapmam konusunda..."

"Elbette. Mantıksız da olsa kalbinin desteklediği bir seçim bu. Ben öyle düşünüyorum."

"Kalbimin mi?"

"Evet."

"Geleceğimi kalbim mi seçti?"

"Aynen."

"Öyle düşününce... İçim rahatladı..."

"Öyle; endişelenme…"

Telefonun ucunda Minchul'un nefes alıp verişini duydu.

"Youngju Abla, güle güle git. Döndüğünde kitabevinde görüşürüz."

"Tamam, kendine iyi bak."

"Ayrıca, teşekkür ederim."

"Ne için?"

"Kitabevine gelmek bana epey yardımcı oldu. Orada seninle sohbet etmek keyifliydi."

"Bunu duymak çok iyi geldi."

Telefonu çantasına koymak üzereydi ki tekrar titremeye başladı. Yine Minchul olduğunu düşünerek ekrana bakınca arayanın Seungwoo olduğunu gördü.

Seyahat planlarını anlattığı gün, Seungwoo hiçbir şey sormamıştı. Verdiği ders mayısta son bulacağı için onun programı hakkında endişelenmesine de gerek kalmamıştı. Yaklaşık bir ay boyunca görüşmemişlerdi. Youngju daha önce sadece köşe yazısı sebebiyle Seungwoo ile buluşmuştu. Kim bilir, belki onun için de durum aynıydı.

Youngju bunları düşünürken çağrı sonlandı. Telefonu tekrar titremeye başlayınca Youngju anında açtı. Seungwoo'nun sesini uzun zaman sonra duyuyordu.

"Bayan Youngju, Ben Hyun Seungwoo."

"Buyurun Bay Seungwoo."

"Yolda mıydınız?"

"Evet."

Bir süreliğine sessizlik oldu.

"Bayan Youngju."

"Efendim."

"Acaba haziranın son haftasında nerede olacaksınız?"

"Haziranın son haftası mı?"

"Evet."

"Almanya."

"Almanya'nın neresi?"

"Berlin."

"Berlin'e hiç gitmiş miydiniz?"

"Hayır."

"Ben eskiden iş gezisi için iki ay boyunca Berlin'de kalmıştım."

"Ya... Peki."

"O hafta Berlin'e gelebilir miyim?"

"Efendim…"

Seungwoo'nun sorusunu duyar duymaz zihni durdu.

"O hafta izinliyim. Belki de seyahat arkadaşınız olabilirim diye düşündüm. Ne dersiniz?"

"Şey... Bay Seungwoo."

Youngju'nun kararsız ses tonunu duyunca sakince kabullendi.

"Sanırım gelmemi istemiyorsunuz."

"Çok ani olduğu için..." dedi, gerginliğini gizlemeye çalışarak.

"Anladım... Tahmin etmiştim. Yine de sorayım dedim."

Youngju hiçbir şey demeyince, Seungwoo kapatmak üzere lafını toparladı:

"Dikkatli gidin. Kapatıyorum."

Youngju, bu anın Seungwoo'nun sesini son kez duyduğu an olabileceğini düşünerek camdan dışarı baktı. Uzakta havaalanından yayılan ışığı görebiliyordu.

"Bayan Youngju..."

"Evet."

"Bir şey demediniz. İyi misiniz?"

"Evet, iyiyim."

"Anladım. Kapatıyorum o halde."

"Şey, Bay Seungwoo..." dedi telaşla.

"Evet..."

Telefonu kapatınca Seungwoo'yu bir daha göremeyeceği düşüncesi, bir türlü elinin kapatma düğmesine gitmesine izin vermiyordu. Fakat ne söylemeliydi? Ne demesi gerektiğini bilemediği zamanlarda dürüst olmanın en iyisi olacağını kendine hatırlatarak konuştu:

"Berlin'e gelmeniz nasıl olur bilmiyorum. Geçenlerde biri, 'Nasıl hissettiğini bilmediğinde düşünce deneyi yap.' demişti. Ama nasıl yapacağımı bilmiyorum. Ne yapmam gerektiğini gerçekten bilemiyorum."

"O halde ben yardım edeyim."

"Nasıl?"

"Hayal edin. Berlin'de benimle beraber yürüdüğünüzü. Birlikte kitabevlerini dolaştığımızı, yemek yediğimizi, bir şeyler içtiğimizi. Kısa bir süreliğine. Otuz saniyeliğine hayal edin. Otuz saniye vereceğim."

Çaresizce söyleneni yaptı. Seungwoo ile çay içtiğini, yemek yediğini ve yan yana yürüdüklerini, beraber gittikleri kitabevinde kitaplar hakkında konuştuklarını, ona soru sorup yanıt aldığını, onun sorularını yanıtladığını kafasında canlandırdı. Aynı kitabı okuyarak üzerinde konuştuklarını, Seungwoo yazı yazarken onunla uğraşarak dikkatini bozduğunu, kendisi kitap okurken Seungwoo'nun espri yaparak onu güldürdüğünü hayal etti. Hayal etti ve... İstiyordu. Onunla yan yana olmak istiyor, onunla konuşmak istiyordu.

"Nasıl? Benimle birlikte olduğunuzu düşündüğünüzde bile rahatsız oluyor musunuz?"

"Hayır." dedi Youngju dürüstçe.

"O halde... Gelebilir miyim?"

"Evet. Berlin'de görüşelim." dedi yüzünde huzurlu bir ifadeyle.

"Anlaştık" diye yanıtladı Seungwoo.

Otobüs havaalanına varmıştı.

KİTABEVİNİ HAYATTA TUTAN NEDİR?

Bir yıl sonra...

Youngju, Minjun'un hazırladığı kahveyi içerken gözleriyle kitaptaki cümleyi takip etmeye devam ediyordu. Bildiği tek yazarın J. D. Salinger olduğunu söyleyen Minchul, kitabı yalnızca ince olması nedeniyle seçmişti. Youngju, *Franny ve Zooey*'i okurken, içinden Minchul'a, "Bunu hak ettin!" diye bağırıyordu. Bakalım bu velet kısalığına rağmen epey ağır olan bu kitabı okumaktan keyif alabilecek miydi?

On beş dakika sonra Sangsu da gelecekti. Sangsu altı ay önce Hyunam-Dong Kitabevi'nin resmi çalışanı olarak işe başlamıştı. Youngju yarı zamanlıyı bırakıp tam zamanlıya geçmesini teklif ettiğinde Sangsu'nun ilk sorusu saç uzunluğuyla ilgili olmuş, "Saçımı kesmek zorundaysam çalışmam!" demiş, Youngju da "bunu dert etmesine gerek olmadığını" söylemişti. Sangsu teklifi soğuk bir tavırla kabul etmesine rağmen, personel olarak ilk işgününe hafiften kızarmış bir suratla çıkagelmişti. Aradan birkaç gün geçtikten sonra ilk defa bir yere personel olarak alındığını itiraf etmişti.

Bir ay sonra kitabevine küçük bir kitaplık daha eklendi. O kitaplıkta sadece Sangsu'nun okuduğu kitaplar bulunuyordu. Youngju en üst rafına "Kısa saçlı kitap kurdu Bay Sangsu'nun okudukları" yazılı bir kâğıt koydu, hemen yanına ise "Sizler de okuyup Bay Sangsu ile üzerinde konuşabilirsiniz." yazılı bir kâğıt iliştirdi. Artık çalıştığı için "günde bir kitaptan fazla okuyamadığını" söyleyen Sangsu, bilgisiyle müşterileri büyülemeye devam ediyordu. Hyunam-Dong Kitabevi'ne gelen müşteriler, kitap tavsiyelerini Youngju'dan ziyade Sangsu'dan istiyor, onun neler okuduğunu merak ediyorlardı. Youngju buna dayanarak sadece Sangsu'ya özel bir köşe yaratmıştı.

Üniversiteye gitmeme kararı alan Minchul, üç aylık bir Avrupa gezisinin ardından geçen bahar evine dönmüş ve kitabevinde çalışmaya başlamıştı. Heeju, oğlunun üniversiteye gitmeme kararını seyahate çıkması şartıyla kabul etmişti. Kendisini odasına kilitleyip vaktini boşa harcamasındansa, dünyayı görüp gelmesinin daha faydalı olacağını düşünmüştü. Minchul yurtdışındayken, Heeju hem heyecanlı hem de üzgün bir ifadeyle oğlu için kenara koyduğu üniversite parasının artık bir işe yaramayacağını, dolayısıyla o parayla seyahate çıkacaklarını söylemişti. Minchul döndükten sonra kendisi ve eşi gidecekti. Minchul'un babası bu gezi için izin hakkını bile kullanmıştı. Heeju ve eşi şu anda dünyayı dolaşıyordu.

Minchul geri döndükten sonra bir hafta geçmeden Youngju'yu ziyaret etmiş, bronzlaşmış teni ve olgunlaşmış ifadesiyle Youngju'dan kendisini yarı zamanlı çalışan olarak işe almasını istemişti. Youngju anında onaylamış, Minchul ertesi günden itibaren haftada iki gün, günde üç saat olmak üzere çalışmaya başlamıştı. Youngju, kitabevinin bir çalışanı olmak istiyorsa yapılan etkinliğe katılmasını şart koşmuştu. Her ay Youngju, Sangsu ve Minjun'la beraber kitap okuyacağı bir etkinlik...

Etkinliğe sadece bu dördü değil, Hyunam-Dong Kitabevi'ni bilen herkes katılabilirdi. Her ayın birinde, Hyunam-Dong Kitabevi çalışanlarının bu ay okuyacağı kitabı" seçip *Instagram* ve blogda paylaşıyorlar, ayın son perşembesi kitabı okuyan herkesin katıldığı bir okuma kulübü düzenliyorlardı. Başlarda kitabevi çalışanları dışında sadece iki, üç kişi katılmışken, şimdi sayıları artmış ve geçen ay katılım gösteren kişi sayısı on beşe ulaşmıştı. Bu ayki toplantıda Salinger'dan *Franny ve Zooey* üzerine konuşacaklardı.

Youngju seyahatten döndükten sonra yaklaşık iki ay boyunca kitabevini eskisiyle aynı işleyişte yürütmüş, ardından o ana dek sadece kafasında uyguladığı çalışmayı pratiğe dökmeye başlamış, Hyunam-Dong Kitabevi'nin benzersizliğini derinlik ve çeşitlilikte bulmaya karar vermişti. Bu, müşterileri biraz zorlasa da düzenini derinliği olan kitaplar odağında çizmiş, çeşitlilik olması için de çok satan kitapları dâhil etmemişti.

Hyunam-Dong Kitabevi'ni işlettiği süreç boyunca çok satan kitaplar konusunda ne yapacağını düşünmüştü. Çok satanlar listesine girmiş kitaplara baktığında canı sıkılırdı. Sorun kitapların kendisinde değildi. Sorun, bir kez o listeye giren kitabın devamlı o listede kalmasıydı. Çok satan denilen şeyin, çeşitliliği yok olmuş bir yayın kültürünü temsil ettiği fikri giderek güçlenmişti.

Büyük kitabevlerinin 'çok satanlar' bölümüne baktığında yayıncılık sektörünün çarpık bir oto portresini gördüğünü hissederdi. Birkaç adetlik çok satan kitaplara güven duymanın hazin gerçeği... Bu kimin hatasıydı? Esasen kimsenin hatası değildi. Kitap okunmayan bir kültürün tüm yönlerinin yansıtılmasının bir sonucuydu sadece. Bu gerçeklikle karşı karşıya kalan kitabevi sahiplerinin yapması gereken şey, yine de ufak bir çaba sarf ederek okuyuculara çeşitli kitaplar tanıtmaktı. Bu dünyada sadece çok satanlara girmiş birkaç kitabın ve bu kitabı yazan birkaç yazarın olmadığını, aslında birçok güzel kitap, birçok yazar olduğu gerçeğini bildirmekti.

Bunu gerçekleştirmek için yapabileceği şey ise dükkânına çok satan kitapları sokmamaktı. Düne kadar pek bilinmeyen bir kitap, bir ünlünün televizyon programında bahsetmesiyle çok satanlara girdiğinde o kitabı temin etmedi. Kötü bir kitap olduğu için değil, yalnızca çeşitlilik sağlamak için... Bunun yerine aynı konuya sahip benzer kitaplar seçip raflara yerleştirdi. Çok satan listesindeki kitabı soran bir müşteri gelirse, yerine o kitabı tanıtacaktı.

Bu yönteminin müşteriler için ne kadar yenileyici hissettirdiğini bilemiyordu ama kesin olan şey Sungchul'un bunu son derece cazip bulmasıydı. Sungchul, "O kitabın çok satan olmasının sebebi zaten çok satan olmasıydı!" demiş, "film ve kitap sektörünün aynı sorunlardan mustarip olduğunu ve Youngju ile aynı kaderi paylaştıklarını" söylemişti. Sungchul daha güzel film ve kitapları daha fazla insana tanıtmalarını umduğunu sık sık tekrarlıyordu. Aslında, Youngju'nun seyahate çıkmadan önce kitabevinin geleceği için kurduğu üçüncü plan buydu: Çok satanlardan kurtulmak...

Son bir yılda bunun dışında da birkaç ufak farklılık olmuştu ancak esasında büyük bir değişiklik yaşanmamıştı. Eskiden olduğu gibi, Hyunam-Dong Kitabevi şimdi de Youngju'nun ideallerini ve düşüncelerini yansıtıyordu. Yurtdışındaki bağımsız kitabevlerini gezerken her birinin kendine özgü karaktere sahip olduğunu fark etmişti. O karakter kitabevinin sahibi sayesinde oluşuyordu ve karakter yaratmak için ihtiyaç olan şey cesaretti. Kitabevi sahibinin cesaretinin müşterilerine ulaşabilmesi için gerekli olan şey ise samimiyetti.

Youngju cesur davranırsa, düşüncelerini hayata geçirip içtenliğini kaybetmezse, Hyunam-Dong Kitabevi de Youngju'nun ziyaret ettiği o kitabevleri gibi idame ettirmesi mümkün olan bir yere dönüşebilirdi. Bununla kalmaz, derinlere iner ve değişmeye devam ederse, Hyunam-Dong Kitabevi tahmin ettiğinden daha uzun bir geleceğe sahip olabilirdi. Tüm bu düşüncelerin altında kitaplara âşık Youngju'nun değişmeyen yüreği yatmalıydı. Youngju ve çalışanları kitapları severse bu sevgi müşterilere de ulaşmaz mıydı? Dördü de kitaplar aracılığıyla iletişim kurup, kitaplar aracılığıyla şakalaşıp, kitaplar aracılığıyla dostluk kurarsa, sevgilerini kitaplar aracılığıyla sürdürürlerse, müşteriler de onların bu duygularına eşlik etmez miydi? Yalnızca kitap okurlarının yaratabileceği bir hayat dokusu Hyunam-Dong Kitabevi'nde hissedilebilir, yalnızca kitap okurlarının yaratabileceği hikâyeler Hyunam-Dong Kitabevi'nden akıp taşarsa, insanlar bir defalığına da olsa ellerine kitap almak istemez miydi? Youngju, insanlar hayatlarında aniden başka bir hikâyeye ihtiyaç duydukları döneme adım attıklarında, istedikleri kitabı bulabilmelerine yardımcı olmak için okumaya ve okuduklarını tanıtmaya devam ederek yaşamak istiyordu.

Youngju'nun bugünü de düne benzer geçecekti. Etrafı kitaplarla çevrili olacak, kitaplarla alakalı konuşacak, kitaplarla ilgili iş yapacak ve kitaplara dair yazacaktı. Ara bulunca yemek yiyecek, düşünecek, laflayacak, karamsarlığa kapılıp tekrar neşelenecek, kapanış saatlerine yaklaşınca yine güzel bir gün geçirdiğini düşünüp büyük oranda mutlu hissederek dükkânından çıkacaktı. Eve yürüdüğü on dakika boyunca Seungwoo ile telefonda konuşacak, vardıktan sonra da konuşmaya devam edecek ve ardından duş alıp dinlenecekti. Sonrasında üst kata taşınan Jimi uğrayabilir, onun ardından içeri giren Jungseo'yla uzun zaman sonra bira içebilir veya artan çalışanlar nedeniyle taşınmak durumunda kaldığı yeni evinin manzarasının, bir önceki evine kıyasla sönük kaldığı düşüncesiyle biraz üzgün hissedebilirdi. Ancak nihayetinde dün gece yarım bıraktığı kitabı okuyarak kendini teselli edecek, ardından kitabı kapatıp yatağına uzanacaktı. En sonundaysa, güzel bir gün yaşamanın, güzel bir hayat yaşamak anlamına geldiğini söyleyen cümleyi düşünerek uykuya dalacaktı.

SON SÖZ

Yıl 2018. İlkbahardan yaza adım atılan köşede, ben her zamanki gibi masamda oturmuş bilgisayarımın boş ekranına bakıyordum. Uzun zamandır kurduğum yazarlık hayalini gerçekleştireli yaklaşık altı ay olmuştu, güzel cümleler kuran bir deneme yazarı olma isteğim nedense yerine gelmeyecek bir dilek gibi hissettirmeye başladığından cesaretimin kırıldığı ancak yine de bir şeyler yazmam gerektiği için her gün masama geçtiğim bir dönemdi.

Birden roman yazmayı düşündüm.

Bu fikrin tam olarak hangi ay, hangi gün, saat kaçta aklıma geldiğini hatırlamıyorum ama birkaç gün sonra baktım ki roman yazıyorum. Kitabevinin ilk hecesi 'Hyu' ile başlamalı, kitabevi sahibinin ismi Youngju, barista ise Minjun olmalıydı. Sadece bu üç fikirle ilk cümleyi yazmaya başlamıştım. Geriye kalan her şeye yazarken karar verdim. Yeni bir karakter ortaya çıktığında isimlerine ve özelliklerine o anda karar verdim. Ne yazmam gerektiğini bilemediğimde zaten var olan karakterle, yarattığım yeni karakteri sohbet ettirdim. Hal bu olunca iki karakter de hikâyeyi kendi başlarına ilerlettiler ve ilginç bir şekilde bir sonraki bölüm zihnimin içinde şekillenir oldu.

Roman yazdığım süreç şaşırtıcı derecede keyifliydi. Geçmişte deneyimlediğim yazma eylemi, masaya oturmak için kendimi sürüklediğim zorlu bir mücadeleye yakın olsa da bu defa farklıydı. Dün yazdığım diyaloğa hemen devam etmek isteyerek uyanıyordum. Geceleri yorgun gözlerim, ağrıyan belim ve günlük iş yükümü aşmamam yönündeki kuralım yüzünden istemeye istemeye sandalyemden kalkıyordum. Aklım kendi yaşadıklarımdan ziyade roman karakterlerinin yaşadıklarında kalıyordu. Hayatımın ekseni kendi yarattığım hikâyenin peşi sıra akıyordu.

Kafamda spesifik bir olay örgüsünü belirlemesem de çizmiş olduğum bir atmosfer vardı. Yazdığım kitabın *Kakome Lokantası* ya da *Little Forest* filmlerinin atmosferine sahip olmasını istiyordum. Doğru düzgün nefes almaya vakit bulamadığımız günlük yaşamın koşuşturmasından uzak bir alan, daha becerikli olmamızı, daha hızlı olmamızı söyleyerek yakamıza yapışan dünyanın seslerinden kopabildiğimiz bir alan yaratmak istiyordum. O alanda sakin, kısa anlarla dalgalanan bir günün resmini çizmek istiyordum. Enerjimizi söküp almayan, tam aksine içimizi dolduran, başlangıcında beklenti, sonundaysa memnuniyet olan bir gün… Bizi büyüten durumların olduğu, büyümekten doğan umudun yeşerdiği, güzel insanlarla yapılan anlamlı konuşmaların çiçek açtığı bir gün… Hepsinden önemlisi bedenin keyif sürebildiği, zihnin kabullendiği bir gün… Ben böyle bir günü ve böyle bir gün geçiren insanların resmini çizmek istemiştim.

Yani okumak istediğim hikâyeleri yazmak istiyordum. Kendi hızını ve yönünü bulan, düşüncelerle boğuşan, sarsılan, umutsuzluğa düşse de kendine inanıp bekleyen insanların hikâyelerini; çabalayıp toparlanmadıkça kendi benliğimiz de dâhil olmak üzere kendimizle ilgili birçok şeyi küçümser hale geldiğimiz bu dünyada, küçük çabalarımız, emeklerimiz ve istikrarımızı savunan bir hikâye… "Daha iyisini yapmalısın!" diyerek kendimizi zorladığımız için günlük yaşamın neşesini yitiren bizleri sıcacık kucaklayan bir hikâye…

Romanı istediğim amaç doğrultusunda yazabildim mi bilemesem de pek çok okuyucu kitabın "sıcak bir teselliyi andırdığını" söyledi. Okuyucuların cömert yorumları da benim için sıcak bir teselli oldu. Adalar gibi dört bir yana dağılmış bizler, yeniden buluşmuşuz gibi hissettim.

Dikkatle bakılmadığında fark edilmese de *Hyunam-Dong Kitabevi'ne Hoş Geldiniz*'deki karakterler devamlı bir şeyler yapıyorlar. Ufak detayları o ya da bu şekilde değiştirerek yeni şeyler öğrenip kendilerini geliştiriyorlar. Eylemleri dünya standartlarına göre büyük bir başarı olarak görülmese bile, sürekli bir şeylerle uğraşan bu karakterler değişip büyüyorlar ve bunun sonucunda, başladıkları yerden birkaç adım ilerledikleri bir noktaya varıyorlar. Onların vardığı noktanın başkaları için yüksek ya da alçak, güzel ya da yetersiz görünmesinin bir ehemmiyeti yok. Önemli olan, onların kendi başlarına hareket etmesi ve şu anda durdukları noktadan hoşnut olmaları... Onlar, kendi hayatlarını ölçtükleri standardın kendi yüreklerinden doğmasını yeterli buluyor.

Her gün olmasa da sık sık olmasa da bizler de "bu kadarına sahip olmanın yeterli olduğunu" fark ettiğimiz anlarla karşılaşıyoruz. Endişe ve sabırsızlığın kaybolduğu o anlarda, bunca zaman elimizden geleni yapıp bugünlere kadar gelen benliğimizle gurur duyuyoruz. Eğer bu değerli anların toplandığı mekân Hyunam-Dong Kitabevi ise umarım daha fazla insan kendi Hyunam-Dong Kitabevi'ni çizebilir.

Bugününü kendi Hyunam-Dong Kitabevi'nde geçiren sizlere destek olmak istiyorum.

Ocak, 2022

Hwang Bo-Reum